HER FEAR & HIS DARKNESS

Dark New Adult

Sophie L. Gellar

Covergestaltung: Coverstube
Buchsatz: Larissa Müller
Innengestaltung & Kapitelzierden: Canva
ISBN: 9781096308508
Verlag: Independently published

Impressum:
Larissa Müller
Sellinstraße 3
13189 Berlin

»Lass dir dein Glitzern nicht nehmen,
nur weil es andere blendet.«

Unbekannter Verfasser

HINWEIS

Triggerwarnung:
sexueller Missbrauch, Gewalt, Angststörung.

PLAYLIST

Always Remeber Us This Way – Lady Gaga

Let You Love Me (Acoustic) – Rita Ora

Sweet but Psycho – Ava Max

Million Reasons – Lady Gaga (Beth' Song)

Without Me – Halsey

Tainted Love – Marilyn Manson

This Is The New Shit – Marilyn Manson

Someone You Loved – Lewis Capaldi

Hold My Girl (Acoustic) – George Ezra

Still A Reason To Fight – Disturbed

Prolog

Einige Jahre später

»Was aus Liebe getan wird, geschieht immer jenseits von Gut und Böse.«
Friedrich Nietzsche

Er zog an seiner Zigarette. Strähnen seines dunklen Haares fielen ihm ins Gesicht. Er war die Gelassenheit in Person. Das weiße T-Shirt schmiegte sich um seinen trainierten Oberkörper und ich betrachtete die vielen Tattoos auf seinen Armen. Alle schwarz, genau wie seine Seele. Ich wusste, dass er gefährlich war. Jeder am College wusste es. Nur ich hielt mich nicht an die Regel, die besagte, sich nicht auf ihn einzulassen.

Ich war süchtig nach ihm und ich war ebenso seine Droge. Aber zwei seelenlose Menschen passten nicht zusammen, niemals.

»Gott, Beth«, sagte er. »Ich hab dich so geliebt.«

Ich kauerte auf dem nassen Gehweg, meine blonden Haare verschwitzt vom Rennen. Dann bewegte er sich langsam auf mich zu und ließ seine Zigarette fallen. Grob umschlossen seine Finger mein Kinn, sodass er mich zwang, zu ihm hochzuschauen. Mit einer ruckartigen Bewegung ließ er von mir ab und mein Körper fiel wie ein nasser Sack zur Seite. Regen tränkte mein Oberteil und zog eine Gänsehaut über meine Arme.

Doch ich fühlte nichts. Nichts mehr. Viel zu oft hatten wir das getan. Uns beschimpft, uns geschubst, uns geschlagen, uns gegenseitig die Schuld an unserem Versagen gegeben. Als wäre es die Quintessenz unserer Liebe gewesen. Ich sprach von Liebe und nicht von Beziehung, weil wir uns so oft hassten und liebten und wieder hassten und wieder liebten, dass es keine Beziehung war, die wir führten. Parker und ich, es war mehr. Aber war es je genug?

Kapitel 1

»Du musst Elizabeth sein!«, kreischt das Mädchen in einer Stimmlage, die meine Ohren klingeln lässt. Sie ist nicht gerade groß, trägt ein blaues Kleid mit weißen Punkten und giftgrüne Kniestrümpfe.

»Bist du-«

»Aubrey, genau«, unterbricht sie mich und winkt mich ins Zimmer. Das Zimmer, das ich ab sofort mit ihr teilen werde.

Mit zwei Koffern und einer Handtasche zwänge ich mich durch die Tür und lasse mein Gepäck auf dem freien Bett fallen, von dem ich annehme, dass es meines ist. Die Bettwäsche ist kotzgrün, da hätte das College mal eine andere Farbe wählen können. Vielleicht eine, die nicht aus den 80ern stammt. Aubreys Giftgrün gefällt mir verglichen damit wesentlich besser.

»Endlich lerne ich dich kennen! Ich bin schon seit einem Monat hier, weil ich noch Vorkurse gemacht habe«, plappert sie los. »Weißt du, mein Vater ist hier am College Professor. Man könnte meinen, das wäre mir superpeinlich, aber mein

Dad ist supercool. Da lag es nahe, dass ich auch das College besuche.« Sie zuckt mit den Schultern. »Ich studiere übrigens-«

Ich mache eine Handbewegung und sie hört tatsächlich auf zu reden. »Okay, mach mal halblang. Studierst du Talkshow-Moderationen?« Sie schüttelt den Kopf. »Ich saß Stunden in einem Flieger, bin gerade hier angekommen, hab einen verdammten Scheißhunger und meine Klamotten sind verschwitzt. Ist ja echt nett von dir, mich so ... liebenswürdig zu begrüßen, aber ich brauch das nicht.«

Ihre dunkelbraunen, schulterlangen Haaren mit dem Pony erinnern mich gerade an eine Puppe. Und dass sie die Lippe etwas geöffnet hat und mich mit großen Kulleraugen an- sieht, macht das noch beängstigender.

»Eliza-«

Wieder hebe ich die Hand und sie verstummt. »Wenn du mich noch mal ansprichst, nenn mich Lizzy. Okay?«

Sie nickt. Dann dreht sie sich um und setzt sich an den Schreibtisch.

Aus meinem Koffer krame ich ein frisches T-Shirt, eine neue Jeans, ein Handtuch und verschwinde damit in der Duschanlage, die zu der Zeit ziemlich leer ist.

Als das warme Wasser auf meinen Körper prasselt, fällt die ganze Anspannung und Hektik von mir ab. Ich lasse etwas Duschgel in meine Hand laufen und seife mich damit ein. Mist, neues Duschgel brauche ich auch bald.

Ich höre, wie sich die Tür quietschend öffnet, wieder schließt und schließlich Schritte. Dann ein Pfeifen. Welcher zu gut gelaunte Mensch läuft pfeifend durch die Gegend?

Ich drehe den Duschkopf weiter auf und auf einmal wird das Wasser verflucht kalt.

»Scheiße«, zische ich und hänge mit meinen Haaren, die voller Shampoo sind, unter dem Wasserstrahl. Der Rest meines Körpers versucht dem eiskalten Strahl auszuweichen.

»Ist das Wasser etwa kalt?«

Die Stimme lässt mich erstarren. Nicht wegen der Wörter, sondern der Tiefe und Raue, die sie ausstrahlt. Plötzlich bin ich mir nicht mehr sicher, woher die Gänsehaut auf meinen Armen kommt. Vom Wasser oder von der Stimme?

Ich stelle das Wasser aus, wickle mir das Handtuch um und renne samt meiner Kleidung aus der Duschanlage zurück ins Zimmer.

Mit dem Rücken gegen die Tür gepresst stehe ich schwer atmend da, während mir der Schaum vom Kopf tropft und ein Brennen in meinen Augen hinterlässt.

Aubrey schreckt zusammen und sieht mich mit weit aufgerissenen Augen an. »Eliza-, äh, Lizzy!« Sie springt auf und kommt auf mich zu. »Hat dir keiner gesagt, dass die Duschanlage uni- sex ist?«

»D-doch. Ich hab es wohl vergessen.« Oder verdrängt, nachdem ich es in der Hausordnung gelesen hatte.

»Hat dich jemand begafft? Angefasst? Oder sogar-«

»Hör auf! Hör auf! Hör auf!«, schreie ich und stoße sie von mir, wobei mein Handtuch herunterrutscht.

Ich stehe nackt vor meiner Mitbewohnerin.

»Oh«, macht sie.

»Großartig«, murmele ich. »Aber wo wir schon dabei sind, kann ich mich gleich abtrocknen und anziehen. Vorausgesetzt, ich habe mir nicht in die Hosen gemacht.«

Dann lacht sie und ich starre sie fassungslos an. Was zum Teufel ist an dieser Situation so lustig? Zugegeben, so ziemlich alles. Und irgendwie lache ich mit. Vielleicht habe ich mit Aubrey doch nicht die schlimmste Zimmergenossin erwischt.

Kapitel 2

Sechs Wochen später

Das Glöckchen über der Eingangstür des Drugstores kündigt mein Eintreten an und ich verschwinde sofort im nächsten Gang. Ich laufe durch die Regale und beobachte die Kassiererin dabei, wie sie die anstehenden Kunden abkassiert. Sie scannt die Produkte, teilt ihnen den Preis mit, nimmt das Geld entgegen, gibt Rückgeld und wünscht ihnen einen angenehmen Tag. Ein kleines Grinsen schleicht sich auf meine Lippen. Die Verkäuferin hat graue, kurze Haare und schaut über den Rand ihrer Brille hinweg.

Endlich habe ich den ersehnten Gang erreicht und schiebe mit einer geschickten, schnellen Bewegung drei Flaschen Duschgel unter meine Brust und die Jeansjacke, die ausgebeult genug ist, um nichts erahnen zu lassen.

Noch ein paar Minuten schaue ich mich im Laden um, nehme dann den Weg an der Kasse vorbei zum Ausgang und atme erleichter aus. Wieder ein paar Monate mit Duschgel ausgesorgt.

*

Gerade laufe ich am College-Café vorbei, als jemand meinen Namen ruft. Ich tue so, als hätte ich nichts gehört, aber Aubrey kennt mich mittlerweile einfach zu gut. Denn sie schmeißt ernsthaft einen Muffin nach mir, der mich am Hinterkopf trifft. Sie gestikuliert wild mit den Armen herum und deutet auf den dampfenden Kaffee in ihrer Hand. Ich habe weder Lust auf Koffein noch auf ein Gespräch. Die drei Flaschen Duschgel sind auf den Boden gefallen und eine davon ist sogar aufgeplatzt. Großartig.

»Ich bring sie um«, fluche ich leise.

Als ich mich beuge, um die Flaschen einzusammeln, sehe ich plötzlich ein Paar Schuhe vor mir. Ich schaue auf und der Blick, mit dem der Typ mich mustert, könnte nicht tödlicher sein. Wie groß ist der den bitte schön? Seine Haare hat er zu einem unordentlichen Dutt gebunden und mein Blick fällt sofort auf die Tattoos, die seine kompletten Arme bedecken. Und verdammt, wie oft geht der ins Fitnessstudio? Sein Bizeps ist so dick wie meine Oberschenkel zusammen. Das erklärt allerdings immer noch nicht, warum er mir im Weg steht. Ohne weiter auf ihn zu achten, gehe ich an ihm vorbei, bis er mich anrempelt und damit eine Grenze überschritten hat.

»Geh mir aus dem Weg«, fahre ich ihn an.

Er grinst und seine weißen Zähne blitzen wie scharfe Vampirzähne auf, die sich jeden Augenblick in meine Kehle rammen könnten. »Niedlich.«

»Was ist jetzt? Willst du hier Wurzeln schlagen?«, entgegne ich gelangweilt und puste mir provokativ eine Haarsträhne aus dem Gesicht.

Sein Grinsen wird jedoch nur breiter. »Du könntest viel Besseres mit deinem hübschen Mund machen.«

»Mit deiner Wurzel etwa?«

»Ich sehe, wir verstehen uns.« Er leckt sich mit der Zunge über die Oberlippe und mir wird schlecht vor Ekel.

»Einen Scheiß tun wir.«

»Ich stehe auf rebellische Mädchen«, erwidert er. »Du machst mich echt an, Kleine. Du bist eine kleine Raubkatze, was?« Er kommt mir gefährlich nahe und ich mache den Fehler, seinen Duft einzuatmen. Herb, holzig, mit einer Prise Moschus.

Ich muss hier weg.

Seine Hände auf meinem nackten Körper, der vom Baden noch komplett nass ist. »Ja, so mag ich dich am liebsten, mein Engel.« Es gefällt ihm, dass ich an meinem Daumen nuckele. »Genauso, mein Engel.« Unsere beiden Körper nackt und nass. Ein Klingeln an der Haustür reißt ihn aus seiner Starre. »Nächstes Mal, Engel, nächstes Mal.«

Aber er versperrt mir weiterhin den Weg und es gelingt mir nicht, mich an ihm vorbeizuschlengeln.

.»Wohin, Baby? Oder willst du dich für mich umziehen? Das brauchst du nicht-«

Ich schlage ihm mit der Hand ins Gesicht und verpasse ihm eine Ohrfeige, sodass er für einige Sekunden so überrascht ist, dass ich fliehen kann. Fliehen vor dem Monster. Dem Monster der Vergangenheit.

Kapitel 3

»O mein Gott!«, schreit Aubrey und hüpft dabei auf und ab. Ihr grün-rot-gemusterter Minirock wippt im Takt mit. Dann drückt sie mir einen Umschlag in die Hand:

Girls und Boys, es ist wieder so weit – die nächste Freefight-Party steigt! Dresscode für die Mädels: Knapp und eng. Mit T-Shirt und Jeans kein Einlass. Außer ihr gebt dem Türsteher 'nen Blowjob.
BP

Ich ziehe die Augenbrauen hoch. »Was zum Teufel ist eine Freefight-Party?«, frage ich.

Aubrey stemmt die Arme in die Hüfte. »Gott, Lizzy, aus welcher Provinz stammst du?«

Das will sie lieber nicht wissen.

»Eine Freefight-Party«, fährt sie fort, »ist eine Party, bei der die Jungs Käfigkämpfe veranstalten. Nur eben nicht legal, versteht sich. Wenn du kein Blut sehen kannst, geh besser nicht hin. Aber selbst wenn jemandem schlecht von Blut wird, geht er hin.«

»Wieso denn das?«

Sie verdreht die Augen. »Jeder, der cool sein will, geht dort hin. Und jeder Typ, der etwas von sich hält, nimmt daran teil. Sehen und gesehen werden ist das Motto, Süße.«

»Sie versuchen also nur ihr Selbstwertgefühl zu steigern und ihr Testosteron herauszulassen?«, schlussfolgere ich. »Wie erwachsen.«

»Was glaubst du, wo hier die verbotenen Dinge passieren? Drogen dealen, egal ob zum Spaß oder zum Aufputschen, Gang Bangs, Geschäfte mit vergangenen Klausuren und Prüfungen machen. So läuft das hier.« Wieder zuckt sie mit den Achseln, als wäre das ganz normal. »Das mag zwar ein etabliertes College sein, aber glaub mir, im Untergrund sieht das ganz anders aus.«

»Aubrey?«

»Ja?«

»Woher bitte weißt du das alles?«, frage ich sie.

Sie setzt ihr süßestes Lächeln auf. »Ich sehe vielleicht aus wie eine Klosterschülerin, allerdings ich bin noch lange keine. Du solltest vielleicht auch ab und zu deine Kurse besuchen, dann würdest du Freundschaften knüpfen und herausfinden, das sein College weitaus mehr als Seminare, Vorlesungnen und ödes Mensa-Essen zu bieten hat.«

»Wow«, erwidere ich. »Und das aus deinem Mund.«

»Was denkst du, was sonst noch aus diesem Mund herauskommt? Oder eher gesagt hinein«, entgegnet sie kokett.

»Wie konnte ich davon ausgehen, nach Wochen, in denen wir jeden Tag zusammen verbringen, dich zu kennen?« Ich lache auf. »Und ich hab angenommen, du bist als Professoren-Tochter ständig am Lernen.«

Sie sieht mich verständnislos an. »Während du hier herumgammelst, habe ich mir bei unseren Kommilitonen einen anderen Status erkämpft.«

»Wir müssen verdammt noch mal auf diese Party gehen, damit ich meine beste Freundin kennenlernen kann!«, rufe ich übertrieben optimistisch aus und recke eine Faust in die Höhe. Habe ich eben tatsächlich beste Freundin gesagt? Na gut, vielleicht ist das doch etwas übertrieben.

Aubrey wackelt mit dem Po und ich schließe mich mit ihrem Tanz an, sodass wir unsere Hinteteile aneinander reiben und wild herum kreischen. Dass ich dabei nur einen Slip und ein enges Top anhabe, wird mir erst wieder klar, als jemand die Tür aufreißt. Ein großer, schlaksiger Typ mit hellbraunen Haaren, die ihm wirr ins Gesicht fallen, starrt uns an. Ich sehe, wie er gerade versucht zu realisieren, was hier vor sich geht. Und dann klatscht er.

Der Vollidiot klatscht.

»Ich hoffe, das macht ihr auch bei der Freefight-Party«, meint er anzüglich, woraufhin Aubrey wie eine Verrückte anfängt zu lachen. Er kommt auf uns zu und ich mache mich schon bereit, ihm eine reinzuhauen, als er einen Arm um meine Mitbewohnerin legt und seine Zunge in ihren Hals schiebt.

In diesem Moment glaube ich, dass mir die Augen herausfallen. Ich hatte ja bis jetzt keine Ahnung, wer Aubrey Tanner wirklich ist. Und ich dachte, ich wäre hier die undurchsichtige Collegestudentin.

*

»Ich sehe aus wie …« Eine Nutte, will ich sagen und zupfe an dem viel zu kurzen Kleid, das mir zudem noch die Luft abschnürt. Es ist schwarz (wenigstens bei der Farbe hatte ich Mitspracherecht), endet in der Mitte meiner Oberschenkel und hat Schnüre am Rücken, sodass mich hoffentlich keiner begrapschen wird. Was aber nichts nützt, da das Kleid so kurz ist, dass man mir dennoch mühelos darunter fassen kann.

Aubrey schnalzt mit der Zunge und sprüht eine weitere Tonne Haarspray auf ihre Locken, die sie sich in den letzten Stunden gemacht hat. Wir beide tragen zudem weitere fünf Tonnen Make-up, ich weniger als Aubrey, aber mein auffälliger schwarzer Lippenstift macht es nicht besser. Er steht im Kontrast zu meinen blonden, hüftlangen Haaren.

»Du siehst fantastisch aus«, meint Aubrey und wirft mir ein paar schwarze High Heels mit einem Mörderabsatz zu.

»Wie kommen wir eigentlich zu der Party?«

Sie zuckt mit den Schultern und steckt eine Packung Kondome in ihre Handtasche. »Jeder geht dort hin, wir werden schon jemanden finden, der uns mitnimmt.«

»Du kennst ja sowieso jeden«, merke ich an und ihr entgeht nicht mein ironischer Unterton. Die High Heels tausche ich unbemerkt durch Sneaker aus. Aubrey ist ohnehin viel zu beschäftigt mit ihrem Outfit und dem Makeup.

Auf dem Campus tummeln sich so viele Leute wie sonst nie und schließlich kommt Aubrey mit zwei Typen ins Gespräch, die (wie soll es anders sein) auch auf die Party gehen und anbieten, uns mitzunehmen. Beide sind groß und eher schmächtig und stellen uns einem anderen Mädchen vor, die Courtney heißt. Sie ist genauso groß wie die Jungs, hat noch hellere Haare als ich und eine Oberweite, die fast die Knöpfe an ihrem Kleid platzen lässt. Ich überlasse Aubrey das Reden und wenig später sitzen wir eingequetscht in einem alten Audi. Es stinkt nach Zigaretten und Sex. Courtney scheint schon einiges getrunken zu haben, denn sie wedelt ständig mit den Armen in der Luft herum und beugt sich über die Mittelkonsole nach vorn. Jedes Mal rutscht ihr das Kleid hoch, was mir einen Einblick beschert, auf den ich hätte verzichten können. Ich werfe Aubrey einen verwirrten Blick zu, aber sie lächelt mir nur aufmunternd zu.

Die Fahrt dauert zwanzig Minuten und wir sind irgendwo am Stadtrand, wo vor uns eine große, beleuchtete Villa erscheint. Ich ziehe die Luft ein und bin von dem Anblick gefesselt.

Wir halten kurz an und werden von einem Studenten einem Parkplatz zugewiesen, der uns viel Spaß wünscht. Wow, das muss eine große Party sein. Überall tummeln sich Leute, kichern, reden, tanzen und als wir aus dem Auto steigen, haben wir Courtney und die Jungs verloren.

»Ich wette, die zwei Typen teilen sich das Mädchen«, meine ich zu Aubrey.

»Denkst du das wirklich?« Sie schaut mich mit weit aufgerissenen Augen an.

»Meintest du nicht, dass du dich so gut am College auskennst und weißt, wie hier alles läuft?«, kontere ich,woraufhin sie mich in die Seite knufft.

Wir folgen den anderen Studenten und betreten die Villa, die innen noch besser aussieht als von außen. Überall sind Lichtketten angebracht, der Bass dröhnt aus der Anlage und es riecht verdammt nach Sex, Gras und Kotze.

»Und hier sollen diese Käfigkämpfe stattfinden? Wie kann man sich als Studentenverbindung bitte so ein Haus leisten?« Ich ziehe eine Augenbraue hoch.

Die Menschen drängeln sich nur so durch die Gänge und Räume. Hier wer- den ganz sicher mehrere Hände völlig unbeabsichtigt mein Hinterteil streifen.

»Hier.« Aubrey drückt mir einen Plastikbecher in die Hand und als sie meinen kritischen Blick sieht, fügt sie hinzu: »Wodka Energy.«

Ich nicke und beschließe, den Becher in wenigen Schlücken zu leeren, um mit den vielen Eindrücken zurechtzukommen. Und als ich mich das nächste Mal umdrehe, ist Aubrey verschwunden. Na toll, meine erste Collegeparty und da lässt sie mich einfach allein stehen.

»Scheiß Party«, murmele ich und auf einmal spüre ich tatsächlich eine Hand an meinem Hintern, sodass ich demjenigen reflexartig mein Getränk ins Gesicht schütte.

»Fuck, was geht denn mit dir ab?«, keift der Typ mich an und wischt sich den Wodka Energy weg.

»Du hast mir doch an den Arsch gefasst, also tu nicht so unschuldig«, gebe ich zurück. »Wichser.« Dann drehe ich mich um und stapfe irgendwo hin, wo mir keine aufdringlichen Typen an die Wäsche können. Aber überall sind Menschen und ich muss mich zwischen ihren Körpern hindurch drücken, um nach draußen zu kommen. Dort lehne ich mich an eine Fenster bank an und frage mich, ob

Aubrey überhaupt einen Plan hat, wie wir von dieser Party wieder ins Wohnheim kommen. Vorausgesetzt, ich finde sie unter den tausenden Studenten wieder. Wunderbar.

Als mir der Geruch von Gras wieder in die Nase steigt, muss ich husten und beschließe, die Party zu verlassen. Das ist alles zu viel und ich fühle mich vollkommen fehl am Platz. Dieses Gefühl begleitet mich schon mein ganzes Leben lang und ich habe mich selbst angelogen, indem ich dachte, dass es auf dem College anders sein würde. Ich hatte gehofft, die Party würde mir Normalität verschaffen. Ich würde mich normal fühlen. Wie jeder andere hier auch. Dabei hätte mir klar sein müssen, dass die vielen Leute mir Angst machen würden. Doch ich habe den Gedanken verdrängt und wollte ihn nicht wahrhaben.

Ich kann schwer Vertrauen zu Menschen aufbauen, denn sie enttäuschen einen immer, das weiß ich. Die Einsamkeit tut weh, schützt jedoch vor Enttäuschungen. Deshalb bin ich lieber allein und versuche gar nicht erst, Kontakte zu knüpfen. Freunde. Ich hatte gedacht, Aubrey wäre meine Freundin, aber im Grunde kenne ich sie genauso wenig wie den Lageplan des Colleges. Vielleicht sollte ich ihren Ratschlag annehmen und wenigstens ein paar Kurse besuchen, bevor das College mich rausschmeißt und ich obdachlos bin. Weil ich weder Kurse besuche noch langfristig die Miete für das Zimmer im Wohnheim bezahlen kann.

»Raubkätzchen«, sagt jemand und bevor ich nur eine Sekunde darüber nachdenke, drehe ich mich um.

Ein Fehler. Denn vor mir steht der Typ, dem ich vor ein paar Wochen eine reingehauen habe.

»Letztes Mal war ich noch eine Raubkatze«, merke ich an.

Ein dreckiges Grinsen schleicht sich auf sein Gesicht. Er trägt ein schwarzes T-Shirt, eine abgetragene Jeans, die Haare zusammengebunden und scheiße, ich kann meinen Blick nicht von seinen trainierten, tätowierten Armen abwenden. Ich darf ihn nicht länger ansehen, aber ich kann nicht anders. Er mustert mich mit einem Blick, der mir durch Mark und Bein fährt. In seinen Augen erkenne ich ein Funkeln, doch ich kann nicht einschätzen, ob ich davor lieber Angst als Neugier haben sollte. Und selbst wenn ich es wüsste, wäre es mir egal. Genauso egal wie das College und alles andere.

»Letztes Mal hast du dich auch selbstsicher gefühlt«, erwidert er. »Heute habe ich das Gefühl, dass du nicht gerade Lust auf die Party hast. Du fühlst dich unwohl. Du willst aber nicht schon gehen, oder?«

Ich schlucke. »Ich wüsste nicht, was mich hier halten soll. Die Party ist für den Arsch.«

»Die Antwort gefällt mir schon besser, Raubkatze. Aber«, er verzieht den Mund, »willst du denn gar nicht die Kämpfe sehen?«

»Hör zu, meine Freundin hat mich hier hingeschleppt, also spar dir das«, entgegne ich. »Ich werde jetzt gehen.«

Auf einmal schließen sich seine Finger um meinen Arm und er zieht mich an sich heran. Seine Berührung fühlt sich wie ein Kribbeln auf meiner Haut an und dass unsere Körper nur wenige Zentimeter voneinander entfernt sind, lässt mich frösteln. Ich kann meinen Atem nicht kontrollieren, aber eines weiß ich: Ich sollte ihm nicht so nahe sein. Ich will das nicht. Ich kann das nicht.

»Geh weg«, flüstere ich, wenig überzeugend.

»Bleib hier, Raubkatze.«

»Nein.« Sein Duft steigt mir in die Nase und ich spüre, wie Übelkeit in mir aufkommt.

»Doch.«

»Geh weg, sonst-«

»Was? Schlägst du mich wieder?« Er lacht leise. »Ich will dir nichts Böses. Ich will nur, dass du dir einen Kampf ansiehst.«

»Einen?«, entgegne ich mit dünner Stimme.

Er nickt. »Einen. Nämlich meinen.«

*

»Wo zum Teufel warst du, Lizzy?«, ruft mir Aubrey zu und bevor ich ihr antworten kann, ertönt ein ohrenbetäubendes Geräusch.

»Die Kämpfe fangen gleich an!«, dröhnt es aus der Anlage. »Begebt euch alle nach draußen! Lasst die Freefight-Party beginnen!«

Aubrey nimmt mich an der Hand und reißt mich mit sich nach draußen, wo sich die Studenten in einer Art Amphitheater versammeln. Warum ist mir das vorhin nicht aufgefallen? Vermutlich war ich zu sehr von dem pompösen Äußeren der Villa geblendet. Die Fassade des Amphitheaters ist schon bröckelig, aber es tummeln sich immer mehr Leute hier herum, die auf den Sitzreihen Platz nehmen. Andere widerum drängen sich nach vorn.

»Also, wo warst du?« Aubrey schaut mich abwartend an und ich komme mir plötzlich vor wie in einem Verhör.

»Ich habe diesen Typen wieder getroffen, dem ich letztens eine reingehauen-«

Ich werde wieder von dem lauten Geräusch unterbrochen und alle schauen gebannt auf die Mitte des Platzes. Dort steht ein Student mit einem Megaphon, der das ganze Spektakel scheinbar moderiert.

»Ich hoffe, ihr habt Bock auf ordentliche Kämpfe und habt gute Laune mitgebracht! Lasst mal was hören!«, schreit er uns zu, woraufhin die Menge jubelt und tobt.

»Da geht noch was, Leute!« Das Jubeln und Stapfen wird lauter. »Dann begrüßt mal unsere Kämpfer, allen voran den berüchtigten, bisher nicht besiegten Champion!«

Die Leute um mich herum klatschen, toben und rufen irgendetwas, das ich nicht verstehen kann. Als der besagte Champion – dass es so etwas in illegalen Freefights überhaupt gibt – den Platz betritt, bleibt mir die Luft weg. Ich stoße Aubrey so fest den Ellbogen in die Seite, dass sie aufschreit.

»Lizzy, was-«

»Das ist er.«

»Wer ist-« Sie starrt mich an und dann wieder auf den Platz. »Du meinst-«

»Das ist der Typ, der mich am Café angemacht hat und dem ich eine verpasst habe«, erkläre ich tonlos.

Sie zieht scharf die Luft ein. »O mein Gott. Lizzy, das ist nicht gut, das ist gar nicht gut.«

»Was redest du denn da?«, fahre ich sie an.

»Das ist unser Champion!«, brüllt der Moderator. »Das ist BP! 52 Kämpfe, von denen er 52 gewonnen hat! Das ist Bloody Parker!«

Dann wird ein Lied abgespielt, die Einlaufmusik von Bloody Parker. Es ist ein Song von Five Finger Death Punch, *Trouble*. Das ist definitiv eine Kampfansage.

Fast muss ich lachen, als mir Aubrey einen Blick zuwirft, der so was heißt wie *Halt die Klappe*. Sie legt mir eine Hand auf den Oberschenkel und ich schwöre, ihre Nägel bohren sich in meine Haut.

»Lizzy, das ist Parker. *Der* Parker.«

»Okay«, sage ich gedehnt. »Und ich bin Lizzy, *die*
Lizzy.«

Sie verdreht die Augen. »Du musst dich von ihm fernhalten. Er heißt nicht umsonst Bloody Parker, denn er schlägt alle seine Gegner blutig. Der Typ kennt kein Erbarmen, glaub mir«, erklärt Aubrey. »Angeblich saß er schon im Gefängnis und das mehr als einmal. Er ist gefährlich, Lizzy. Er besitzt kein Herz, ihm ist es nur wichtig, sein Gegenüber blutend am Boden liegen zu sehen. Laut meinem Vater ist seine College-Akte schon so dick, dass sie eine zweite anlegen mussten.«

»Klingt übel«, sage ich kleinlaut.

»Und du solltest dich besonders von ihm fernhalten.«

»Warum denn das?«

»Du hast ihn geschlagen«, sagt sie mit gesenkter Stimme. »Er wird dich nicht einfach so davon kommen lassen.«

Ein Raunen und Jubeln geht durch die Reihen, als Parkers Gegner vorgestellt wird, der zwei Köpfe kleiner und viel schmächtiger ist. Man sieht dem Gegner, der als Massive Mike angesagt wird, die Angst an. Ein schlechtes Zeichen. Ob ich will oder nicht, muss ich wissen, wie der Kampf ausgeht. Ich muss hinsehen, wie die beiden Kerle aufeinander losgehen und als ein lauter Gong ertönt, beginnt der Kampf. Die Menschen um mich herum rasten aus, ihre Rufe und das Jubeln sind unüberhörbar.

Parker zögert keine Sekunde und schlägt auf Massive Mike ein, dem schon nach wenigen Schlägen die Nase blutet. Das Publikum rastet völlig aus, sie feuern die zwei Kämpfer an und jedes Mal geht ein Raunen durch die Reihen, wenn einer getroffen wird.

Bei jedem von Parkers Schlägen reißt Mikes Kopf nach hinten und nach sechs Minuten kann er sich kaum noch auf den Füßen halten. Er taumelt und versucht Parker abzuwehren, der sich aber nicht davon beeindrucken lässt, dass Mikes Gesicht schon völlig blutverschmiert ist.

»Was ist eigentlich der Preis für den Gewinner?«, frage ich Aubrey.

»Geld«, antwortet sie. »Sehr viel Geld.«

Das war ja klar. »Und woher nehmen sie das Geld?« Auf einmal schreien mehrere Leute lautstark auf und ich versuche, auf dem Platz etwas zu erkennen, aber die Köpfe vor mir verhindern die Sicht. »Was ist da los?« Ich hüpfe auf und ab, in der Hoffnung, etwas sehen zu können.

»Mike liegt am Boden«, teilt mir ein Kerl mit, der vor mir steht. »Keiner siegt gegen BP.«

Und dann sehe ich, wie Parker immer wieder auf seinen am Boden liegenden Gegner einschlägt. Man kann kaum mehr sein Gesicht erkennen. Mir wird schlecht, doch gleichzeitig kann ich meine Augen nicht von Parker losreißen.

Ich müsste ihn hassen. Müsste. Er schlägt Menschen absichtlich bewusstlos. Okay, die Freefighter melden sich freiwillig, aber das ist mehr als barbarisch. Ich weiß nicht mal, wie man auf die Idee kommen kann, so etwas zu tun oder gutzuheißen. Dabei bin ich gerade ein Teil davon.

Parkers T-Shirt ist schweißnass und Haarsträhnen kleben ihm auf der Stirn. Blut spritzt in sein Gesicht und es scheint, als würde ihn das Jubeln der Leute noch mehr anspornen. Er grinst und bei diesem Grinsen erkenne ich, dass Aubrey recht hat. Er ist gefährlich. Er hat kein Herz.

»Ich muss gehen«, murmele ich und bevor Aubrey mir antworten kann, verlasse ich den Platz. Meine Schritte werden immer schneller, mein Atem geht unkontrolliert. Irgendwann weiß ich nicht mal mehr, warum mein Körper zittert und mir Tränen die Wangen herunterlaufen.

Die Vergangenheit lässt einen nie los, sie wird immer Teil deiner Gegenwart sein. Du kannst flüchten, du kannst wegrennen, aber nicht vergessen. Du kannst verdrängen, aber dein Herz vergisst nie.

Das Herz spürt den Schmerz. Es hämmert in deiner Brust. Dann höre ich Schritte.

*

Sein Blick durchbohrt meine Augen, aber ich will nicht wegschauen, denn ich bin nicht schwach.

Er sieht aus, als käme er gerade aus dem Fitnessstudio und nicht, als hätte er einen Kampf hinter sich. Vereinzelt erkenne ich Blutspritzer in seinem Gesicht, das Grinsen jedoch ist das gleiche wie zuvor.

»Was ist los, Raubkatze?«, fragt Parker und ich weiche reflexartig einen Schritt zurück, als er auf mich zukommt. Er bemerkt es und bleibt stehen, dabei hätte ich erwartet, dass er sich freut, meine Angst zu spüren.

»Ich sollte dich verachten, Parker«, sage ich.

»Aber das tust du nicht.« Es ist keine Frage, sondern eine Feststellung.

»Ich sollte dich hassen.«

»Ja.«

»Ich sollte dich schlagen.«

Er lacht leise auf. »Wieder mal.«

»Damit du auch mal siehst, wie es ist.«

Dann kommt er mit schnellen Schritten auf mich zu und als ich rückwärts gehen will, stoße ich gegen die Hauswand. Scheiße, ich bin ihm ausgeliefert.

»Die Wichser machen das freiwillig, schon vergessen, Kätzchen?« Sein Oberkörper berührt meinen und unfreiwillig halte ich die Luft an. »Schau mich an.«

Ich öffne die Augen und es ist, als stünde ein anderer Parker vor mir. Er strahlt keine Gefahr mehr aus. Dennoch ist er mir so nahe, dass ich Angst haben sollte.

»Da du meinen Namen weißt, wäre es nur fair, wenn ich deinen auch erfahre«, meint er.

»Was weißt du schon von Gerechtigkeit?«, entgegne ich.

»Ich weiß, dass das Leben nicht fair ist, deswegen scheiße ich genauso darauf.« Sein Blick verdunkelt sich und als ich diesmal einatme, riecht Parker anders. Kein Moschus, nur ein herber Duft und sein Schweiß.

»Das brauchst du mir nicht zu sagen.«
»Dein. Name.«
»Lizzy«, antworte ich.
»Dein richtiger Name.«
»Elizabeth.«
Er legt einen Zeigefinger ans Kinn und mustert mich. »Für eine Lizzy bist du viel zu frech«, sagt er dann.
Ich ziehe eine Augenbraue hoch. »Ich glaube kaum, dass du mich einschätzen kannst.«
Kaum habe ich den Satz ausgesprochen, drückt er seinen Körper gegen meinen und ich spüre, wie sich meine Kehle zuschnürt. Meine Arme sind wie gelähmt und ich kann ihn nicht mal von mir weg drücken. Nicht mal schlagen. Mich nicht mal wehren. Tränen schießen mir in die Augen und ich blinzele sie weg.
»Elizabeth.« Die Art, wie er meinen Namen ausspricht, lässt mich erschaudern. Er legt seine Hand unter mein Kinn, sodass ich ihn anschauen muss. »Ich sehe Angst in deinen Augen.«
»Lass mich los«, flüstere ich kaum hörbar.
»Du kannst mir nichts vormachen«, wispert er in mein Ohr und ich spüre seinen Atem. »Warum hast du Angst, Elizabeth? Ich will dich nur berühren.«
Seine Lippen streifen an meiner Wange entlang und ich weiß nicht, was ich mehr empfinde. Ekel oder Erregung.
Lass mich los. Fass mich an. Küss mich, bitte. Nimm deine Hände von mir weg.
Die Gedanken strömen nur so durch meinen Kopf und ich habe keine Ahnung, was ich denken soll. Was will Parker

von mir? Will er mich? Oder will er mir etwas antun? Will er seinen Spaß?

Ich kann nicht von Gut und Böse unterscheiden. Denn ich weiß nicht, was gut ist. Ich bin überfordert und will nur weg. Als sich meine Arme endlich wieder bewegen lassen, stoße ich ihn von mir und renne weg.

Weg. Weg. Weg.

Kapitel 4

Flashback

Ich wache in seinem Bett auf. Wahrscheinlich bin ich wieder eingeschlafen, als er mir etwas vorgelesen hat. Ich drehe mich um und tatsächlich liegt auf der anderen Bettseite ein Buch: Pinocchio.

Dann geht die Tür auf. »Na, hast du gut geschlafen, mein Engel?«

Ich nicke und er legt sich neben mich wieder ins Bett. Er streichelt meine blonden Haare und drückt mir einen Kuss auf die Stirn.

»Ich hab dich lieb, Kleines«, flüstert er mir zu und schmiegt sich dicht an mich, wobei sein Duft in meine Nase steigt.

Ein Duft, den ich nie vergessen werde.

Auf einmal nimmt er meine Hand und schiebt sie in seine, dann spüre ich etwas anderes.

»Daddy, was ist das?«, frage ich.

»Darüber hat sich Mommy immer gefreut und du tust das auch, mein Engel«, antwortet er.

Ich glaube es. Als Kind tut man das.

Kapitel 5

Die Tür wird aufgerissen und gleich darauf zieht man mir die Bettdecke vom Körper.

»Elizabeth Green, du stehst sofort auf«, befiehlt mir Aubrey und stemmt die Arme in die Hüfte.

Ich schüttele den Kopf.

»Du wirst noch vom College geschmissen.«

»Mir egal.«

»Lizzy.«

»Aubrey.«

Dann stapft sie davon und Sekunden später kippt sie mir den Inhalt einer Vase über den Kopf, sodass ich aufschreie und senkrecht im Bett sitze.

»Ich hasse dich«, murmele ich.

»Geh dich duschen und wasch deine Haare, du siehst aus wie ein Penner.« Mit einem Haufen Bücher unter dem Arm setzt sie sich an den Schreibtisch und fährt ihren Laptop hoch.

»Parker hat mich nach dem Kampf wieder angesprochen«, platze ich heraus.

Sie dreht sich auf ihrem Stuhl herum und starrt mich an, als wäre ich ein Alien. »Nicht. Dein. Ernst?«

»Doch.«

»Was wollte er? Er hat dich doch nicht ... du weißt. Ich meine, du hast ihn geschlagen«, stammelt sie.

»Er war nett«, sage ich.

»Nett?« Sie spuckt das Wort aus. »Reden wir hier vom selben Parker? Bloody Parker? BP?«

»Ich meine, soweit er nett sein kann«, rudere ich zurück.

»Lizzy, ich hab dir gesagt-«

»Er wollte mich küssen, glaube ich.«

Sie springt vom Stuhl auf und packt mich an den Handgelenken. »Du machst Witze.«

»Nein, verdammt.«

»Wie küsst er? War er gut? Habt ihr-«

»Nein, haben wir nicht und ich weiß auch nicht, wie er küsst«, antworte ich. »Ich bin abgehauen.«

»Gott, Lizzy.« Sie rauft sich die Haare und auf meinen fragenden Gesichtsausdruck hin fügt sie hinzu: »Parker bekommt immer, was er will. Dafür sorgt er. Ernsthaft, Lizzy, du bringst dich in Gefahr. Ich habe Stories über den Typen gehört, die-«

»Aubrey, mach mal halblang«, unterbreche ich sie und befreie mich aus ihrer Berührung. »Ich will nichts von ihm, rein gar nichts. Ich werde mich von ihm fernhalten und ich werde ganz sicher nicht ... Sex mit ihm haben.«

Meine Mitbewohnerin sieht nicht so aus, als hätte ich ihr die richtige Antwort gegeben, aber ich brauche keinen

Babysitter. Ich brauche überhaupt niemanden, der auf mich Acht gibt.

*

Zehn Minuten später lasse ich das warme Wasser der Dusche auf mich prasseln und vergrabe mein Gesicht in meinen Händen.

Die Gedanken strömen durch meinen Kopf, doch diesmal kann ich sie nicht aufhalten. Es ist, als würde die Mauer, die ich erbaut habe, zusammenbrechen. Ich habe versagt. Ich wollte weg. Ich wollte flüchten. Vor dem Monster meiner Vergangenheit und vor dem Monster in mir, aber ich merke jeden Tag mehr, dass es mich innerlich umbringt. Ich fühle mich stumpf, kaputt, verbraucht. Wann habe ich das letzte Mal ehrlich gelacht? Wann habe ich das letzte Mal Freude verspürt?

Die Antwort lautet: Ich weiß es nicht.

Mein ganzes Leben lang habe ich meine Ängste, meine Gedanken und meine Gefühle in mich gefressen. Ich habe nicht zugelassen, dass sie jemand zu sehen bekommt, dabei wäre das meine einzige Chance. Die Chance, zu entkommen. Aber ich bin schwach, ich bin verängstigt. Gefühle kann man nicht ewig wegsperren, denn irgendwann brechen sie aus. Sie rütteln an der Mauer, die man über Jahre hinweg erbaut hat, und irgendwann bricht sie ein. In tausend klitzekleine Stücke.

Als ich die Hände von meinem Gesicht nehme, schmecke ich das Salz meiner Tränen. Ich bin wieder allein und weine. Es ist keiner da, der mich auffängt. Für einen

Augenblick glaube ich, das Gleichgewicht zu verlieren. Aber das Geräusch einer zufallenden Tür lässt mich aufschrecken und ich versuche, die Tränen zurückzuhalten.

»Raubkätzchen?«

Mein Körper erstarrt und ich nehme nicht mal mehr den mittlerweile heißen Strahl der Dusche wahr.

»Ich weiß, dass du es bist«, sagt er.

Ich schalte die Dusche aus, reiße das Handtuch von der Ablage und wickle mich darin ein. »Was willst du?«, krächzte ich.

»Du weinst.«

»Nein«, entgegne ich viel zu schnell.

»Komm raus«, befiehlt er.

»Fick dich.« Ich fluche innerlich, dass sich meine Stimme so dünn und zaghaft anhört.

»Gut, dann komme ich-«

»Du wirst nicht-«, will ich sagen, als Parker schon den Duschvorhang aufreißt und oberkörperfrei vor mir steht.

Er lächelt und ich frage mich, wann er das gelernt hat. Aber das Lächeln steht ihm gut und auf einmal wirken seine Augen nicht mehr so düster und kalt.

»Warum stehst du heulend unter der Dusche, Kätzchen?«, fragt er mich erneut und kommt dabei auf mich zu.

Reflexartig mache ich einen Schritt zurück. »Das geht dich nichts an.«

Er seufzt und schließt die Augen. Dann öffnet er sie wieder und der Blick hat sich verändert. Das dunkle Braun seiner Augen flackert gefährlich. »Elizabeth.«

Seine Nähe ist zu viel. Je näher er mir kommt, desto mehr fühlt es sich an, als würde ich auf ein Feuer zugehen. Die Wärme durchströmt meinen Körper und unbewusst kneife ich die Augen zusammen.

Ich will, dass es vorbei ist. Mach schnell. Tu mir nicht weh.

»Elizabeth«, sagt er wieder.

Ich kann seinen Atem hören, so nah ist er mir. Und als ich seine Fingerspitzen an meinem Arm spüre, will ich ihn von mir stoßen, aber ich habe nicht genug Kraft. Parker packt mich an den Armen und drückt mich gegen die Wand.

»Verdammt, was willst du von mir?« Ein schriller Schrei entkommt meiner Kehle und ich schluchze auf.

»Du fragst dich, was ich von dir will?« Er zieht seine Augenbrauen zusammen. »Ich sehe deine Angst. Ich spüre deine Angst. Jetzt, in diesem Moment. Sag mir, wovor hast du solch eine Angst? Was hat dich dazu gebracht?«

Denkt er ernsthaft, ich würde ihm all die Sachen erzählen, die ich bisher keinem einzigen Menschen anvertraut hatte? Oft hatte ich schon den Gedanken, es jemanden zu erzählen, aber was soll es bringen? Ich würde mich kein Stück besser als zuvor fühlen, denn niemand kann die Last von mir nehmen, die ich seit Jahren mit mir trage.

Ich weiß nicht, warum, aber ich lache auf. Ich lache, weil er mich für so naiv und dämlich hält.

»Ich habe gehört, was die Leute über dich reden, Parker«, antworte ich und bin überrascht von der Gehässigkeit in meiner Stimme. »Ich bin nicht das Mädchen, das du suchst. Ich bin niemand, der eine schnelle Nummer unter der Dusche mit dir schiebt. Ich werde nie eine Nummer mit dir schieben, egal wo. Ich habe deinen Kampf gesehen und ich habe gesehen, dass meine Mitbewohnerin recht hatte.«

Sein Griff um meine Arme lockert sich und er sieht mich abwartend an.

»Sie hatte recht«, fahre ich fort und halte währenddessen seinem Blick stand. »Als sie sagte, dass du kein Herz hast. Du ekelst mich an. Hast du etwa kein Gewissen?« Ich lache auf und Parker vergrößert den Abstand zwischen uns. »Oh, nein, hast du nicht. Denn sonst würdest du nicht darauf scheißen, was die Leute von dir denken und durch die Gänge stolzieren, als wärst du ein Held.«

Als hätte er den Abstand nur vergrößert, um mich im nächsten Moment komplett zu überrumpeln, drückt sich sein Körper schwer gegen meinen. Er zieht mein Kinn zu sich heran, sodass ich ihn ansehen muss und ich habe die Befürchtung, er könnte mir, mit nur einer Hand den Kiefer brechen.

»Parker, lass mich los«, bringe ich mühsam hervor.

Sein hasserfüllter Blick mustert mich. »Jetzt bettelst du, was? Genauso wie die anderen Schlampen, nachdem ich mit ihnen fertig war«, sagt er. »Ich habe mich in dir getäuscht, kleines Kätzchen. Du bist genauso wie die anderen. Du denkst, du bist was Besseres, was Besonderes. Aber soll ich dir was verraten?« Sein Griff verstärkt sich und ich versuche erfolglos mich ihm zu entreißen, was ihn offensichtlich belustigt. Er lacht auf und ich weiß nicht, was mich mehr beängstigt – sein Blick oder das Lachen. Es scheint, als sei er gerade eine völlig andere Person.

»Du bist schwach. So verdammt schwach. Du lässt dich von der Angst lenken, denn sie hat dich unter ihrer Kontrolle. Das ist einfach nur armselig, Elizabeth. Vielleicht solltest du auch mal deine ganze Wut in einem Kampf auslassen? Aber dafür bist du nicht mutig genug, stimmt's?« In einer geschickten Bewegung lässt er mich los und gibt mir einen Stoß, sodass ich mit dem Kopf gegen die Wand knalle und er mich wie ein Häufchen Elend zurücklässt. Ich weiß nicht, was mir in diesem Augenblick mehr weh tut: der seelische oder der körperliche Schmerz.

*

Ich sitze in der Vorlesung. Die Stimme des Professors prasselt auf mich nieder und doch verstehe ich kein Wort von dem, was er sagt. Er spricht über irgendein literarisches Werk eines amerikanisches Schriftstellers, das wir vor zwei Wochen lesen sollten. Alle Studenten haben das Buch vor sich liegen, lesen darin, markieren Zeilen und machen Notizen.

Die Stille dröhnt in meinem Kopf wie die Maschine eines Baustellenfahrzeuges und ich halte es nicht länger aus, die Blicke auf mir zu spüren. Die Blicke, die ich mir einrede. Meine Hand verkrampft sich unter dem Tisch und spüre bereits, wie sich meine Fingernägel in meine Handinnenflächen bohren. Ich nehme den Schmerz wahr, aber es tut nicht weh.

Dann beendet der Professor endlich die Vorlesung und ich will meine wenigen Sachen packen, heraus flitzen, als er meinen Namen ruft.

»Elizabeth Green, bitte kommen Sie zu mir.«

Shit. Ich bin geliefert. Das Blut rauscht in meinen Ohren und ich halte meinen Block wie ein Schutzschild vor meine Brust, als ich auf ihn zulaufe. Er trägt ein Jackett und ein weißes Hemd, das nicht ganz zugeknöpft ist und in seiner Jeans steckt. Seine kurzen Haare sind braun und die rote Hornbrille mit runden Gläsern macht ihn lächerlich, lächerlich gutaussehend. Der Typ wird gerade mal in seinen Dreißigern sein, wenn überhaupt. Warum habe ich mich bisher vor seinem Kurs gedrückt? Ach ja, deswegen, fällt es mir schlagartig ein, als ich vor ihm stehe.

Kaum hebt er den Blick und lächelt mich an, überkommt mich ein unangenehmes Gefühl in meiner Magengegend. Ich presse die Lippen aufeinander und versuche, den Atem anzuhalten.

»Miss Green«, setzt er an. »Ich sehe Sie heute das zweite Mal in meinem Kurs. Es freut mich, dass Sie da sind, aber Ihnen ist klar, dass ich Sie auf Ihre geringe Anwesenheit ansprechen muss?«

Ich nicke. »Ja, Sir.«

»Ich wünsche mir, dass Sie meinen Kurs öfter besuchen und nicht nur das.« Er räuspert sich. »Es wäre schön, Sie in all Ihren Kursen öfter zu sehen.«

Ich lecke mir verlegen über die Lippen. »J-ja, Sir, es tut mir leid.«

Er schaut über den Rand seiner Brillengläser und ich kann seinen Blick nicht deuten. »Miss Green, wenn ich irgendetwas für Sie tun kann-«

»Ja, danke, ich weiß schon«, unterbreche ich ihn.

»Oder wenn Sie lieber Hilfe einer weiblichen Person annehmen wollen, gibt es auf dem Campus-«

»Das weiß ich. Aber mir geht es gut. Es ist alles gut«, stammele ich. »Danke, Mr ...«

»Schneyder.«

»Danke, Mr Schneyder«, beende ich den Satz und werfe ihm ein zaghaftes Lächeln zu, bevor ich den Saal verlasse. Der Flur ist menschenleer und das ist auch gut so, denn als ich den nächsten Mülleimer erblicke, muss ich mich übergeben. Säuerliche Magengalle kommt aus meinem Mund, aber mein Körper hört nicht auf, zu würgen. Tränen strömen über meine Wangen und ich kann nichts anderes tun, als es zuzulassen.

Wie konnte ich nur so dumm sein, zu denken, weglaufen sei die Lösung? Ich kann es nicht mal ertragen, in einem Saal voller Menschen zu sitzen, geschweige denn dem Professor in die Augen zu schauen, ohne dass ich in die Augen eines Monsters schaue. Wie bemitleidenswert. Was würde er wohl in diesem Augenblick sagen?

Mein Engel, nichts wird uns auseinander bringen. Nicht mal der Tod. Ich werde dich immer in meinem Herzen tragen.

Wieder muss ich würgen und meine Hände krallen sich um den Eimer. Ich fühle mich schwach, so wahnsinnig schwach. Die Sterne kreisen vor meinen Augen.

Aber es wird nicht besser, sondern schlimmer. Weitaus schlimmer. Als ich seine Stimme höre.

»Kätzchen.«

Er kommt auf mich zu und nimmt mich an den Haaren, sodass ich ihn ansehen muss. Ich wünschte, er würde mich hier allein zurücklassen.

»Komm mit«, befiehlt er stattdessen und als wäre es eine Leichtigkeit, hievt er mich auf seine Arme.

»Wohin gehen wir?«, stottere ich und schlucke den ekligen Geschmack in meinem Mund herunter.

»Das wirst du früh genug sehen, Elizabeth.«

Ich liebe es, wie er meinen Namen ausspricht.

Kapitel 6

Flashback

5. Geburtstag

Ich hasse es, wie er meinen Namen ausspricht.

»Elizabeth, Engelchen«, säuselt er. »Wach auf.«

Ich will mich aus seiner Umarmung entziehen, aber ich schaffe es nicht. Denn ich bin zu schwach, wie schon mein ganzes Leben lang.

»Du hast Geburtstag.«

Der schlimmste Tag meines Lebens, da nimmt er sich immer frei und verbringt den ganzen Tag mit mir. Ich fürchte den Tag eh und je und verstehe nicht, warum andere Kinder sich darauf freuen.

Bis ich irgendwann verstand, dass nicht die Welt der anderen abnormal ist, sondern meine.

Womit habe ich das verdient? Ich habe bis heute keine Antwort darauf..

Kapitel 7

Ich wache in einem Bett auf. Eine weiche, warme Decke hüllt sich um meinen Körper und ich versuche mich zu orientieren, aber ich habe keine Ahnung, wo ich bin.

Verdammt, wo hat Parker mich hingeschleppt? Was hat er mit mir angestellt? Was wird er mit mir machen? Nichts kann so schlimm sein wie das, was ich erlebt habe.

Auf einmal wird die Tür geöffnet und Parker betritt das Zimmer. Er trägt ein Tablett, auf dem eine Tasse, Obst und sogar Waffeln liegen. Mein Magen macht Geräusche.

Er lacht leise. »Ich komme wohl genau richtig«, sagt er und setzt sich neben mich auf das Bett.

Ich weiche zurück und drücke die Decke fest an mich. Ich versuche, mich daran zu erinnern, was passiert ist. Die Vorlesung, das Gespräch mit Mr Schneyder, nach dem ich mich übergeben habe und dann … Parker. Er hat mich mitgenommen.

»Wo bin ich?«, stottere ich.

Ich nehme wahr, wie er kurz die Stirn runzelt und mich dann ansieht. »Bei mir zu Hause.«

Zu vage. »Wo ist das?«

»Im Verbindungshaus«, antwortet.

»Wer nimmt dich denn in einer Verbindung auf?«, platze ich heraus.

Er presst angestrengt die Lippen aufeinander und ich bemerke, dass sich seine Hände zu Fäusten ballen. Wie von selbst schließe ich die Augen und halte die Decke vor mich, als könnte es mich beschützen. Beschützen vor dem Schlag, der mich gleich treffen wird.

Aber es passiert nichts. Stille. Ich schaue auf und sehe in Parkers Augen, die mich taxieren.

»Iss«, sagt er und schiebt das Tablett zu mir.

Beim Anblick des Essens läuft mir das Wasser im Mund zusammen und ich nehme mir eine Erdbeere vom Teller.

»Mehr.«

Ich gehorche und zupfe mir ein Stück von der Waffel ab, die immer noch warm und unglaublich lecker ist.

Dann hält er mir die Tasse und eine Tablette hin. »Kamillentee und eine Schmerztablette. Nimm.«

»Woher soll ich wissen, dass-«

Sein zorniger Blick trifft mich wie eine Peitsche. Ich lege die Tablette in meinen Mund, trinke den Tee und schlucke. Mehr aus Spaß als aus Ernst strecke ich ihm die Zunge heraus und zeige ihm meinen Mund, damit er sicher gehen kann, dass ich sie geschluckt habe.

»Mir würde eine bessere Situation einfallen, in der du mit offenem Mund und herausgestreckter Zunge vor mir sitzt«, sagt er und kann sich ein Grinsen nicht verkneifen. Kaum hat er das aber bemerkt, setzt er einen neutralen Gesichtsausdruck auf und räuspert sich kaum hörbar.

»Warum hast du mich mitgenommen?«, frage ich.

Er zuckt mit den Schultern. »Dir ging es schlecht. Ich wollte dir helfen.«

»Du mir helfen?« Ich spucke die Wörter aus und kann meine Verwunderung nicht verstecken.

»Was ist daran so komisch, Kätzchen?«, erwidert er mit kalter Stimme.

»Du bist nicht so der Helfer-Typ.«

Daraufhin schnalzt er missbilligend mit der Zunge. »Du kennst mich nicht.«

»Ich weiß genug, von dem, was die Leute-«

»Was die Leute herumerzählen? Was sie tratschen? Die Gerüchte, die sie in die Welt setzen, glaubst du?«, unterbricht er mich barsch. »Willst du dann mal wissen, was die Leute über dich erzählen?«

Ich erstarre. Darüber habe ich noch nie gedacht.

»Nichts«, sagt er, als ich nicht antworte. »Du bist ein Niemand. Ein Nichts. Ich bin der Einzige, der sich um dich schert.«

Ob ich will oder nicht, es tut weh, seine Worte zu hören.

»Wieso tust du es denn, Parker?«, erwidere ich. »Du kennst mich nicht, ich kenne dich nicht. Wir sind zwei Fremde. Was zum Teufel willst du von mir?«

Er beugt sich zu mir und da ich schon am Rand des Bettes sitze, kann ich mich nicht weiter von ihm entfernen. Mit den Händen spreizt er meine Beine und leckt mit der Zunge über meinen Hals. Ich wimmere und spüre seine Hand an meinem Oberschenkel.

»Warum ich das tue?«, raunt er und sein Mund streift über meine Lippen, während ich seine Hand bedrohlich nahe zwischen meinen Beinen spüre. »Ich will herausfinden, wovor du solche Angst hast, Elizabeth.« Dann drückt er seine Lippen hart auf meine, die sich unerwartet sanft anfühlen, und die Härte weicht aus seinem Kuss. Gleichzeitig schiebt er die Hand an meinen Slip und ich fühle, wie seine kalten Finger mich ertasten.

Ich will ihn von mir stoßen, nach ihm treten, meine Beine mit aller Kraft verschließen. Doch er ist stärker. So viel stärker.

Seine Lippen drängen sich wieder auf meine und als er mich dort berührt, wo mich niemand berührt, stoße ich einen brechenden Schrei aus. Aber er stoßt seine Zunge in meinen Mund und ich bin gefangen.

Ich wusste es. Er nimmt sich, was er will. Er wird mir weh tun. Er nutzt mich aus.

Seine Hände gierig auf meinem Körper und seine pochende Erektion presst sich gegen die Jeans. Ich weine, stöhne, wimmere. Seine rauen Finger schieben sich in mich, um das zu bekommen, was er will.

Aber ich kann es nicht wieder zulassen. Ich will es nicht erneut zulassen. Habe ich kein bisschen Selbstachtung? Dann reiße ich die Augen auf und weiß, dass ich noch nicht endgültig verloren habe. Ich beiße ihm auf die Zunge und fluchend weicht er zurück, hält sich eine Hand auf den Mund. Ich renne.

Weg von ihm.

Nur in einem T-Shirt und einem Slip bekleidet renne ich über den Campus. Einfach weg.

*

Ich ging nicht in die nächste Vorlesung von Mr Schneyder. Stattdessen verbrachteich die Tage in einem Café außerhalb des Colleges und kam erst gegen Abend wieder zurück. Denn ich wollte nicht nur Aubrey, sondern vor allem Parker aus dem Weg gehen.

»Warst du nicht letztens bei Schneyder in der Vorlesung? Hey, du!«, ruft mir jemand hinterher.

Ich beschleunige meine Schritte, aber dann fasst mir jemand an die Schulter. »Finger weg«, zische ich.

Augenblicklich lässt derjenige los und joggt neben mir her. »Ich hab dich noch nie hier gesehen«, versucht er es wieder.

»Was willst du?«, frage ich und drehe meinen Kopf in seine Richtung.

»Mich unterhalten.« Er zuckt mit den Schultern.

Ich mustere ihn und erst dann fällt mir auf, dass ich ihn ir- gendwoher kenne. »Bist du ... Massive Mike?« Ich kann den Spott in meiner Stimme nicht verstecken, aber er wirkt auch nicht verletzt oder getroffen.

»Jap, der bin ich.« Er zwinkert mir zu und ich ziehe die Augenbrauen zusammen.

»Okay, war nett, dich kennengelernt zu haben«, sage ich.

»Wie jetzt? Das war's?« Massive Mike joggt weiter neben mir her.

»Was erwartest du denn? Dass ich dich nach einem Autogramm auf meinen Brüsten frage?«

»Das nicht unbedingt, aber-«

»Sorry, aber ich habe jetzt wirklich keine Lust zu quatschen und-«

»Wie wär's mit einem Date, Hübsche?«

Hübsche? Entweder hat er ein übersteigertes Selbstbewusst- sein oder er denkt, mit den Freefights, an denen er teilnimmt, besitzt er das Recht, alle Mädels anzubaggern.

»Noch mal zum mitschreiben, Massive Mike«, setze ich an, da werde ich schon wieder unterbrochen. Allerdings nicht von Mike.

»Hast du nicht verstanden, was sie gesagt hat oder ist dein Gesicht von meinen Schlägen immer noch so angeschwollen, dass es deine Hörfähigkeit einschränkt?« Parker hat sich mit verschränkten Armen vor der Brust vor mich gestellt und blickt auf Mike herab, dessen Gesichtsausdruck zwischen verärgert und überrascht wechselt.

»Das hier geht dich einen Scheiß an«, blafft Mike und weicht einen Schritt zurück, als Parker mit langsamen, quälenden Schritten auf ihn zukommt.

Erst als sich die beiden gegenüberstehen, wird mir bewusst, wie groß und bullig Parker ist. Auch wenn Mike groß und trainiert ist, wirkt er im Gegensatz zu Parker, wie ein Schuljunge. Schwach, klein und verängstigt.

»Das geht mich sehr wohl an und jetzt verpiss dich, sonst kassierst du diesmal keine gebrochene Nase, sondern einen gebrochenen Kiefer«, erwidert Parker mit ruhiger Stimme, aus der jedoch der drohende Unterton spricht.

Und dann tut Mike etwas, mit dem ich nicht gerechnet habe. Er holt aus und rammt Parker seine Faust ins Gesicht, sodass dieser zurücktaumelt. Instinktiv will ich ihn auffangen, auch wenn er mich wohl eher erdrückt hätte. Als ich wenige Zentimeter hinter ihm stehe, holt Parker aus, um Mike eine runterzuhauen, und stößt mir dabei seinen Ellbogen ins Gesicht. Ich stürze auf den Boden und halte mir die Nase. Fuck. Blut rinnt aus meiner Nase und ich spüre, wie mein Auge anschwillt.

Als ich aufschaue, liegen die Jungs prügelnd auf dem Boden und schlagen aufeinander ein. Ich schüttele den Kopf vor Fassungslosigkeit. Vielmehr bin ich allerdings wütend. Nicht auf Mike, der mich nur genervt hat, sondern auf Parker. Dafür, dass er mich im Verbindungshaus bedrängt hat und nun offensichtlich denkt, er müsse mich beschützen.

Wichser.

Ich rapple mich auf, gehe auf beide zu und schlage Parker mit der Faust ins Gesicht, der zu meiner Überraschung wie ein nasser Sack zur Seite fällt. Er hat wohl seine gesamte Kraft schon verbraucht. Mike lacht auf und als ich in sein dämliches Gesicht schaue, ramme ich auch ihm eine rein.

»Scheiße, was bist du für 'ne verrückte Schlampe?«, faucht Mike. »Völlig durchgeknallt.« Und dann rennt er wie ein verängstigtes Kaninchen davon.

»Da muss ich ihm recht geben. Du bist eine verrückte Schlampe.«

Fast hätte ich Parker vergessen. Sein Gesicht ist angeschwollen, Blut klebt an seinen Wangen und seinem T-Shirt, während ihm der Schweiß von der Stirn rinnt. Irgendwie heiß, denke ich, und beiße mir unbeabsichtigt auf die Lippe.

»Ich wollte dich vor dem Hurensohn beschützen und das Einzige, was dir einfällt, ist, mir eine reinzuhauen?« Er baut sich bedrohlich vor mir auf, aber ich halte seinem Blick stand.

»Der einzige Hurensohn hier bist du«, erwidere ich und klopfe mir innerlich auf die Schulter, dass meine Stimme so fest und überzeugend klingt.

»Du bewegst dich auf ganz dünnem Eis«, zischt Parker.

Ich sehe wieder das Blitzen in seinen Augen, das Funkeln, das mir sagt Verschwinde, aber ich bleibe. Ich höre seinen Atem und spüre die Wärme, die von ihm ausgeht. Doch noch mehr spüre ich Angst und gleichzeitig das Adrenalin. Ich will nicht wieder weglaufen, ich will nicht wieder schwach sein.

»Glaubst du, den Leuten Angst einzujagen, macht dich zu einem Held? Fühlst du dich gut dabei?«

»Mache ich auch dir Angst, Kätzchen?«, fragt er. »Denn ich kann deine Angst riechen, ich kann sie spüren.«

Ich lache auf. »Du machst mir keine Angst. Ich habe jahrelang damit gelebt, bin damit aufgewachsen, nachts damit eingeschlafen und morgens wieder damit aufgewacht. Du bist nicht das erste Arschloch in meinem Leben, das mir begegnet. Denn Männer wie du sind einfach nur armselig. Ihr seid diejenigen, die schwach sind. Ihr denkt, ihr könnt über andere herrschen, aber eines Tages«, sage ich, »eines Tages, macht es *peng*, und weg seid ihr.« Ich realisiere erst, wie sehr ich mich in Rage geredet habe, als ich nach Luft schnappe.

Ich spüre Parkers Blick auf mir und plötzlich kommt er auf mich zu, drückt seine Lippen auf meine. Warm und weich liegen sie auf meinen und seine Zunge will sich Zugang zu meinem Mund verschaffen. Ich will es zulassen, aber ich kann nicht.

Es ist zu viel, zu eng, zu warm. Ich werde panisch und versuche erfolglos, ihn mit aller Kraft von mir zu stoßen. Er ignoriert meine Versuche, mich aus seiner Berührung zu befreien. Sein Mund drückt sich immer härter auf meinen und als mir kein anderer Ausweg mehr einfällt, stoße ich ihm mein Knie in die Weichteile. Sofort springt er von mir weg und der Anblick seines schmerzverzerrten Gesichts ist Genugtuung genug.

Fürs Erste.

*

»Deine Vorlesung ging aber lange«, bemerkt Aubrey und runzelt die Stirn, als ich unser Zimmer betrete.

Ich murmele etwas Unverständliches vor mich hin und ziehe mir ein frisches Oberteil an. Müde und ausgelaugt lasse ich mich auf das Bett fallen, wobei mir wieder schmerzhaft bewusst wird, dass mir-

»O mein Gott, Lizzy! Was ist passiert?«, schreit Aubrey, als sie sich zu mir dreht. Ihre Augäpfel scheinen vor Schock bald herauszufallen.

»Nichts, nichts.«

»Nichts? Erzähl mir auf der Stelle, was los ist.« Sie setzt sich neben mich und legt mir eine Hand auf den Oberschenkel.

»Es ist nichts los, rein gar nichts«, antworte ich.

»Tja, das bereitet mir zusätzlich Sorgen, Lizzy«, entgegnet Aubrey. »Weißt du, mein Dad hat mich auf deine Fehlzeiten angesprochen und da wir so was wie beste Freundinnen sind, dachte er, ich könnte mit dir darüber reden ...«

»Dein Dad? Er ist doch aber nur Professor und nicht der Dekan der Uni und überhaupt ... was hat er mit meinen Angelegenheiten zu tun?«

»Er ist der stellvertretende Leiter des Colleges«, stellt sie kleinlaut klar.

Shit. »Sag ihm, dass alles gut ist.«

»Lizzy, ich sehe, dass nichts in Ordnung ist. Du must es mir nicht sagen, aber ich kann meinen Dad nicht ewig hinhalten«, sagt sie und streicht sich nachdenklich durch die dunklen Haare. »Ich rede mit dir als Freundin und will dir nur helfen. Hat es etwas mit Parker zu tun?« Den letzten Satz spricht sie leise aus, als wolle sie hören, dass das genau nicht der Fall ist. Allerdings weiß ich sehr wohl, dass Parker meine Welt noch mehr durcheinander bringt als sie ohnehin ist.

Leider fasst Aubrey mein Schweigen als ein Ja auf und ich komme nicht dazu, mich zu rechtfertigen.

»Lizzy, was hast du nur getan? Hast du mit ihm geschlafen? Hast du ihn verärgert? Du wirst ewig auf seiner schwarzen Liste stehen!« Sie rauft sich die Haare. »Steckst du in Schwierigkeiten? Hat er dich so zugerichtet?«

»Aubrey-«

»Du bist doch nicht etwa schwanger, oder?« Sie springt vom Bett auf und läuft im Zimmer auf und ab.

»Kannst du mal eine Minute den Mund halten und mich ausreden lassen?«, gebe ich brummend von mir.

Sie bleibt abrupt stehen, setzt sich auf den Schreibtischstuhl und presst die Lippen aufeinander. Ich kann es gar nicht fassen, dass ich sie zum Schweigen gebracht habe.

»Erstens: Ich bin nicht schwanger.« Scheiße, warum habe ich überhaupt erstens gesagt? Ich wollte gar keinen zweiten, dritten oder vierten Punkt aufzählen. Aber ich tue es trotzdem. »Zweitens: Wir haben uns geküsst. Drittens: Er hat mich in sein Zimmer ins Verbindungshaus gebracht. Viertens: Ich habe ihn geschlagen. Mehrmals.«

»Lizzy.« Mit versteinertem Gesichtsausdruck sitzt Aubrey mir gegenüber.

»Aubrey.«

»Du hast ihn geschlagen?«

»Und ich dachte, du würdest eher auf den Punkt eingehen, dass er mich geküsst hat«, bemerke ich und bin doch etwas enttäuscht.

»Parker macht mit tausend Weibern herum, das ist nichts Neues, aber warum zum Teufel hast du ihn geschlagen?«, wehrt sie meine Bemerkung ab.

»Er hat angefangen.«

»Er hat angefangen?«

Ich muss über ihren verwirrten Gesichtsausdruck lachen und als ich mich wieder gefasst habe, antworte ich: »Ich war vor ein paar Tagen duschen gewesen, er kam rein und ...«

»Und?«

»Okay. Eigentlich habe ich angefangen.«

»Du?«

»Als ich ihn das erste Mal vor dem Café getroffen habe und dann nach seinem Kampf, als er mich geküsst hat. Dann unter der Dusche, als er mehr wollte und ich ihn geschlagen habe. Dann nach der Vorlesung, als er mich mit in sein Zimmer genommen hat und er mehr wollte, aber ich nicht. Vorhin, als Mike mich angesprochen hat, und er dazwischen gegangen ist«, zähle ich auf, ehe mir bewusst wurde, wie viel Zeit ich mit ihm verbracht habe.

»Und ich bin davon ausgegangen, du hängst den ganzen Tag im Zimmer ab«, erwidert Aubrey. »Dabei macht sich das heißeste, größte Arschloch des Campus an dich ran!«

»Er ist ein Arschloch.«

»Ich weiß, das weiß jeder, Lizzy. Und ein heißes Arschloch mit dazu, weswegen die Regel lautet: Leg dich nicht mit ihm an. Was meinst du, wie viele Herzen er schon gebrochen, wie viele Mädchen entjungfert, wie viele Ex-Freunde schon krankenhausreif geprügelt hat? Ich hab dir verdammt noch mal gesagt, dass du die Finger von ihm lassen sollst«, redet sie auf mich ein.

»Ich will nichts von ihm«, erwidere ich wenig überzeugend.

»Das sagen sie alle. Du hast mir aber immer noch nicht beantwortet, wer dir das«, sie zeigt auf mein Gesicht, »angetan hat.«

Ich zucke mit den Schultern. »Parker wollte Mike eine reinhauen und ich stand direkt hinter ihm, sodass ich seinen Ellbogen abbekommen habe. Das hat mich so wütend gemacht, dass ich ihm eine reingehauen habe.«

»Was wollte eigentlich Mike von dir?«, fragt sie.

»Ein Date.«

»Krass.«

»Ich habe ihn abgewiesen, dann kam Parker und du weißt, dass er statt mit dem Mund mit den Fäusten spricht«, erzähle ich weiter. »Und geküsst hat er mich auch wieder.«

Aubrey klatscht freudig in die Hände. »Lizzy, der Typ will dich. Aber so was von.«

»Du meintest doch eben, dass ich die Finger von ihm lassen soll?«

»Ja«, flötet sie. »Schlaf mit ihm und die Sache hat sich erledigt. Er sieht in uns Frauen nur ein Spielzeug.«

Ich bin mir nicht sicher, ob Aubrey mich damit motivieren will, aber falls sie das vorgehabt hat: Es hat nicht funktioniert.

Kapitel 8

Diese Nacht schlafe ich unruhig und wälze mich in meinem Bett hin und her. Kaum dass die Sonne aufgeht und die ersten Strahlen durch den Rollo wirft, stehe ich auf, ziehe mich an und beschließe, Schneyder eine zweite Chance zu geben.

In der roten Bluse und der schwarzen Röhrenjeans sehe ich fast wie eine fleißige Studentin aus. Den Bluterguss in meinem Gesicht überdecke ich mit Make-up.

Gerade bin ich auf dem Weg zum Vorlesungssaal, als mich eine nur zu bekannte Stimme anquatscht: Mike.

»Hey du«, sagt er.

»Hattest du gestern etwa nicht genug?«, gebe ich zurück, ohne ihn anzusehen.

»Hast du jetzt auch eine Vorlesung beim Schneyder?«

»Ja.«

»Cool, ich auch.«

Ich verlangsame meine Schritte und wende mich Mike langsam zu. Sollte ich auf Aubrey hören und mich mit den anderen anfreunden? Zugegeben, Mike ist mir gestern auf die Nerven gegangen, aber ich konnte nicht ahnen, dass es so ausartet. Zumal das nicht meine Schuld war. Und so übel wirkt Mike gar nicht.

Ich setze also ein Lächeln auf. »Oh, cool. K-kannst du mir deine Notizen der letzten Stunden geben?«

»Klar«, antwortet er.

Das geht ja einfach, denke ich. »Das mit Parker tut mir leid, ich wollte das nicht-«

»Halb so wild, ehrlich.« Er winkt ab. »Wie heißt du eigentlich?«

»Ich bin Lizzy«, sage ich und halte ihm meine Hand hin, die er ergreift.

»Freut mich, Lizzy. Ich bin Mike und sollte mich wahrscheinlich auch für die Situation gestern entschuldigen.«

»Stimmt, das solltest du.«

Mike lacht auf. »Ich gebe dir meine Notizen und lade dich auf einen Kaffee ein, einverstanden?«

»Nur einen Kaffee?« Ich hebe eine Augenbraue.

»Und Kuchen?«

»Kuchen ist immer gut«, sage ich, ohne mir ein Grinsen verkneifen zu können.

Tatsächlich sitze ich die ganze Vorlesung über zwischen Mike und einem Mädchen, das sich mir als Arya vorgestellt hat. Es ist das erste Mal seit langer Zeit, dass ich mich auf etwas konzentrieren kann und mich weder Getuschel noch knarzende Stühle ablenken. Ich schreibe Notizen mit und lache sogar über die Witze von Professor Schneyder, die gar nicht mal so uncool sind. Er scheint mir ein netter Prof zu sein und als er die Stunde beendet, überkommt mich ein Gefühl von Stolz und Freude.

»Wir sehen uns nächstes Mal und vergiss den Kaffee nicht, der bringt Wunder«, verabschiedet sich Arya zwinkernd.

Hätte ich gewusst, dass es so einfach ist, Kontakte zu knüpfen, wäre ich eher in den Kurs gegangen. Aber anscheinend interessieren sich die meisten für ihre eigenen Angelegenheiten und nicht die einer unscheinbaren Kommilitonin.

»Ich hoffe, du vergisst nicht den Kaffee, den wir zusammen trinken wollen«, sagt Mike, als wir gemeinsam den Saal verlassen.

Ich lache auf und hebe anmerkend den Zeigefinger. »Und den Kuchen.«

»Lizzy, du bei einer Vorlesung?«, brüllt jemand über den ganzen Flur und bevor ich mich irgendwo beschämt verstecken kann, rennt Aubrey mit ausgestreckten Armen auf mich zu. Dabei fliegen ihre kurzen Haare in der Luft hin und her und der schwarz-gepunktete Rock wippt im Takt mit.

»Sieht ganz so aus«, antworte ich widerwillig und sie drückt mich an sich, mustert dann Mike.

»Du stehst wohl auf draufgängerische Typen, was?« Diese Frau macht mich wahnsinnig, das weiß ich, und sprachlos.

»Ich bin ein Draufgänger?«, entgegnet Mike und verzieht den Mund.

»Du machst bei den Kämpfen mit, also ja.« Aubrey zuckt mit den Schultern. »Und passt somit perfekt in Lizzys Beuteschema, stimmt's?«

»Aubrey-«

»Du hast letztes Mal gegen Parker verloren, oder?«, unterbricht sie mich.

Sie macht mich nicht nur wahnsinnig, nein. Vollkommen verrückt. Wie kann sie ihm nur so dreist ins Gesicht drücken, dass er ein Verlierer ist?

»Ich war letztes Jahr verletzt und hatte nicht viel Zeit zum Trainieren, aber ich wollte unter keinen Umständen ausfallen«, erklärt Mike und sein Gesichtsausdruck verrät, dass ihn das mehr zu schaffen macht als er gerade zugibt.

»Ah«, macht Aubrey. Ihre Augen richten sich erneut auf mich und sie setzt schon wieder zu einem Satz an. »Ich glaube, Lizzy steht eher auf Gewinner-Typen, oder? Mensch, Lizzy, jetzt sag doch auch mal was.«

»Du redest die ganze Zeit ununterbrochen, wie soll ich da überhaupt zu Wort kommen, wenn du mir nicht mal die Möglichkeit lässt?« Mit hochgezogenen Augenbrauen und einem schmalen Grinse sehe ich sie an.

Voller Dramatik fasst sie sich mit der Hand an die Brust und ihre Augen weiten sich, als hätte ich ihr eine Ohrfeige verpasst. »Ich will nur die Unterhaltung in Schwung bringen.«

»Bevor du aufgekreuzt bist, hatten wir eine gute Unterhaltung. Aber danke, dass du darum bemüht bist, meine Gespräche in Gang zu halten, Aubrey.«

»Ach, du kennst mich. Das ist mein Spezielgebiet«, antwortet sie, ohne das Gesicht zu verziehen, und meint das offensichtlich toternst.

Mike neben mir fängt auf einmal an, in seiner Tasche zu kramen und hält mir schließlich einen Ordner hin. »Die Notizen von letzter Stunde.« Er lächelt mich an.

»Oh, sicher, danke.«

Gerade sieht es aus, als wolle er gehen und dreht sich dann zu Aubrey um. »Wenn Lizzy so sehr auf Gewinner-Typen steht, sollte ich wohl gute Chancen haben, denn ich bezeichne mich nicht als Verlierer. Niemand auf dem Campus tut das, du weißt, warum.«

Mein Gehirn rattert und versucht zu verstehen, was zur Hölle er damit meint, aber ich kapiere nichts. Ganz im Gegensatz zu Aubrey, die hörbar schluckt. Was für ein Film läuft hier gerade?

Die Stille zwischen den beiden ist erdrückend und mir fällt nichts ein, was ich sagen könnte, um die Situation zu entschärfen. Doch dann geschieht etwas, das die Situation noch mehr aufheizt.

Ein dunkles, tiefes Lachen schallt durch den Flur und lässt mich reflexartig umdrehen. Schwarze, zerschlissene Jeans sitzen tief auf seinen Hüften, ein weißes T-Shirt betont seinen trainierten Oberkörper und mit fließenden Bewegungen läuft er auf uns zu. Bloody Parker. Einzelne Strähnen seines dunklen Haares fallen in seine Stirn und das ist der Moment, in dem mir bewusst wird, wie unverschämt gut er aussieht. Scheiße. So verdammt gut, so verdammt sexy, dass ich ein wohliges Gefühl zwischen meinen Beinen wahrnehme.

Ich will auf ihn zulaufen, mich an seine Brust schmiegen und spüren, wie seine Lippen auf meiner nackten Haut entlang streifen. Ich will seine warmen Hände auf meinem Körper spüren und dass-

Stopp.

Mir wird schlecht. Schlecht vor meinen eigenen Gedanken und dem Szenario, das sich mir gerade bietet. Mike und Parker blicken sich an, bereit zum Kampf.

»Du bist ein scheiß Loser«, sagt Parker und seine Stimme fährt mir durch Mark und Bein. »Mach nicht den gleichen Fehler wie dein Vater und vergeh dich an unschuldigen Mädchen, sonst bring ich dich auch noch um.«

Mike lacht. »Wie viele Jahre deines Lebens willst du denn noch im Knast verbringen? Nimm dir doch ein Dauerzimmer.«

»Wie der Vater, so der Sohn«, knurrt Parker. Seine Augen nehmen wieder den selben dunklen, kaltblütigen Ausdruck an.

»Das kennst du doch am besten, oder?« Mike schiebt die Ärmel seines Sweatshirts hoch.

Das kann hier nur ein schlechter Hollywoodfilm sein. Dauernd gibt es irgendwelche verschwörerischen Andeutungen und ich habe nicht die geringste Ahnung, was ich davon halten soll.

»Tu was, Lizzy«, flüstert Aubrey mir zu, die plötzlich hinter mir steht.

»Ich? Wieso denn ich?«

»Deinetwegen werden sie sich wieder prügeln.«

Mir bleibt die Spucke weg. Hat Aubrey das gerade wirklich gesagt? Wegen mir?

»Die beiden wollen nur beweisen, wer der geilere Typ ist. Das ist nicht meine-«

»Doch!«, sagt sie schrill und klammert sich an ihren dampfenden Kaffeebecher.

Ich schaue wieder zu Mike und Parker, die beide mit langsamen Schritten aufeinander zukommen. Die Kampfbereitschaft steht ihnen ins Gesicht geschrieben und ich frage mich, wie man so begierig darauf sein kann, seinem gegenüber eine reinzuhauen.

Dann fällt mir was ein.

Ich überlege, welchen der beiden ich weniger leiden kann. Die Antwort ist klar: Parker. Ich verspüre solch einen Hass auf ihn, dass es mir nicht schwerfällt, den glühend heißen Kaffee auf ihn zu schütten, den soeben Aubrey noch in der Hand hatte. Völlig entgeistert schaut nicht nur sie mich an, sondern auch alle anderen Studenten, die sich um uns herum ver sammelt haben.

Parker keucht auf und wischt sich den Kaffee aus dem Gesicht, wobei er irgendetwas flucht. Mike lacht und auch die umstehenden Studenten stimmen mit ein.

»Macht den Scheiß woanders aus. Beim Freefight oder sonst wo«, füge ich hinzu.

Parker baut sich bedrohlich vor Mike auf, Kaffee tropft immer noch von seinen Haaren. »Dafür wirst du bezahlen«, sagt er und dreht sich zu mir. »Und du noch viel mehr, Elizabeth.«

Dann stößt er die Tür auf und verschwindet. Es fühlt sich an wie ein kleiner Riss in meiner Brust, denn nun hat Parker es mir selbst gesagt. Ich werde für das bezahlen, was ich getan habe. Ich habe ihn vor anderen blamiert, ich habe ihn geschlagen, ich habe ihn abgewiesen.

*

In den nächsten Wochen ändert sich vieles. Die Leute bewundern mich regelrecht für das, was ich getan habe. Denn es traut sich niemand, Parker zu widersprechen noch ihn öffentlich zu blamieren. Sie grüßen mich im Flur, sie kennen meinen Namen.

Nur wissen sie eines nicht: Dass ich in Angst lebe. In Angst vor dem Rachefeldzug von Parker. Selbst nach vier Wochen ist es noch Thema und auch meine Mitbewohnerin spricht es bei jeder Gelegenheit an.

Um fünfzehn Uhr treffe ich mich in der College-Cafeteria mit Mike, schon das vierte Mal innerhalb von zwei Wochen. Ich habe ihm meine Meinung zu den Kämpfen gesagt, er hat sie akzeptiert und seine Gesellschaft tut mir gut. Wir besprechen zusammen die Notizen aus den Vorlesungen und reden über belangloses Zeug.

»Darf ich dich was fragen, Lizzy?«

»Was gibt's?«

Er nippt an seinem Apfelsaft. »Woher kommst du eigentlich? Du bist doch nicht von hier, oder?«

»Äh, nein«, stammele ich. »Ich komme aus ... die Stadt liegt nicht weit entfernt von hier.«

»Und du hast alles zurückgelassen?«

»Es gab nichts zum Zurücklassen.« Ich schlucke. »Meine Eltern sind tot.«

Ein bestürzter Ausdruck gleitet über sein Gesicht. »Das tut mir leid, Lizzy, das wusste ich nicht.«

»Ist schon okay.«

»Dann bist du sicher ziemlich allein hier, oder?«, fragt er weiter.

Ich rutsche unruhig auf meinem Stuhl herum. »So ziemlich, ja. Aber ich bin gern allein.«

»Mittlerweile kennt dich ja jeder am College, dank deines grandiosen Auftritts.« Er grinst.

»Ist zwischen dir und Parker etwas vorgefallen, von dem ich nichts weiß? Ich meine, ihr benehmt euch so feindselig.«

»Wir können uns einfach nicht ausstehen. Ich mag sein großspuriges Getue nicht«, erklärt er. »Und dass er die Frauen nur für Sex benutzt.«

»Wenn die Frauen auch nur Sex wollen, ist es doch in Ordnung.«

Ein merkwürdiger Ausdruck huscht über sein Gesicht. »Ich habe ja nicht gesagt, dass es einvernehmlich ist. Wenn du verstehst, was ich meine.«

»Du meinst, er-«

Mike nickt. »Er zwingt sie. Was denkst du, wofür er die Freefight-Partys immer nutzt? Er füllt sie mit Alkohol ab und macht anschließend mit ihnen, was er will.«

Ich schlucke. Ich habe einiges Schlimmes, auch Kriminelles von Parker erwartet. Aber dass er das tut, lässt den Riss in meiner Brust tiefer werden.

»Hast du etwa gedacht, Parker sei ein Heiliger?« Mir bleibt der verächtliche Unterton in seiner Stimme nicht verborgen.

Ich weiche seinem Blick aus und mich überkommt

Scham. Ja, was habe ich überhaupt von Parker gedacht? Ich will es nicht zugeben, aber vielleicht habe ich gehofft, hinter seinem arschigen Verhalten einen Prinzen zu finden. Einen Prinzen, der nur seine Prinzessin sucht. Prinzessin Elizabeth.

Ich seufze. Das Leben ist kein scheiß Disneyfilm, Parker nicht Prince Charming und ich nicht Cinderella, die den verfickten zweiten Schuh finden will. Wie konnte ich nur so naiv sein und denken, im College verwandele sich mein Leben vom Horrorfilm in ein Märchen?

»Lizzy?«

Fast hätte ich vergessen, dass ich nicht allein bin. Mike knabbert auf dem Bleistift herum und starrt mich erwartungsvoll an. Mit seinen dunkelblonden Haaren, den blauen Augen und dem Blick eines Welpen sieht er nicht aus wie ein typischer Freefighter. Wie aber sieht ein typischer Freefighter überhaupt aus? Groß, sportlich, fast kräftig, tätowiert, dunkle Haare, vielleicht auch etwas länger ...

Während meine Gedanken im Kopf herumschwirren, blicke ich zur Seite und es fühlt sich wie ein Schlag in die Magen- grube an. Wie ein Schlag von Parker, der lachend mit Arya im Flur steht. Sie streicht sich durch ihre dunkelblonden Haare und in diesem Moment hasse ich sie dafür, dass sie Hotpants und Top tragen kann, ohne sich Sorgen darüber machen zu müssen, was andere von ihr denken. Ob andere sie angaffen, zweideutige Gedanken bei dem Anblick ihrer glatten, gebräunten Beine haben und dass sie nicht heulend in die Mädchentoilette rennt. Parker legt seine Hand auf ihren Unterarm und sie hält sich den Bauch vor lachen. Arya hat eine unbeschwerte, immer freundliche

Art an sich, die es anderen schwer macht, sie nicht zu mögen. Ich kann es Parker also nicht verübeln, dass er sie mag. Aber mag er nicht jedes Mädchen? Dennoch tut es so unfassbar weh, beide zusammen zu sehen. Und kein einziges Mal schießt mir der Gedanke durch den Kopf, dass er Arya nur benutzen will, dass ich sie davor warnen sollte.

Ich bin egoistisch.

Panik überkommt mich, ich packe meine Sachen zusammen und erst Mikes Stimme holt mich aus der Trance zurück. Ich spüre seine Hand auf meiner und entziehe sie ihm sofort.

»Gehst du etwa? Was ist denn los? Habe ich was Falsches gesagt? Lizzy?«

»Nein. Ich muss ... gehen«, murmele ich und wage einen letzten Blick zu Arya und Parker. Sie erzählt ihm wild gestikulierend etwas und dann schaut er zu mir. Seine Augen funkeln und er grinst, wissend, dass er mich verletzt hat.

Kapitel 9

Mein Magen knurrt und ich zähle die Minuten, bis uns Mr Schneyder entlässt. Mike sitzt links von mir, knabbert bereits die ganze Zeit auf dem Bleistift herum und Arya, die rechts von mir sitzt, kichert und tippt auf ihrem Smartphone herum. Bei jedem Kichern werfe ich ihr einen genervten Blick zu und hoffe, dass sie kapiert, dass ihr dämliches Gekichere nervt. Das tut sie aber nicht, nein. Stattdessen hält sie mir ihr Smartphone hin und zeigt mit einem ihrer langen, spitzen Fingernägel auf den Kontakt, der ihr Nachrichten schreibt: The One & Only Bloody Parker. Mit einem scheiß Herzchen.

»Wir schicken uns schon seit zwei Wochen Nachrichten und er hat mich sogar zum nächsten Freefight eingeladen«, sagt sie und ich kann die rosa Herzen in ihren Augen erkennen.

»Zum nächsten Käfigkampf?«

»In zwei Wochen.«

»Davon wusste ich gar nichts«, nuschle ich.

»Parker hat mich eingeladen, ist das zu glauben?« Sie kichert wieder.

»Arya, du solltest vorsichtig sein. Parker behandelt Frauen wie ein Spielzeug«, sage ich.

Sie runzelt die Stirn und verdreht dann die Augen. »Ach, Lizzy, ich weiß, dass du ein paar Schwierigkeiten mit Parker hast oder hattest ... Wie auch immer. Aber ich glaube, wir kommen gut miteinander aus. Und ganz ehrlich, ich brauche endlich jemanden, der mich mal wieder flachlegt.«

»Ich will dich nur-«

»Warnen, schon klar, Lizzy«, unterbricht sie mich.

»Kann es sein, dass du einfach nur neidisch bist?« In diesem Moment beendet unser Professor den Unterricht und ich packe so schnell wie möglich meine Sachen zusammen, bevor ich Arya eine reinhaue und sie die rosarote Brille absetzt.

Als ich den Raum verlasse, knufft mich jemand in die Seite und ich schaue verwirrt auf.

»Ich hätte dich gern zum nächsten Käfigkampf eingeladen, aber ich wusste nicht, ob du kommen würdest. Du hältst ja nicht so viel davon«, meint Mike und sieht mich schuldbewusst an.

»Stimmt«, gebe ich zu. »Musst du aber nicht dafür trainieren?«

»Ehm, doch, klar. Ich gehe jeden Tag ins Fitnessstudio.« Er zeigt mir seinen Oberarm und lässt grinsend die Muskeln spielen.

»Kann ich mitkommen?«

Mike starrt mich an. »Du verarschst mich gerade, oder?«

»Nein«, antworte ich. »Also, wann geht's los?«

»Morgen 15 Uhr?«

»Bin dabei. Dann lass uns jetzt zu den anderen in die Cafeteria gehen, ich hab nämlich einen Bärenhunger«, sage ich und schlage mir innerlich mit der Hand gegen die Stirn. Warum zum Teufel habe ich Mike gefragt, ob ich mit ihm zum Sport gehen kann? Ich bin eine verdammte Niete in Sport und habe seit mindestens fünf Jahren keinen mehr getrieben. Ich bin die, die den Ball ins Gesicht bekommt, beim Joggen stolpert und über das Seil fällt.

In den letzten Wochen hat sich unsere Gruppe irgendwie zusammengefunden, weshalb wir uns nun immer zum Mittagessen in der Cafeteria treffen. Aubrey sitzt bereits mit Tamara, Lucas und Joyce am Tisch.

»Leute, stellt euch vor, Lizzy geht morgen mit mir trainieren«, posaunt Mike heraus und alle Köpfe drehen sich zu mir um.

»Seit wann machst du denn Sport?«, fragt mich Aubrey und schiebt sich eine Gabel mit Tomatensalat in den Mund.

»Ab morgen«, antworte ich kurz angebunden.

»Ich sollte auch mal Sport machen«, mischt sich Joyce ein und tätschelt ihren Bauch. »Aber ich will euch ja nicht bei eurem Date stören.«

»Date? Wer hat ein Date?« Arya stößt zu uns und hinter ihr steht niemand anderes als Bloody Parker, der aussieht, als hätte er in eine Zitrone gebissen.

»Mike und Lizzy«, gibt Joyce zur Antwort. »Die beiden gehen zum Sport.« Dabei betont sie das Wort *Sport* übertrieben und ich klatsche mir das zweite Mal an diesem Tag imaginär gegen die Stirn.

Arya lacht lauthals auf und setzt sich neben mich. »Dann viel Spaß beim Sport, Lizzy. Ab und zu soll das ganz gut tun, stimmt's, Parker?«

Doch Parker sagt kein Wort, sein Gesichtsausdruck hingegen tausende.

*

»Die Tür ist offen!«, rufe ich und packe gerade eine Sporthose in die Tasche.

Mike tritt ein und sobald sich unsere Blicke treffen, setzt er ein Lächeln auf. Es wirkt ehrlich und warm. Er trägt ein ärmelloses Trainingsoberteil, Shorts und Sportschuhe.

»Du bist ja schon umgezogen«, sage ich verwundert.

»Ich mache das immer so, dann kann ich sofort mit dem Sport anfangen. Frische Klamotten habe ich hier drin.« Er hebt seine Sporttasche in die Höhe. »Bist du so weit?«

Ich nicke. Als hätte ich die letzten Stunden in Trance verbracht, wird mir auf einmal klar, was ich hier gerade tue. Ich werde zum Sport gehen. Mit Mike. Das College muss mir den letzten Rest Verstand genommen haben.

Gerade schließe ich die Tür hinter mir, da kommt uns Aubrey, eingewickelt in einem Badetuch, entgegen. Sie grinst und ich weiß, dass ein dämlicher – ihrer Meinung lustiger – Kommentar folgen wird.

»Viel Spaß, ihr zwei, und pass auf, dass Lizzy nicht hyperventiliert«, sagt sie und gibt mir einen leichten Klaps auf den Po.

Ich verdrehe die Augen, packe Mike kurzerhand am Arm und laufe mit großen Schritten auf den voll gestellten Parkplatz des Colleges. Mike läuft auf sein Auto, einen moosgrünen Ford mit einigen Kratzern, zu und verstaut unsere Sporttaschen im Kofferraum.

Nur zehn Fahrtminuten später erreichen wir das Fitnessstudio und wieder frage ich mich zum tausendsten Mal, was ich mir dabei gedacht habe. Ein Fitnessstudio ist der letzte Ort, den ich unter normalen Umständen aufsuchen würde, abgesehen davon, dass ich nicht mal Sport treibe. Viele, fremde Menschen, die mich möglicherweise ansprechen, ein großes Gebäude, in dem ich erst mal die Toilette aufsuchen muss, wenn ich mich verkriechen will. Kurz gesagt: die Hölle auf Erden.

»Hey, Andy«, begrüßt Mike eine blonde Frau an der Theke.

Sie schaut auf und beide umarmen sich kurz. »Sag bloß, du hast ein Date im Fitnessstudio?« Sie lacht und blickt mich an, als würde sie auf irgendeine Antwort meinerseits warten.

»Wir machen einfach nur Sport«, sage ich lahm.

Daraufhin mustert sie mich. »Dann trainierst du wohl das erste Mal seit langem, sonst wüsstest du, wie viele Menschen Sport zusammenbringt.« Sie dreht sich zu Mike und damit bin ich wohl aus dem Schneider. »Ein Gästeausweis für deine Begleitung?«

Ich bekomme also einen Ausweis für einen einmaligen Besuch und danach zeigt Mike mir die Umkleidekabine, in der sich glücklicherweise die Toiletten befinden. Ich bin froh, dass niemand anderes in der Umkleide ist. Ich ziehe meine Kleidung aus und die Sportsachen an, räume die Tasche in einen Spind und treffe mich bei den Laufbändern mit Mike. Er erklärt mir, was bei den Einstellungen zu beachten ist und mit welcher Geschwindigkeit ich als Anfängerin starten kann. Mehr weiß ich nicht mehr, denn ich bin darauf konzentriert, mich nicht von den vielen herum wuselnden Menschen ablenken zu lassen und panisch davonzurennen. Irgendwann stehe ich auf dem Laufband, laufe sogar ganze zehn Minuten und bin anschließend völlig aus der Puste.

Mike lacht und hält mir eine Wasserflasche hin. »Hier, trink.«

Ich trinke und höre erst auf, als die Flasche leer ist. Ups.

»Ich laufe noch zehn Minuten. Wie wäre es, wenn du derweilen auf dem Fahrrad fährst?«, meint er und ich befolge seinen Rat.

Die weiteren zehn Minuten auf dem Fahrrad sind weniger anstrengend, aber ich spüre Muskeln an Stellen, an denen ich gar nicht wusste, dass ich welche habe. Die drei Fahrräder jeweils rechts und links neben mir sind mittlerweile besetzt. Ich spüre, wie sich die Panik langsam in mein Innerstes frisst. Die unaufhörlichen Gespräche der Leute, ihr Lachen, ihr Schnaufen, die Geräusche der Geräte. Mir ist warm und zugleich kalt. Mein Atem rasselt und ich klammere mich mit zitternden Händen an den Sattel, auf dem ich sitze.

Als ich meinen Blick in die Ferne gleiten lasse, sehe ich, dass sich Mike mit zwei anderen Typen unterhält. Sie sind groß, bullig, großflächig tätowiert und haben Oberarme, die so definiert aussehen, dass jeder Fitnessguru neidisch wird. Ich schwinge meine Beine vom Fahrrad und laufe in Richtung Umkleidekabine, da ich die Wasserflasche auffüllen will. Zumindest rede ich mir das ein. Denn tatsächlich will ich ein paar Momente durchschnaufen, ehe mich die komplette Panik überkommt.

»Na, schon fix und alle?« Andy taucht plötzlich hinter der Theke auf, sodass ich zur Seite springe. Sie grinst.

»Was? Nein«, stottere ich und renne weiter.

Tränen schießen in meine Augen, ich stoße die Tür zur Umkleidekabine auf und lasse mich gegen die Wand fallen. Mein Atem geht schnell und ungleichmäßig. Diese Andy hat das Fass zum Überlaufen gebracht.

Ich kann die Tränen nicht weiter zurückhalten. Es ist lächerlich, dass es nur wenige Worte braucht, um mich zum Weinen zu bringen. Ich schäme mich. Es fühlt sich an, als würden zwei Menschen in meinem Kopf leben. Der eine will logisch handeln und der andere ist einfach nur paranoid.

»Mike sollte seine Begleitungen nicht immer allein lassen.«

Erschrocken fahre ich herum.

»Deine Stärke ist bewundernswert.« Seine Stimme ist tief, aber nicht auf die drohende, bestimmte Art wie sonst. Das schweißnasse T-Shirt klebt an seinem Oberkörper und ich frage mich, wie lange er mich schon beobachtet hat. Mein Blick gleitet über seine tätowierten Arme, die keinerlei freie Stellen mehr zeigen. »Deine Schwäche hingegen ... sie ist lächerlich. So herzergreifend lächerlich, wie du gegen das ankämpfst, was ganz offensichtlich in dir schlummert. Ist es nicht eine Schande, dass der liebe, nette, immerzu höfliche Mike nicht bemerkt, wie deine Hände zittern?« Er kommt auf mich zu, nimmt meine Hände in seine und drückt seinen Mund zärtlich darauf.

Ein erstickter Laut entkommt meiner Kehle. »Parker«, krächzte ich.

Er schaut in meine Augen und streift mit dem Daumen über meinen Handrücken. »Lass die Nähe zu, Elizabeth.« Ich spüre seinen harten Bauch durch den Stoff meines Oberteils. Vielmehr verwirrt mich, was ich gleichzeitig fühle: Erregung und Beklommenheit. Parker erdrückt mich. Mit allem, was er macht und sagt.

»Nimm deine Hände-«

»Willst du sie lieber woanders?« Seine Hände gleiten über mein Oberteil und halten unter dem Ansatz meiner Brüste inne.

Alles in meinem Kopf dreht sich und ich will weinen, schreien, abhauen. Stattdessen tue ich das Einzige, was mir gerade einfällt: Ich stoße ihn von mir und er fällt rücklings auf den Boden. Seinem Gesichtsausdruck zufolge hat er mit allem, aber nicht damit gerechnet.

Er rappelt sich vom Boden auf und sieht mich an. Anders als erwartet, wirkt er nicht wütend oder aufgebracht, sondern schaut mich auf fast liebevolle Art an. Seine dunkelbraunen Augen strahlen eine Wärme aus, bei der ich nicht vermutet habe, dass Parker jemals so etwas empfinden kann.

Einen kurzen Augenblick habe ich das Bedürfnis, ihm meine Hand entgegenzustrecken und das warme, prickelnde Gefühl von vorhin zu spüren. Doch mein Herz schiebt dem einen Riegel vor das Schloss. Die Wünsche und guten Gefühle sind wieder ausgesperrt.

»Es ... es tut mir leid«, breche ich die Stille.

»Nein, es tut mir leid.« Parker geht einen Schritt vorwärts und mein Körper reagiert automatisch, indem er einen Schritt rückwärts macht. Ich stoße gegen die Wand und fühle die kalten, glatten Fließen durch mein verschwitztes Oberteil. »Ich bedränge dich immer wieder, dabei will ich nur eines.«

»Glaub mir, ich will seit Jahren nur eines und es funktioniert nie.« Ich seufze. »Es wird nie funktionieren.«

»Sag das nicht, Kätzchen.«

»Du weiß nicht, wovon ich rede und ehrlich gesagt weiß ich auch nicht, warum ich das tue. Offensichtlich sind wir zwei grundverschiedene Menschen, die nichts gemeinsam haben«, rede ich weiter.

»Sind wir das?« Er kommt auf mich zu, mustert mich und streicht dann eine Haarsträhne hinter mein Ohr. »Wir wollen beide nur eines.«

Ich schlucke. Habe ich denn Andeutungen gemacht, dass ich Sex will? Ich will ihn nicht ... nackt sehen, mit den Fingerspitzen über seine Tätowierungen fahren, meinen Kopf auf seinen starken Armen betten. Nein, nein. Das will ich nicht. Niemals. Niemals.

»Nicht das, Kätzchen«, sagt er schmunzelnd, als er meinen Gesichtsausdruck bemerkt. »Obwohl ich davon nicht abgeneigt bin, das weißt du. Davon ist kein Typ in deiner Nähe abgeneigt.«

»Was?«

Er atmet hörbar aus. »Was willst du, Kätzchen?«

»Ich-«

»Die Wahrheit.« Mit dem Zeigefinger fährt er die Kontur meines Kinns nach und streicht dann behutsam über meine Lippen. »Elizabeth«, flüstert er.

Meine Brust zieht sich schmerzhaft zusammen und wieder auseinander, aber es reicht nicht. Die Stärke, die ich aufbringe, reicht nicht. Ich schließe meine Augen und nehme so viel wahr. Parkers Atem, der regelmäßig geht, und sein Körper, der meinem so nahe ist, dass ich spüre, wenn er Luft holt. Er atmet ein, atmet aus. Es fühlt sich ungewohnt beruhigend an.

Dann nehme ich seine Hand wahr, die sich an meine Wange legt, und die Wärme, die von ihm ausgeht. Ich will weinen, weil es sich so schön anfühlt. Auf eigenartige Art und Weise verspüre ich Vertrautheit und Intimität, vor der ich nicht davonrennen muss. Ausgerechnet bei Parker, vor dessen Rachefeldzug ich mich seit Wochen fürchte.

»Parker«, stoße ich hervor, unfähig mich zu bewegen.

»Bleib so«, raunt er und schiebt sich wenige Zentimeter an mich heran. »Atme, Elizabeth.«

Ich konzentriere mich auf meine Atmung, atme ein und wieder aus. Parker hat immer noch seine Hand an meiner Wange und ich will nicht, dass er sie wegnimmt. Jetzt kann ich sogar seinen Atem spüren, so nahe sind seine Lippen den meinen. Kurz überkommt mich ein Schauder und eine Gänsehaut legt sich über meine Arme, aber Parker wird mir nichts tun. Das weiß ich. Gerade ist er nicht Bloody Parker, darauf bedacht, seinen Gegner an der richtigen Stelle zu erwischen und Blut zu sehen. Er ist Parker, einfach nur Parker und was das bedeutet, weiß ich nicht.

Ich weiß nur eines. Er wird mich ...

»Lizzy!«

Die Stimme katapultiert mich zurück in die Realität und ich reiße die Augen auf. Ich starre Parker an und sehe seinen flehenden, traurigen Blick. Aber es ist vorüber, die Vertrautheit ist zerbrochen, kaum dass die Stimme ertönt.

Die Tür wird aufgerissen und gerade noch rechtzeitig schaffe ich es, genug Abstand zwischen Parker und mich zu bringen.

»Hier bist du«, sagt Andy. »Mike hat dich schon überall gesucht – außer, na ja, in der Damenumkleide.«

»Ja, ich war nur ...«, stammele ich, blicke mich um und hinter mir steht niemand mehr. Parker ist verschwunden.

»Was ist?« Andy sieht mich an, als wäre ich völlig verrückt und damit hat sie nicht mal ganz Unrecht. »Brauchst du was zu trinken?« Sie reicht mir eine gekühlte Wasserflasche und ich nehme sie dankend entgegen.

Dann gehen wir wieder in den Trainingsraum und ich sehe noch einmal hinter mich, bevor die Tür zufällt. Doch er ist wie vom Erdboden verschluckt.

»Lizzy! Da bist du ja!«, ruft Mike und kommt auf mich zugelaufen. Sein T-Shirt ist komplett durchgeschwitzt und sein Gesicht puterrot.

»Ich war nur auf Toilette«, lüge ich. »Entschuldige.«

Er lächelt. »Schon gut. Du siehst ziemlich fertig aus, willst du lieber gehen?«

Und wie fertig ich bin ahnt Mike gar nicht. Der Sport, die vielen Menschen, Parker. Wenigstens habe ich mich meiner Ängste gestellt, zwar nicht sonderlich erfolgreich, aber immerhin.

Dreißig Minuten später fährt Mike auf den Parkplatz des Colleges und begleitet mich zum Wohnheim, aus dem der Duft von Essen und Gras dringt. Die Menschen strömen durch die Gänge, lachen, quasseln, rufen sich etwas zu, Musik dröhnt aus den Zimmern. Ich fühle mich wie in einer überfüllten Konzerthalle und sehe weder irgendwo einen Notausgang noch eine Höhle, in der ich mich verkriechen kann und nie wieder hervorkommen muss. Der Schweiß klebt an meinem Körper wie ein Skianzug, aber zum Duschen bin ich nicht in der Lage. Ich will nur-

»Wollen wir noch ins Havana was trinken gehen?«, fragt Mike, als ich gerade die Tür zum Zimmer öffne.

Ich halte inne. »Ich bin ziemlich fertig, Mike. Ich werde erst ... duschen gehen und mir neue Klamotten überwerfe und-«

»Klar, danach geht auch.« Er lächelt wie ein kleiner Junge, der gerade Lego Star Wars geschenkt bekommen hat. »Dann sehen wir uns vielleicht gleich in der Dusche.« Er lacht und sprintet davon.

Wie zum Teufel kann er nach dem Sport noch sprinten? Viel wichtiger ist aber. Wieso verdammt er annimmt, dass ich mit ihm noch etwas trinken gehen möchte? War meine Antwort nicht verständlich genug? Scheiße, ich will das doch gar nicht alles. Die vergangenen Stunden haben mich mehr als genug gefordert, da schaffe ich es nicht noch, mich in eine Bar zu setzen.

Ich öffne die Tür und atme erleichtert aus, als ich den Raum leer vorfinde. Ich lasse meine Tasche fallen und mich auf das Bett. Ruhe. Nur ich und sonst niemand.

Das Gedankenkarussell in meinem Kopf schaltet sich aus, meine Händen zittern nicht mehr und mein Atem geht regelmäßig. Einatmen. Ausatmen. Einatmen. Ausatmen. Und dann überkommt mich ein seltsames, fremdes Gefühl. Ich bin alleine, aber ich will es nicht sein. Nur für wenige Sekunden nicht. Für zwei, vielleicht fünf Sekunden, möchte ich etwas fühlen. Das, was ich vorhin bei Parker gefühlt habe. Wärme, Vertrautheit.

Ich habe immer noch Angst vor ... vielem, vor allem vor ihm. Aber er gibt mir etwas, das mich gut fühlen lässt. Ich weiß nicht, warum und wie er das anstellt, doch es war schön. *Schön.* Viel zu lange habe ich nichts mehr schön gefunden und weder gewusst, was es bedeutet noch wie es sich anfühlt. Jetzt weiß ich es. Ich werde es in meinen Kopf brennen, noch mehr aber in mein Herz.

Plötzlich schmecke ich Salz und wische mit der Hand über meine Wangen. Tränen. Ich weine. Nicht aus Angst oder Verzweiflung, sondern vor Sehnsucht. Und wieder ist da dieses schöne Gefühl.

Dann klopft es lautstark an der Tür und ich halte den Atem an, in der Hoffnung, derjenige verschwindet. Vielleicht ist es auch-

»Lizzy, bist du so weit?«, ruft Mike und ich kann mir ein genervtes Stöhnen nicht verkneifen.

Dennoch öffne ich die Tür und starre in ein lächelndes, gut gelauntes Gesicht. Er sieht überhaupt nicht erschöpft aus.

»Du bist ja noch gar nicht umgezogen, sorry.«

»Eigentlich-«

»Ich warte.« Dann macht er die Tür zu.

Ich will schreien und mir selbst eine überbraten, weil ich ihm nicht die Meinung sagen kann. Manchmal will ich mein Gehirn herausreißen und ihm sagen, dass es endlich mal normal denken soll. Stattdessen ziehe ich mir neue Klamotten über, öffne die Tür und laufe mit Mike zur Havana Bar, die sich gleich nebenan des Colleges befindet. Abends ist sie ein beliebter Treffpunkt für die Studierenden.

»War die Sportsession sehr anstrengend für dich?«, erkundigt er sich währenddessen und hält mir die Tür der Cafeteria auf. »Da sind sogar Aubrey, Tamara und Arya. Wollen wir uns zu ihnen setzen?«

Oh. Super. Mein Gedankenkarussell schaltet sich an und fährt sich auf volle Geschwindigkeit hoch. Bevor ich antworten kann, winken sie uns zu und so laufe ich hinter Mike her zu dem Tisch.

»Mensch, hey! Schon fertig mit Sport?«, fragt Aubrey und betont *Sport* auf eine Art und Weise, die mir definitiv nicht gefällt. Neben ihr wackelt Arya verschwörerisch mit den Augenbrauen und Tamara kichert.

Mike lacht kurz auf. »Lizzy war ziemlich schnell aus der Puste.« Dann legt er einen Arm um mich.

Das Gedankenkarussell fährt auf Hochtouren. Er macht sich über mich lustig und im nächsten Moment legt er den Arm um mich. Ich will mich einfach nur in mein Loch verkriechen.

»Haha«, murmele ich und verschränke die Arme vor der Brust.

»War doch nur ein Witz«, sagt Mike und kommt mir dabei gefährlich nahe. Zu nahe.

»Was wollt ihr trinken?« Aubrey schiebt mir die Karte zu. »Heute ist Happy Hour, also schlagt zu.« Sie hebt ihren Cocktail und prostet uns allen am Tisch zu.

Arya und Tamara lachen, sie haben wohl schon einiges gebechert. Ich schlage die Speisekarte auf, da springt Arya wie besessen von ihrem Stuhl hoch und reckt die Arme in die Luft, als hätte sie bei einem Marathon gewonnen.

»Parker, hier! Lucas!«, ruft sie durch das Café und ich möchte erneut versinken. Ganz tief.

Aus dem Augenwinkel sehe ich, dass Parker und Lucas auf unseren Tisch zulaufen. Er hat die Hände in den Hosentaschen, den typischen Blick, der so viel aussagt und zugleich viel zu wenig. Seine Augen wirken unergründlich dunkel und ich muss mich zwingen, ihn nicht anzusehen. Er soll nicht wissen, was ich weiß. Dass der Moment in der Umkleide im Fitnessstudio so viel mehr war.

»Parker, hey!« Arya springt ihm in die Arme und drückt ihn an sich. Wahrscheinlich so fest, dass er ihre Brüste durch das wenig stoffreiche Oberteil spüren kann, denke ich argwöhnisch.

»Was geht, Leute?« Lucas setzt sich auf den freien Platz neben mich. »Happy Hour, ich sehe schon«, meint er mit einem belustigten Blick auf Aubrey, vor der sich bereits einige Cocktailgläser stapeln.

Parker setzt sich, ohne ein Wort zu sagen, ans Tischende zu Arya. Sie fasst ihn die ganze Zeit an, natürlich völlig unbeabsichtigt. Natürlich. Ich schaue auf ihre Hände, die ineinander verschlungen sind, und mir kommt fast die Galle hoch. Ich schlucke und halte die Tränen zurück, die sich anbahnen. Oft genug hat er meine verletzliche Seite gesehen und das kann ich nicht mehr zulassen.

Dann schaut Parker auf und ich kann den Blick nicht von ihm nehmen. Die Welt scheint still zu stehen. Die Gespräche der Menschen sind wie ausgeblendet. Es ist, als wären da nur noch wir zwei. Dennoch kann ich seinen Blick nicht deuten. Sag etwas, denke ich. Das wird er aber nicht, denn er ist Bloody Parker. Und ich bin Lizzy. In diesem Moment ist er nicht Parker und ich nicht das Kätzchen.

»Hast du dich schon für was entschieden?«, fragt Mike und ich reiße den Kopf herum.

»Was?«

»Für einen Cocktail?«

»Oh, ich denke, ich werde eine Cola-« Ich spüre Parkers Blick weiterhin auf mir und sehe, wie er Arya etwas ins Ohr flüstert, sie kichert und ihre Hand auf seinen Oberschenkel legt.

»Wir werden dann mal verschwinden«, teilt Arya uns mit und kichert schon wieder. Dann nimmt sie Parker an der Hand und während sie davonlaufen, dreht er den Kopf um und sieht mich an. Sein Blick bohrt sich in meinen wie ein Messer in eine Wunde. Sie trieft vor Blut. Sein teuflisches Grinsen hingegen fühlt sich an wie ... in ein loderndes Feuer geworfen zu werden, ohne die Möglichkeit, zu entkommen. Ich fühle, wie sich die Flammen in meinem Körper ausbreiten und Besitz von mir nehmen. Die Hitze ist unerträglich und breitet sich rasend schnell aus.

Es war ein Fehler. Er ist ein Fehler. Wieso tut er das? Mich auffangen, um mich dann wieder fallen zu lassen? Ich bin kein Flummy. Fühlt er sich dabei gut? Ist es das, was er braucht, was er will?

»Ich nehme einen Sex On The Beach«, sage ich tonlos.

»Wuhu!«, ruft Aubrey und prostet mir zu.

Die Musik übertönt meine Gedanken und lässt mich zur Ruhe kommen. Nach meinem ersten und eindeutig nicht letzten Cocktail diese Nacht, zerrt Aubrey mich auf den Tisch und wir tanzen. Das tun wir tatsächlich.

Es fühlt sich wieder ... schön an. Aber nicht so schön wie vor einigen Stunden.

Kapitel 10

Als ich am nächsten morgen wach werde, ziehe ich mir die Decke über den Kopf. Die Sonnenstrahlen scheinen noch heller und kräftiger als in den vergangenen Tagen durch die Vorhänge und der Bus, der vor unserem Wohnheim hält, hat offensichtlich einen Motorschaden, so laut heult er.

Ein krächzender Laut entkommt meiner Kehle und ich merke, dass ich meine Schuhe anhabe. Im Bett. Wieso zum Teufel trage ich noch meine Schuhe? Ich rieche an meiner Kleidung und muss husten. Sie riecht nach Rauch.

»Na, auch wach?«, ertönt Aubreys klare Stimme.

Ich setze mich auf und greife nach der Wasserflasche, nachdem sich der Hustenanfall gelegt hat. Ich stürze die halbe Flasche herunter und schaue dann in Aubreys Gesicht. Sie ist topgestylt, geschminkt und lächelt.

»Katerfrühstück?«, fragt sie und ich nicke. »Dann zieh dir neue Klamotten über und wir gehen in die Mensa.«

»Wie viel Uhr ist es denn?« Ich reibe mir den Schlaf aus den Augen, unfähig die Uhrzeit auf dem Wecker zu erkennen.

»Halb zwölf, Partymaus, und jetzt beweg deinen süßen Hintern.« Sie wirft mir ein frisches T-Shirt sowie eine Jeans zu, in die ich willenlos schlüpfe.

Zehn Minuten später sind wir in der Mensa, die zwar gut besucht, aber nicht zu voll ist. Ich dackele hinter Aubrey her, die zwei Tabletts mit Speisen und Getränke vollhaut und uns einen Platz abseits der Menschenmeute sucht.

»Iss«, befiehlt sie und nimmt selbst einen Schluck Kaffee.

»Bist du etwa meine Mom?«, entgegne ich, nehme mir dann aber einen Teller Rührei und atme den Duft ein.

Aubrey lacht und in meinem Schädel hört sich das eher nach einem Klingeln an, das meinen Kopf noch mehr brummen lässt als ohnehin.

»Was ist eigentlich mit deiner Mom?“ Sie greift nach einem mit Lachs und Gurke belegten Bagel und beißt rein.

»Was soll mit ihr sein?«

»Na ja, kommt sie dich besuchen? Oder so?«

»Oder so?« Ich hebe die Augenbrauen, wende meinen Blick jedoch wieder schnell ab.

»Schreibt ihr euch? Oder telefoniert ihr?«

»Nein«, antworte ich kauend und spüre, wie sich meine Kehle langsam zuschnürt. Das Rührei schmeckt plötzlich nicht mehr so gut wie vor ein paar Minuten, sondern fad und trocken.

»Und dein Dad?«

Die Gabel verharrt auf dem Weg vom Teller zu meinem Mund und ich muss meine ganze Kraft aufbringen, um sie nicht klirrend auf dem Teller fallen zu lassen. »Was soll die Fragerei, Aubrey?« Selbst erstaunt über den gereizten Ton in meiner Stimme, blicke ich meine Mitbewohnerin an. Sie ist wie erstarrt und räuspert sich dann. Das ist das erste Mal, dass sie wohl sprachlos ist. Wäre die Situation nicht so angespannt, würde ich vielleicht lachen.

»Ich bin nur neugierig, Lizzy«, erwidert sie und rührt mit dem Löffel in ihrer Kaffeetasse herum. »Ich meine, schließlich teilen wir uns ein Zimmer und ich will mehr über dich erfahren. Ich weiß so ziemlich nichts über dich und die anderen auch nicht. Ich mag dich, Lizzy, wirklich. Du bist eine gute Freundin und ich will dich kennenlernen, aber jedes Mal, wenn ich versuche, mehr über dich rauszubekommen, blockst du ab.«

Röte schießt in meine Wangen und ich starre auf das gold-braune Rührei auf dem Teller. »Du hast recht«, sage ich. »Ich bin nicht sonderlich gut im Freundschaften schließen.« Und noch weniger gut darin, über meine Vergangenheit zu sprechen. Über Mom. Sie fehlt mir, das hat sie schon immer. Es vergeht kein Tag, an dem ich keine Sehnsucht nach ihr verspüre. Und über Dad … wenn ich an ihn denke, denke ich an so ziemlich alles – außer Sehnsucht. Außer Freude. Außer Familie.

»Siehst du, das ist doch schon ein Anfang«, meint Aubrey euphorisch und prostet mir zu.

»Ich habe keine Eltern mehr.«

»Oh.« Sie lässt die Tasse sinken.

»Ich will kein Mitleid.«

»Okay, okay.«

Dass es mich schon mehr als genug Kraft gekostet hat, das auszusprechen, ist Aubrey nicht bewusst. Auch die Tatsache nicht, dass es außer ihr nur Mike weiß.

Dann schiebt Aubrey mir eine Tablette zu. »Für deinen Kopf. Du hast bestimmt ziemlich Kopfschmerzen, oder?« Sie zwinkert mir zu.

»Und wie.« Wir lachen.

»Das ist die erste Lektion einer Freundschaft: Man hat Spaß.«

Lektion 1: Erfolgreich abgeschlossen.

Kapitel 11

Flashback

»Hallo, Lizzy. Mein Spätzchen.«

Die Stimme fährt mir durch Mark und Bein, unter Tausenden, gar Millionen anderen würde ich sie wiedererkennen. Seine eiskalten, knochigen Fingern legen sich um meinen Arm. Unfähig mich zu wehren, wie immer, wie damals, lasse ich sie dort liegen.

»Ich weiß, du versuchst mich zu vergessen. Aber das wird nicht funktionieren, mein Engel, das wird es nicht. Niemals, egal, was du tust.«

»Wieso nicht?«, flüstere ich erstickt.

Ich öffne die Augen und sehe seine Silhouette vor mir. Er ist älter geworden, doch an den Gesichtszügen erkenne ich ihn. Ich bin in Aubreys und meinem Zimmer, durch den Vorhang dringt Licht von außen und ich nehme Aubreys regelmäßigen Atem wahr. Ich muss etwas tun.

Schreien.

Um mich schlagen.
Aber kein einziger Laut kommt zustande.
Ich bin hilflos. Einsam. Dem Monster ausgesetzt.
»Ich werde dich nie allein lassen. Das verspreche ich dir«, raunt er, nichtsahnend, dass es eine Drohung für mich ist.
Keiner wird mir helfen, denn ich selbst bin meine Rettung.

*

Ich höre eine Stimme. Gedämpft, wie durch Watte. Dann spüre ich Fingernägel auf meiner Haut, die an mir rütteln, und eine zweite Stimme, die unmenschlich laut brüllt. Die beiden Stimmen versuchen, sich gegenseitig zu übertrumpfen, bis sich schlagartig meine Augen öffnen und mir klar wird, dass die zweite Stimme mir gehört. Ich habe geschrien.

»Lizzy!« Aubrey zieht mich in ihre Arme, sodass ich ihren Herzschlag an meiner Brust spüre, der sich fast überschlägt.

»W-was ist passiert?«, frage ich.

Sie lässt mich los, starrt mich mich weit aufgerissenen Augen an. »Du hast geschrien und ich habe versucht, dich aufzuwecken. Aber du hast immer weiter geschrien und ich kann vom Glück reden, dass nicht die Sicherheitsleute gekommen sind. Die hätten bestimmt geglaubt, ich würde dich foltern, so laut hast du geschrien! Und ich konnte dich nicht beruhigen, bis du endlich aufgewacht bist. Gott, Lizzy, ich hab mir solche Sorgen gemacht.«

Ich wische mir mit dem Handrücken über mein nasses Gesicht und versuche, mich zu erinnern, was ich geträumt habe. »Habe ich das schon mal gemacht?«

»Nein.« Sie schüttelt so schnell den Kopf, dass ihr Pferdeschwanz hin und her wippt. »Geht es dir wieder besser? Willst du Wasser?« Sie reicht mir eine Flasche und als meine Finger den kalten Flaschenhals umschließen, schießt die Erinnerung wie ein Pfeil in meinen Kopf.

Ich will nicht immer allein sein, aber genau in diesem Augenblick muss ich es. Ich lasse die Wasserflasche fallen, ziehe mir Schuhe an und reiße die Tür auf.

»Lizzy, wo willst du hin?«, ruft Aubrey, die in T-Shirt und Slip bekleidet im Türrahmen steht, mir nach und. »Du bist klatschnass geschwitzt, du erkältest dich noch! Komm zurück!«

Ihre Worte nützen jedoch nichts. Wie eine Irre renne ich durch die Gänge, reiße die Eingangstür auf und selbst als ich die eisige Nachtluft einatme, überkommt mich keine Erleichterung. Ich muss weg. Mein Herz rast unaufhörlich und ich nehme alles um mich herum wie durch einen Tunnel wahr. Verschwommen, unklar, nicht endend.

Mit schnellen Schritten laufe ich am Parkplatz des Campus vorbei, wo in einem Auto Licht brennt und der Kopf eines Mädchens eine eindeutige Bewegung ausführt. Dann verlasse ich das Gelände, überquere mehrere Straßen, ohne darauf zu achten, wo ich mich befinde. Verschiedene Reklame am Straßenrand leuchten und vereinzelt sehe ich noch Menschen in Bars und Kneipen sitzen. Sie lachen, trinken, haben ihren Spaß und denken nicht an morgen, geschweige denn übermorgen. Sie genießen das Hier und Jetzt.

Erst als mir der Schweiß über die Stirn läuft, halte ich inne und blicke in den farblosen Himmel. Keine Sterne, kein Glitzern oder Funkeln, nur ein fades Schwarz zieht sich durch den Himmel.

Dann fällt mein Blick auf ein Straßenschild und ich weiß, wo ich hin muss. Nach fünfhundert Metern habe ich mein Ziel erreicht und allein beim Anblick des Bauwerks breitet sich Ruhe in mir aus. Detailreiche Verzierungen und zwei hohe Türme erstrecken sich, wenn auch in der Dunkelheit schwer erkennbar. Ich lege die Hände auf die schwere Türe und betrete schließlich die Kirche. Sie ist spärlich beleuchtet und verleiht der Atmosphäre etwas Mystisches, gar Geheimnisvolles. Es ist totenstill. Mein Herzschlag normalisiert sich und ich atme die klare Luft ein, als hätte ich einen Marathon gelaufen.

Ich schreite durch den Gang, berühre das glatte Holz der Bänke, betrachte den Altar, vor dem sich ein Taufbecken befindet, und die Kanzel. Ich kann mich nicht erinnern, je in einer Kirche gewesen zu sein. Obwohl ich nicht gläubig erzogen wurde, glaube ich dennoch an irgendetwas da oben – etwas Mächtiges, das über uns wacht, uns lobt, bestraft und immerzu ein Auge auf uns hat. Das Schicksal wird seinen Weg in unserem Leben finden.

Die Orgel sieht atemberaubend und wunderschön aus. Zu gern würde ich ihre Pfeifen berühren und ihre Musik hören. Ich weiß nicht, wie man betet, sich in einer Kirche zu verhalten hat oder ob es überhaupt so etwas wie Regeln gibt. Früher habe ich aber zu Gott – oder wie auch immer man das über uns nennen soll – gebetet. Ich habe gebetet, dass es aufhört, dass *er* aufhört, egal ob das den Tod für mich bedeuten würde.

Heute bin ich wieder hier und ich bete für eines: Leben. Ich will in Freiheit leben können, ohne Angst vor dem Monster und den Dämonen meiner Vergangenheit haben zu müssen. Ich will stark und furchtlos sein, mich wehren und schützen können. Ich will es, aber wie erreiche ich es? Wie wird man stark, ohne sich selbst zu verlieren und das, was einen ausmacht? Wie kann ich es schaffen, dem Monster den Rücken zuzudrehen und es in der Dunkelheit verrotten zu lassen?

Die Hände ineinander gefaltet und die Augen geschlossen, knie ich vor dem Altar und bete. Bitte, Gott, sag mir, wie ich es schaffe. Wie kann ich die grausamen Erinnerungen wegschließen, um mich der Gegenwart und Zukunft zu stellen?

Die Stille durchflutet mich, erdet mich, lässt mich zur Ruhe kommen. Mein T-Shirt ist schweißnass, klebt an meinem Oberkörper und die Haare hängen mir ungepflegt ins Gesicht. Ich fühle mich erschöpft, aber im selben Augenblick so erleichtert. Für diesen einen Moment bin ich frei von der Last, den Gedanken, den Dämonen und vor allem vor einem: Ihm.

Kapitel 12

Nach dem Wochenende fühle ich mich wie gerädert, als wäre ich wahrlich durch ein Feuer gelaufen. Ich kann mich nicht mal mehr daran erinnern, wie ich es in den Vorlesungssaal geschafft habe. Aubrey habe ich seit meinem Albtraum nicht mehr gesehen und ich hoffe nur, dass sie mich nun nicht für völlig wahnsinnig hält.

Ich male gerade wirre Zeichen auf den Collegeblock, als sich jemand neben mir niederlässt und seine Tasche gegen meine Rippen drückt.

»Hey!«, quiekt Arya und schiebt sich eine Strähne ihres dunkelbraunen Haares hinter das Ohr. »Hach, war das ein Wochenende! Ich kann dir sagen, dass ich nicht wund bin ist-«

Ich hebe die Handfläche hoch. »Too much information.«

»Aber Lizzy, ich muss mit jemanden darüber reden!« Mit engelsgleichem Blick, der zweifelsfrei nur bei Parker zieht, schaut sie mich an. »Parker ist einfach unglaublich-«

»Bescheuert? Jap.« Ich kritzele weiter auf meinem Collegeblock.

»Heiß! Und soooo talentiert mit seiner Zunge!« Sie lächelt vor sich her und legt dann ihre Hand auf meine. »Es wurde mal wieder Zeit, dass sich da unten«, sie zeigt auf ihren Schoß, »jemand dran macht, sonst hätten sich da noch Spinnweben eingenistet.«

»Oh, wow«, gebe ich wenig begeistert zur Antwort. Mache ich den Eindruck, als würde ich unbedingt wissen wollen, wie Parker Arya vögelt?

»Ach, Lizzy, du bist wirklich keine gute Gesprächspartnerin«, seufzt Arya.

Zum Glück habe ich nie behauptet, eine gute Gesprächspartnerin zu sein. Meine sozialen Kompetenzn dahingehend sind … ausbaufähig, um es gelinde auszudrücken. »Dann musst du dir wohl jemand anderen suchen«, nuschle ich, ohne den Blick von den Kritzeleien zu nehmen.

»Wer muss sich was für wen suchen?«

Ich drehe mich um und gerade läuft Mike auf uns zu, setzt sich auf den freien Platz neben mich.

»Arya will davon erzählen, wie krass ihr Sex mit Parker war«, informiere ich ihn und kann den Spott in meiner Stimme nicht verstecken.

Mike gibt Würgegeräusche von sich und ich muss lachen. Wenigstens da sind wir einer Meinung. Er gibt mir ein High five und Arya stöhnt genervt auf.

»Ihr seid kindisch«, meint sie.

»Nein, ich bin einfach nicht betrunken genug dafür, mir so einen Bullshit anzuhören«, kontert Mike.

»Was ist deine Ausrede, Lizzy?« Sie mustert mich und zieht eine perfekt nachgemalte Augenbraue nach oben.

Genau in diesem Moment betritt der Professor den Saal, bittet um Ruhe und beginnt mit seinem Vortrag. Noch nie war ich erleichterter, dass eine Vorlesung beginnt. So muss ich mir nicht irgendeine ansatzweise nachvollziehbare Ausrede einfallen lassen, weshalb mich Aryas Erzählungen über den phänomenalen Sex mit Parker herzlich wenig interessieren. Schwer seufzend wendet sich Arya von mir ab und für die nächsten Stunden wird sie mich vorerst nicht nerven. Bis dahin hat sie die Frage bestimmt vergessen.

*

Und das hat sie tatsächlich. Der Professor entlässt uns, wir packen unsere Sachen zusammen und als ich aus dem Raum trete, kommt mir fast mein Frühstück hoch. Arya läuft auf Parker zu und drückt ihm einen Kuss auf die Wange, wobei er sie nicht beachtet, sondern auf seinem Smartphone herumtippt. Die Gefühle scheinen offensichtlich ziemlich einseitig zu sein. Egal, wie sehr mich Arya mit ihrer Schwärmerei über Parker in den Wahnsinn getrieben hat: Das hat sie nicht verdient.

»Die zwei sind wohl das neue Traumpaar, oder was?« Mike neben mir schüttelt den Kopf.

»Klar«, antworte ich sarkastisch. »Bis Parker genug von ihr hat und sich das nächste Opfer sucht. Vermutlich schreibt er gerade mit einer anderen Nachrichten.«

Zuerst starrt Mike mich überrascht an, dann lacht er kehlig und legt mir die Hand auf die Schulter. »Du hast dazugelernt, Lizzy.«

»Ich hatte ja auch einen guten Lehrer«, antworte ich zwinkernd und frage mich, was zum Teufel in mich gefahren ist, dass ich solche Antworten gebe.

Mike lacht erneut. »Hast du demnächst wieder Lust auf 'ne Runde Fitnessstudio?«

»Ehm, nein, lieber nicht. Dort ein Sauerstoffzelt unter zubekommen, wird bestimmt schwer.«

»Wir können auch etwas anderes unternehmen. Kino, Billiard, am See chillen … Ganz, wie du magst.«

Was zur Hölle geht hier gerade vor sich? Versucht Mike etwa, mich zu einem Date zu überreden? Zeit für mich, das Weite zu suchen. Weder will ich Mike enttäuschen noch mich auf ein Date einlassen. Der Tag mit ihm im Fitnessstudio hat mich derart mental gefordert, dass ich noch nicht bereit bin, mich auf ein weiteres Mal einzulassen. Oder auf überhaupt irgendetwas einzulassen – falls dieser Fall jemals eintretetn sollte. Jeder Tag, jede Nacht, jede Stunde ist eine Herausforderung, die mich körperlich wie seelisch an meine Grenzen bringt. Mike ahnt davon natürlich nichts und deshalb ist es besser, ihm keine Hoffnugnen zu machen.

»Ich muss zum nächsten Kurs, ich melde mich, okay? Bye.« Dann mache ich auf dem Absatz kehrt und schaue erst wieder zurück, als ich nicht mal mehr weiß, in welchem Teil des Gebäudes ich mich befinde.

Vällig außer Atem lasse ich mich gegen die kalten Fliesen der Wand fallen. Meine Launen, die auf und ab gehen wie ein Flummy, erschöpfen mich selbst. Ich wische mir den Schweiß von der Stirn, doch ein Geräusch in dem menschenleeren Trakt lässt mich aufschrecken.

Ich werde jedenfalls nicht *Hallo* rufen, wie man es in Horrorfilmen macht. Welcher Mörder würde darauf bitte schön auch antworten?

Mein Blick gleitet durch den Flur, bleibt bei jeder Tür und jedem Fenster hängen, in der Hoffnung, das Geräusch ausfindig zu machen. Das Einzige, das ich höre, ist mein eigener Herzschlag. Minütlich erhöht sich die Geschwindigkeit und meine zitternden Hände kann ich nicht mehr am Körper halten.

Er hat mich gefunden. Er ist hier. Ich weiß nicht, wie, aber er ist da. Hier. Wo mich niemand finden sollte.

Ein Rumpeln aus einem der Säle reißt mich aus meiner Starre und ich renne los. Kaum habe ich die Hälfte des Traktes zurückgelegt, stellt sich mir jemand in den Weg. Dunkel, groß. Es ist jedoch zu spät zu bremsen und ich laufe mit voller Wucht dagegen, die Arme ausgestreckt und die Hände zu Fäusten geballt.

»Fuck.«

Beim Klang der Stimme bleibe ich ruckartig stehen. Wie in Zeitlupe drehe ich mich um und schaue auf denjenigen, den ich umgerannt habe.

Parker steht gerade vom Boden auf, fährt sich mit einer Hand durch die Haare, die er lässig zu einem Dutt gebunden hat und sieht mich an. »Bist du völlig durchgedreht?«

Offensichtlich verleiht Adrenalin einem völlig ungeahnte Kräfte. Kräfte, die es einem möglich machen, einen muskolösen, großen Kerl umzurennen, obwohl man selbst die Körpergröße eines Minion besitzt. Das ist wirklich … erstaunlich und sollte ich mir für etwaige Situationen merken.

»Willst du darauf eine ehrliche Antwort?« Ich stemme die Arme in die Hüfte.

Er grinst. »Hast du heute morgen 'ne Kratzbürste gegessen oder warum bist du so drauf? Die Seite an dir gefällt mir.«

»Sag mir lieber, warum du mich verfolgst.«

»Ich dich verfolgen?« Er lacht auf, greift in seine Hosentasche und holt eine Zigarette hervor, die er sich in die Mundwinkel schiebt. »Ach, Kätzchen, sei nicht traurig. Du kommst nach Arya dran, wenn du willst und dich brav verhältst.«

»Wie bitte?«, stoße ich hervor, erschrocken über seine Unverschämtheit.

Sein Grinsen offenbart zwei Reihen glänzend weißer Zähne und das enganliegende T-Shirt zwei definierte Oberarme. »Na, du weißt schon, immer die Beine spreizen, wenn Daddy es verlangt und schön schlucken. Kleckern bedeutet zwanzig Schläge auf den Arsch oder wahlweise in dein süßes Gesicht«, sagt er. »Wie es dir lieber ist, Kätzchen.«

Ein zweites Mal an diesem Tag wird mir schlecht, gar kotzübel. Er ekelt mich an. Es ist einer Kurzschlussreaktion geschuldet, als ich auf ihn zugehe und ihn mit aller Kraft von mir stoße. Parker fällt auf die Tischgruppe und das Klirren hallt im ganzen Flur wider. Entweder hat ihn das vollkommen unvorbereitet getroffen, er hat doe vergangenen Tage nicht trainiert oder das Adrenalin verleiht mir immer noch ungeahnte Kräfte.

Voller Wucht stößt er die Stühle und den Tisch von sich, sodass sie gegen die Wände knallen. Bei jeder seiner Bewegungen muss ich auf seine Oberarme achten, die sich anspannen. Ich spüre Scham in mir aufkommen, weil ich ihn in diesem Augenblick so unfassbar sexy finde, obwohl er mich vor einem Moment noch angeekelt hat. Das Gefühl legt sich aber, als er sich zu mir umdreht und mich anstarrt. Sein Grinsen ist verschwunden, stattdessen tritt der bitterböse Blick auf sein Gesicht. Die dunklen Augen taxieren mich, wollen mich in die Flucht treiben.

»Fick dich«, sage ich mit fester Stimme.

Kaum habe ich die Worte ausgesprochen, legt sich wieder das Grinsen auf Parkers Gesicht. »Komm mit«, erwidert er, nimmt meine Hand und zerrt mich hinter sich her.

»Was? Lass mich sofort-« Ich will mich aus seinem Griff befreien, doch er ist zu stark und zu schnell. Warum zur Hölle bringe ich jetzt nicht die Kraft aus, die ich vor wenigen Sekunden noch hatte?

»Wenn ich dich hätte entführen wollen, hätte ich das anders gemacht, Babe.« Wir laufen über den Campus, raus auf den Parkplatz und ich muss fast rennen, um mit ihm mithalten zu können. Er hat immer noch seine Hand um meine geschlungen und die Berührung fühlt sich gut – ja, sogar schön – an. Seine Hand ist weich und ich lasse den Zeigefinger über seinen Handrücken streichen, nur für wenige Sekunden. Denn diese wenigen Sekunden bedeuten für mich schon die Welt.

Plötzlich bleiben wir stehen, Parker kramt in seinem Rucksack und kurz darauf leuchten die Scheinwerfer des

Autos, das vor uns steht, auf. Ich verdrehe die Augen. Nicht anders als erwartet, ist es schwarz und sieht schweineteuer aus. Es war klar, dass Parker ein protziges Auto fährt.

Ich räuspere mich. »Du kannst meine Hand jetzt wieder loslassen.«

Er sieht mich einen Augenblick zu lange an. »Steig ein«, weist er mich dann an, bemerkt aber mein Zögern. »Ich will dir etwas zeigen.«

Nun bin ich diejenige, die auflacht. »Hast du das zu Arya und den anderen Mädchen davor auch gesagt?«

»Nein.« Er öffnet die Beifahrertür und ich starre ihn erneut an.

»Ich wusste gar nicht, dass Bloody Parker Anstand besitzt«, erwidere ich und steige tatsächlich in seinen Wagen ein. Die Sitzbezüge sind aus Leder und überraschenderweise nicht schwarz, sondern hellbraun.

»Du weißt einiges über Bloody Parker nicht.« Schließlich schlägt er die Tür zu, startet den Wagen und der Motor heult so ohrenbetäubend laut auf, dass sich mehrere Leute umdrehen. Die ganze Autofahrt über hallen seine Worte in meinem Kopf wider. Du weißt genauso wenig über mich, Parker, denke ich.

*

Nach zwanzig Minuten halten wir an einem Waldstück und die Beschilderung zeigt, dass es wenige Meter weiter auch einen See gibt. Der Parkplatz vor dem Waldstück ist, bis auf zwei Autos, leer und die Paranoia setzt ein. Ich bin allein in einem Wald mit einem Typen, den ich kaum kenne und der mir mehr Angst einjagt als alles andere. Gut gemacht, Elizabeth, so viel zu Klischees in Horrorfilmen.

»Elizabeth?« Die Art, wie er meinen Namen ausspricht, lässt eine Gänsehaut auf meiner Haut entstehen. Das bleibt ihm nicht unbemerkt und der Blick in seinen Augen lässt mich für diesen einen Moment die Panik vergessen. »Du brauchst keine Angst zu haben. Vor mir.«

Ich sehe ihn an, unsicher, fragend, ob das die Wahrheit ist. Brauche ich wirklich keine Angst haben? Und nicht vor ihm? Die Antwort lautet: Ich weiß es nicht. Ich vertraue ihm nicht. Seine Worte sind leere Versprechungen, die er jederzeit brechen kann. Denn welchen Wert haben Versprechungen?

Der Moment steht zu lange still und ich wende den Blick ab, lege die Hände in meinen Schoß. »Also, was ist nun? Denkst du, ich habe noch nie einen Wald gesehen?« Nervös fuchtele ich mit den Händen herum und lache.

Dann steigt Parker aus, öffnet mir die Tür und läuft voran. Ohne meine Hand zu nehmen. Nach ungefähr zehn Minuten, die mir viel länger vorkommen, und einigen Abzweigungen bleibt er vor einem Baum stehen. Selbst als ich den Kopf in den Nacken lege, kann ich das Ende des Baumes nicht erkennen.

»Kannst du klettern?«, fragt er.

»Klar, deswegen habe ich auch Sport als Hauptfach gewählt«, entgegne ich ironisch. »Natürlich nicht.«

»Dann wirst du es jetzt lernen«, sagt Parker, packt mich wie einen Medizinball an der Hüfte und setzt mich auf den ersten Ast. Er hat nicht mal mit der Wimper gezuckt oder

Anzeichen von Anstrengung gezeigt. Kein Wunder, dass er jeden Gegner bei den Käfigkämpfen plattmacht.

»Und jetzt?«, rufe ich panisch und klammere mich an den Baum, was ihn tatsächlich schmunzeln lässt. Wenn auch nur ein kleines Bisschen.

»Schau nicht nach unten, immer nach oben und orientier dich an den dicken Ästen. Ich bin immer unter dir, wenn du also fällst, dann erst auf mich.«

Ich werfe ihm einen Blick zu und kann mir bei der Vorstellung ein Grinsen nicht verkneifen. Ich versuche, Parkers Anweisungen zu befolgen und ziehe mich an den Ästen immer weiter hinauf. Das Klettern strengt mich an und ich will ihm fast zurufen, dass ich fix und fertig bin, als sich vor mir eine Ebene offenbart. Ich blicke nach oben und schnappe nach Luft. Mit letzter Kraft greife ich nach dem letzten Ast und setze den Fuß auf die Holzplattform. Ein Baumhaus, ich stehe wahrhaftig in einem Baumhaus.

»Kannst du deinen Fuß mal ein Stück-«

Parker kommt nicht dazu, seine Frage zu Ende zu stellen, denn er rutscht mit der rechten Hand vom Holz ab und knallt mit dem Rücken gegen den Baumstamm. Er kann sich nur noch mit der linken Hand halten.

Ich schaue auf ihn herab und andere hätten reflexartig nach seiner Hand gegriffen, aber ich stehe nur da und erfreue mich an dem Blick des hilflosen Parker. Als würde das Blut in meinen Ohren Rauschen und das Adrenalin meinen ganzen Körper beherrschen.

»Elizabeth«, krächzt er.

Ich beuge mich zu ihm. »Ja?« Das Adrenalin pumpt sich durch jede Vene und ich kann es kaum abwarten, die Wörter aus seinem Mund zu hören, wie er bettelt und fleht.

»Gib mir deine Hand«, sagt er.

Ich lege den Zeigefinger an meine Lippe. »Was?«, erwidere ich gespielt überrascht. »Der große, starke, unbesiegbare Bloody Parker schafft es nicht allein?«

»Elizabeth.« Ein Knurren entkommt seiner Kehle.

»Sag es.«

»Du-«

»Sag. Es.« Mein schneidender Ton bringt ihn zum Schweigen. Die Sekunden vergehen, in denen er sichtlich mehr Kraft aufbringen muss, um sich zu halten. Der Schweiß läuft ihm über die Stirn und einzelne Haarsträhnen kleben ihm im Gesicht. Seine Muskeln sind angespannt und ich könnte schwören, dass jeden Moment sein T-Shirt reißt.

»Hilf mir«, stößt er hervor.

Meine Finger fahren über das geschliffene Holz, bis ich seine Fingerspitzen ertaste und meine Kuppen über seinen Handrücken gleiten lasse. Als wäre genau das mein Reflex. Ich will ihn fühlen.

Seine Haut ist warm, weich und ich spüre seine ganze Kraft, als er die Hand um meine schlingt und sich hochzieht. Wir stolpern gegen die Wand und ich lausche unserem Atem. Seine Brust hebt und senkt sich. Er steht direkt vor mir, ich kann ihn hören, riechen, fühlen und es ist nicht genug. Ich will mehr. Aber was ist das mehr?

Ich schließe die Augen, als könnte ich diesen Moment so noch mehr auskosten. Seine Finger streifen meine Arme und ich spüre, wie mühsam es für ihn ist, nichts anderes zu tun.

Er weiß, dass ich nicht mehr ertrage und er akzeptiert es. Ich weiß nicht, warum er das tut. Warum er sich nicht nimmt, was er will.

Er riecht herb, dunkel wie seine Seele und nach Minze. Sein Geruch stößt mich nicht wie zuvor ab, sondern zieht mich wie ein Magnet an.

Inzwischen haben seine Fingerspitzen meine Schultern erreicht und mit dem Daumen fährt er die Konturen meines Gesichts nach. Als wäre ich aus wertvollem Porzellan, streicht er über meine Lippen. Seine andere Hand streicht mir eine Haarsträhne hinter das Ohr und ein Finger legt sich unter mein Kinn. Die Sekunden verstreichen und ich warte darauf, dass er es tut. Dass er mich küsst. Ich spüre die Wärme, die von ihm ausgeht und die in mir den Drang weckt, die Arme um ihn zu schlingen, mich an ihn zu drücken. Seine Wärme, seinen Duft aufzunehmen und nie mehr zu vergessen.

Aber nichts davon geschieht. Er küsst mich nicht.

Ich öffne die Augen und sehe Parker vor mir. Seine Lippen sind geöffnet, seine Augen wiederum geschlossen und er wirkt so friedlich. Nichts außer einer Narbe am Kinn erinnert an Bloody Parker, denn in diesem Moment sind wir Elizabeth und Parker. Wir haben die Masken abgelegt und blicken tiefer in den anderen als jemals zuvor. Es fühlt sich vertraut und nicht beängstigend an. Ich will nicht wegrennen und mich in einem Zimmer einsperren. Stattdessen will ich in ihn kriechen und niemals vergessen, wie es sich anfühlt. Wie sich Nähe anfühlt, die gut ist. Die dir das Gefühl gibt, genug zu sein – für diesen einen Augenblick.

Ich betrachte die Tattoos, die seine kompletten Arme bedecken und in Schwarz gehalten sind. Sogar seine Handrücken und vereinzelte Finger sind tätowiert. Mit der Fingerspitze fahre ich über ein Motiv an seinem Unterarm, das sich bis zu seinem Oberarm schlängelt. Die Tätowierungen wirken präzise, detailreich und ohne ihn zu fragen weiß ich, dass sie alle eine Bedeutung haben. Sie erzählen eine Geschichte, die nur er kennt.

Parkers Atem geht immer noch regelmäßig, als würde er es nicht einmal bemerken, dass ich ihn berühre. Bis er die Augen öffnet, kaum merklich ausatmet und seine Brust dabei meine berührt. Ich erstarre in meiner Bewegung.

»Hör nicht auf«, wispert er.

Ich meide seinen Blick, der auf mir lastet,wie ein tonnenschwerer Felsen. Ich zwinge mich dazu, mit den Fingern weiter über seine Tätowierungen zu fahren, aber es fühlt sich nicht mehr so ungezwungen wie davor an.

»Elizabeth.«

»Ja?«

Er nimmt meine Hand, legt sie in seine und betrachtet unsere Finger. Seine Hand ist mindestens doppelt so groß wie meine und gebräunter. »Ich will, dass du es von dir aus tust«, sagt er.

»Wovon redest du?«

»Das weißt du.« Er sieht mich an, als würde er darauf warten, dass ich es ausspreche.

»Parker-«

»Ich wollte dich küssen und ich will es immer noch, aber willst du es auch? Hör in dich hinein und beantworte mir die Frage, wenn du so weit bist.« Er lässt meine Hand los und ich lasse sie kraftlos sinken. Dann geht er einige Schritte rückwärts, holt aus seiner Gesäßtasche eine Zigarette hervor und zündet sie an.

Ich werde nicht schlau aus ihm. Er ist ein Buch mit zigtausend verschlossenen Siegeln, die mit genauso vielen Schlüsseln geöffnet werden können.

»Warum tust du das?«, bringe ich erstickt hervor. »Hast du das Baumhaus auch Arya gezeigt? Hast du sie hier gefickt?«

Er lacht auf und zieht an der Zigarette. »Das hat nichts mit Arya zu tun.«

»Erklär es mir.«

Mit schnellen Schritten kommt er auf mich zu, drängt mich gegen die Wand und bläst mir den Rauch ins Gesicht. »Du ... bist anders. Ich sehe die Angst in deinen Augen, ich kann sie riechen und sogar fühlen. Ich kenne nicht deine Gründe, aber ich werde sie herausfinden.«

»Ist das eine Drohung?«

Er stützt sich mit dem rechten Arm an der Wand neben mir ab und sein Blick bohrt sich in meinen. »Drohung, Versprechen – sind das nicht die gleichen Dinge? Sind sie nicht beide wertlos, bis man sie tatsächlich wahr werden lässt?« Seine Worte überraschen mich, denn eine philosophische Ader habe ich Parker nicht zugetraut. Als er für eine Sekunde nicht aufpasst, greife ich in einer geschickten Bewegung nach seiner Zigarette und ziehe daran.

»Unberechenbar wie eine Raubkatze«, bemerkt er und ich glaube, sogar ein Lächeln in seinem Gesicht zu erkennen.

Ich ziehe an der Zigarette, viel zu schnell, weil ich loshusten muss. Jeder hatte doch mal eine Phase in der

Jugend, in der er geraucht hat, und auch wenn ich sonst nicht der Mehrheit entspreche, trifft das ausnahmsweise auch auf mich zu. Die letzte Zigarette ist aber schon lange her. Der Geschmack ist bitter und zugleich vertraut. Erinnerungen flackern vor meinen Augen auf, die ich mühsam zurückdränge. Ich will nicht daran denken und schon gar nicht an ihn, das Monster.

»Willst du die Wahrheit wissen?«, fragt er plötzlich, nimmt wieder die Kippe an sich und zieht daran.

Die Wahrheit? Über ihn? Dass er bestialisch und rücksichtslos ist? Und ich Idiotin trotzdem hier mit ihm in diesem Baumhaus sitze ...

Er schaut mich an und versucht, meine Gedanken zu analysieren. Würde er wissen, was in mir vorgeht und den hässlichen Anblick in meinem Inneren sehen, dann würde er das Weite suchen. Doch er weiß es nicht und das ist auch gut so. Die Risse, die Narben, sie zieren jeden Zentimeter in mir.

»Welche Wahrheit?«, nuschle ich und nehme die Kippe, die er mir entgegenhält.

»Warum du hier bist.«

»Warum bin ich hier?«

»Ich weiß, dass du Angst hast. Jeder Schritt, jeder Atemzug schmerzt dich, ich sehe es. Ich sehe, wie deine Hände zittern, wenn es dir zu viel wird. Dann willst du wegrennen, aber du weißt nicht wohin. Das Baumhaus ist ein Ort, den ich erschaffen und gebaut habe, um genau das zu haben: Ruhe, Einsamkeit. Zeit, um Luft zu holen, wenn du sie am dringendsten brauchst und drohst, an deinen Gedanken zu ersticken.«

Die ganze Zeit über schaut Parker mich an und ich bin nicht fähig, an der Zigarette zu ziehen. Sie steckt gefährlich lose zwischen zwei Fingern. Seine Worte treffen mich. Sie treffen mich so fest und unerwartet wie ein Felsbrocken, vor dem ich nicht fliehen kann.

Ich weiß, dass du Angst hast. Ich sehe, wie deine Hände zittern. Dann willst du wegrennen. Zeit, um Luft zu holen, wenn du sie am dringendsten brauchst und drohst, an deinen Gedanken zu ersticken.

Woher ... Wie zum Teufel ... Beobachtet er mich etwa?

»Ich will gehen«, sage ich irgendwann, lasse die Zigarette unachtsam auf den Boden fallen und setze meinen Fuß auf den ersten Ast.

»Ist das dein Ernst, Elizabeth?«, herrscht Parker mich an und packt mich grob am Handgelenk. Seine Augen funkeln und die Art, wie er mich ansieht, gefällt mir nicht. Die Angst bahnt sich ihren Weg zurück.

»Ich sollte sowieso nicht hier sein. Nicht mit dir!«, entgegne ich barsch. »Du ... bist ein furchtbarer Mensch und ich weiß nicht, was ich mir dabei gedacht habe. Wieso suchst du dir nicht ein anderes Opfer, Parker? Halte dich fern von mir und wag es nicht, mich noch mal anzufassen. Ich kann dich in meinem Leben nicht gebrauchen!« Dann steige ich hastig die Äste herunter, Tränen verschleiern meinen Blick und ich hoffe nur, dass ich den Weg zurückfinde oder zumindest eine Bushaltestelle.

»Dann verpiss dich doch, Elizabeth!«, schreit er. »Tu, was du immer tust, wenn es brenzlig wird. Abhauen! Was anderes kannst du nicht, oder?« Er lacht. »Sollte ich dich jemals wieder in dem Baumhaus sehen, gnade dir Gott oder noch besser – der Teufel. Du wirst sehen, was du davon hast.«

Unten angekommen, schlinge ich die Arme um meinen Körper und renne los. Tränen rinnen über meine Wangen und ich halte sie nicht auf.

Parker. Wie konnte ich mich auf ihn einlassen? Wie konnte ich denken, er kann nett sein? Ich bin so dumm, so naiv. Ich hätte nie mit ihm mitgehen sollen.

Ich hätte nie …

*

Die nächsten Tage geht Parker mir aus dem Weg. Zumindest sehe ich ihn nicht. Das sollte ein gutes Zeichen sein, denn ich sollte mich von ihm fernhalten. Sollte. Wäre da nicht dieses dumpfe Gefühl in meiner Brust, bei dem sich jedes mal mein Herz zusammenzieht. Ich kann nicht einschätzen, was es zu bedeuten hat, aber es ist definitiv nicht gut. Ich darf so etwas nicht fühlen, nicht bei Parker.

Die Stunden und Minuten scheinen mich fast umzubringen, so unerträglich lang fühlen sie sich an. Ich kann sogar behaupten, dass ich mittlerweile ein Ritual entwickelt habe: Morgens aufstehen, duschen, Vorlesungen, schlafen.

Dazwischen treffe ich mich mit Aubrey, Tamara, Joyce und Lucas. Wir lernen, verbringen die Abende zusammen und manchmal gesellt sich Arya zu uns. Während der Vorlesungen unterhalten wir uns über belangloses Zeug, über Parker hingegen verliert sie kein Wort mehr, sodass ich annehme, dass sie abgeschrieben ist. Es hätte mich auch gewundert, dass sich zwischen den beiden etwas Ernsthaftes entwickelt. Dass Parker überhaupt dazu in der Lage ist, geschweige denn so etwas möchte.

Bis zum heutigen Tag.

Ich sitze gerade in einer hinteren Ecke in der Bibliothek an einem Tisch, als ich gedämpfte Stimmen von draußen vernehme. Ich blicke durch die Glasverkleidung und sehe, wie Arya mit Parker aus der Toilette kommt. Sie rückt ihr Oberteil zurecht und ihr roter Lippenstift ist etwas verschmiert. Er hat den Arm um ihre Schulter gelegt und drückt sie auf einmal gegen die gläserne Verkleidung, schiebt seine Zunge in ihren Mund. Mit der anderen Hand fasst er um ihren Po und reibt sich an ihr, während Arya ihm eine Haarsträhne aus dem Gesicht streicht. Doch das schlimme ist nicht, was sie tun, sondern Parkers Blick, der auf mich gerichtet ist. Das Schwarz seiner Augen funkelt wie ein loderndes Feuer, das er einzig für mich angerichtet hat.

Los, lauf hinein, will er sagen.

Der Hass und die Verachtung für ihn sind in diesem Moment unermesslich hoch. Millionen Nadeln krallen sich in meiner Brust fest, reißen an mir und drücken mich auf den grundlosen Boden.

Ich weiß nicht, ob sich das Monster noch in meiner Vergangenheit befindet oder mittlerweile in der Gegenwart. Denn es fühlt sich genauso schmerzhaft an.

Ich lasse Parker die Genugtuung und packe meine Bücher zusammen, verlasse die Bibliothek und renne. Mal wieder.

Kapitel 13

Flashback

Es fühlt sich an wie im tiefsten Winter. Eiseskälte breitet sich in meinem Körper aus und ich erstarre.

»So hilflos«, echot eine dunkle Stimme.

Das Monster. Parker.

Er lacht auf, blickt missbilligend auf mich. »Elizabeth, du dummes Ding, du kannst nicht weglaufen.«

Dann folgt ein weiteres Lachen, eine andere Stimme. Sie reißt meinen Körper entzwei. »Mein Engel, du weißt, ich werde dich finden. Lauf doch nicht immer weg.«

Ich schreie. Ich schreie aus Leibeskräften, mein Hals schmerzt, fühlt sich trocken und kaputt an.

Ich sehe Parker an, flehe, bitte um Hilfe. Aber er steht nur da, genießt meinen Anblick und das fühlt sich viel schlimmer an, als das Monster neben ihm.

Zwei Monster. Eines grauenvoller als das andere.

Ich hasse dich, Parker. Ich hasse dich dafür, dass du das zweite Monster in mein Leben gebracht hast. In die Gegenwart, die frei davon sollte. Doch ich werde nie frei sein, niemals.

*

»Lizzy! Lizzy!« Jemand ruft meinen Namen, rüttelt an mir und dann ergießt sich eine kalte Flüssigkeit über mir.

»Fuck!«, schreie ich und sitze senkrecht im Bett.

»Lizzy!« Neben mir sitzt Aubrey, eine leere Vase in der Hand und starrt mich an.

»Was ist denn los?«, krächze ich.

»Du hast geschrien.«

»Schon ... schon wieder?« Ich schiebe die durchnässte Bettdecke beiseite.

Aubrey nickt bedrückt. »Ich weiß nicht, warum du offensichtlich Albträume hast, aber Lizzy – du solltest dir Hilfe suchen. Ich sehe dir doch an, wie fertig es dich macht. Du schlurfst jeden Tag unter die Dusche, in die Vorlesungen und wieder zurück. Du wirkst wie ein Zombie.«

»Ich habe hin und wieder Albträume, aber das ist nichts Schlimmes, wirklich«, lüge ich.

»Wem willst du das vormachen? Dir oder mir?« Sie zieht die Augenbrauen nach oben. »Hör zu, ich kenne einen guten Therapeuten-«

»Woher kennst du denn einen Therapeuten?«, unterbreche ich sie.

»Heutzutage geht doch jeder in Therapie, das ist nichts mehr Besonderes. Du brauchst dich also nicht schämen, dort anzurufen. Unter Depression, posttraumatischer Belastungstörung und Ängsten leiden mehr, als man glauben mag. Wenn du mich fragst, sollte jeder einen Therapeuten haben. Für den Fall, dass einem nicht gut geht und man jemanden zum Reden braucht. « Sie kritzelt einen Namen sowie eine Telefonnummer auf einen Zettel und hält ihn mir hin. »Ich werd's auch keinem sagen, wenn du das hören willst.«

Fast verschlucke ich mich an meiner eigenen Spucke, kann es aber noch als Husten tarnen. Posttraumatische Belastungsstörung.

»Da ist übrigens ein Brief vom College für dich gekommen«, meint sie und reicht ihn mir. »Ich hole dir mal neues Bettzeug, während du ihn dir durchliest.«

Ich reiße den Brief auf und überfliege ihn. Scheiße. Ich muss die monatliche Miete für den Wohnheimplatz bezahlen, dabei kann ich mir gerade so noch Zahnpasta oder eine Flasche Wasser leisten. Meine Ersparnisse neigen sich langsam dem Ende zu. Ich bin wahrlich ein Genie darin, unliebsame Sachen aufzuschieben und zu verdrängen.

»Ich werde bald obdachlos sein, so wie es aussieht«, nuschle ich.

Aubrey bezieht gerade mein Bett neu und ich stehe wie angewurzelt neben ihr. »Was? Warum denn das?«

»Die Miete«, gebe ich zu. »Ich kann sie nicht mehr bezahlen.«

»Nicht mehr? Hast du denn keinen Verwandten, der dir etwas leihen kann?«

Ich lache kurz auf. »Nein.«

»Und wie hast du deinen Lebensunterhalt die letzten Monate finanziert?«, fragt sie.

»Ersparnisse«, antworte ich knapp.

»Dann such dir einen Nebenjob, am schwarzen Brett des Colleges stehen immer eine Menge. Kellnern, an der Kasse, Pizza ausliefern.«

Ich schlucke. Mein Vorhaben, abzuhauen, war so stark, dass ich nicht mal richtig darüber nachgedacht habe, dass meine Ersparnisse nicht ewig reichen. Tja, das war's wohl.

»Aubrey, das kann ich alles nicht.«

Sie sieht mich an und ihr mitfühlender Blick verrät mir, dass sie es verstanden hat. Ich kann es nicht. Wie soll ich die Bestellung anderer Leute aufnehmen, wenn ich nicht mal mit Fremden ein einziges Wort wechseln kann, ohne eine Panikattacke zu bekommen? Wie soll ich Pizza ausliefern, wenn ich eine absolute Niete in Mathe bin und mich nicht mal traue, an den Türen der Menschen zu klingeln? Ich würde mit der Pizza wieder wegrennen und der Pizzeria ein fettes Minus in der Kasse hinterlassen. Wie soll ich an der Kasse sitzen und das Wechselgeld ohne zitternde Hände herausnehmen?

Ich hasse mich dafür, was ich alles nicht tun kann und wie sehr mich das Vergangene einschränkt. Ich sollte Aubreys Rat befolgen und den Therapeuten anrufen.

»Wir bekommen das hin, Lizzy. Wofür hat man Freunde?« Sie lächelt mir zu und knufft mich in die Seite.

Zwar drehe ich mich noch eine Stunde lang im Bett herum, bis ich einschlafe, aber zumindest steht das Gedankenkarussell für kurze Zeit still.

*

»Also wenn du einen Job brauchst, ich wüsste da einen«, meint Mike am nächsten Tag, als wir mittags in der Mensa sitzen. Er schaufelt sich bereits den zweiten Teller Pasta in den Mund.

Ich hingegen knabbere an meinem Müsliriegel. »Welchen denn?«, frage ich.

»Ein Bekannter betreibt ein kleines Schreibwarengeschäft, ganz in der Nähe vom Campus. Es ist nicht überlaufen, hauptsächlich Stammkunden kommen. Wenn du willst, kann ich einen Termin zum Probearbeiten vereinbaren.«

Ich fummele an der Plastikverpackung meines Müsliriegels herum. »Ähm, okay«, gebe ich klein bei und spüre Aubreys Blick auf mir. Der Laden soll klein sein und wenn nur Stammkunden kommen, kann ich mich an sie gewöhnen. Das scheint mir ein guter Kompromiss zu sein.

»Super«, sagt Mike, steht auf und nimmt sein Tablett mit den leeren zwei Tellern. »Ich muss dann zum Sport, der nächste Käfigkampf ruft, Mädels.«

»Mike?«, rufe ich ihm hinterher. »I-ich habe es mir anders überlegt, ich gehe mit dir zum nächsten Kampf. Also, wenn das okay ist und du nicht eine andere Begleitung gefunden hast.

Sein Gesicht hellt sich auf. »Klar, sicher. Ich hol dich dann am Samstag um 20 Uhr ab.«

»Super«, wiederhole ich seine Worte, nur weniger begeistert.

Als Mike verschwunden ist, tippt mich Aubrey an. »Lizzy, was wird das?«

Ich zucke mit den Schultern. »Meintest du nicht, die erste Lektion einer Freundschaft sei es, Spaß zu haben?«

»Ja, schon, aber-«

»Was ist dann dagegen einzuwenden?«

»Es ist Mike«, erwidert sie zerknirscht.

»Es ist aber nicht Parker.«

Sie bläst sich eine Haarsträhne aus dem Gesicht. »Mike ist aber ...«

»Weniger gefährlich und furchteinflößender als Parker«, unterbreche ich sie.

»Du weißt nicht, was du tust, Lizzy.«

»Was?«

»Ist ja auch egal«, erwidert sie und setzt ein Lächeln auf, dem keine Menschenseele widersprechen kann. »Hast du schon ein Outfit für Samstag?«

»Aubrey, ich bin weder ein Modepüppchen noch habe ich gerade Geld dafür«, antworte ich.

»Iss endlich deinen Müsliriegel auf, danach gehen wir in die Stadt. Ich kann nicht zulassen, dass meine Mitbewohnerin ohne einen heißen Fetzen dort aufschlägt.«

*

Fünfzehn Minuten später stehen wir im ersten Laden und Aubery hat bereits zwei Körbe voller Klamotten gepackt. Dafür, dass daran wenig Stoff ist, kosten sie aber eine ganze Menge Geld.

»Schau nicht so kritisch. Du wirst umwerfend aussehen und den Typen werden die Augen aus dem Kopf fallen«, kommentiert Aubrey meinen Gesichtsausdruck. »Zieh das an.« Sie drückt mir etwa Rotes in die Hand und damit verschwinde ich in der Umkleidekabine.

Es bereitet mir ein unangenehmes Gefühl, mir die Klamotten vom Leib zu streifen. Meine Hände zittern vor Angst, jemand könnte den Vorhang aufreißen und mich halbnackt sehen.

»Bist du so weit? Wie sieht es aus?«, ruft mir Aubrey von draußen zu.

Vor lauter Schreck ziehe ich mir das Kleid schnell über den Oberkörper und zuletzt über meinen Hintern. Der Stoff fühlt sich weich und elastisch an und schmiegt sich an meinen Körper an.

»Kann ich schauen?«, quiekt sie.

Ich atme noch mal durch und ziehe schließlich langsam den Vorhang zur Seite. Als Aubrey mich sieht, schlägt sie die Hände vor den Mund.

»So schlimm?« Reflexartig verschränke ich die Arme vor der Brust.

»Nein! Schau dich nur an, Lizzy. Du siehst atemberaubend aus!«

Ich drehe mich um und betrachte die Person im Spiegel. Das bin ich und gleichzeitig auch nicht. Zwar bin ich nicht die Größte, aber das Kleid sitzt perfekt und endet in der Mitte meiner Oberschenkel. Anders als ich erwartet habe, wirkt der weinrote Ton nicht billig, sondern elegant. Ab der Hüfte ist es etwas ausgestellt, hat einen runden Ausschnitt, der nicht zu viel zeigt, und einen leichten Rückenausschnitt.

Ich fühle mich ziemlich nack, was nur logisch ist, weil ich sonst nur Jeans und T-Shirt trage.

Vorsichtig fahre ich mit der Hand über den glatten Stoff und versuche immer noch zu begreifen, dass ich die Person im Spiegel bin.

»Was sagst du?« Aubrey reißt mich aus meinen Gedanken.

»Ich sehe so ... anders aus.« Und irgendwie sexy.

»Dazu noch ein paar schicke Schuhe und dein Outfit ist perfekt!« Sie deutet auf ein paar mörderhohe High Heels, in denen ich auf keinen Fall einen Meter laufen werde. Davor breche ich mir beide Beine.

»Ich würde doch lieber ein paar schlichte, schwarze Ballerinas nehmen«, entgegne ich. »Wenn die Modepolizei nichts dagegen hat?« Ich strecke ihr die Zunge raus und Aubrey lacht.

»Ich bin schon zufrieden, wenn du das Kleid nimmst! Also lass uns schnell bezahlen, bevor du es dir anders überlegst.« Gespielt streng wedelt sie mit dem Zeigefinger hin und her.

»Aber ich habe gar kein-«

»Ich bezahle es dir. Keine Widerrede.« Mit diesen Worten zieht sie den Vorhang zu, damit ich mich wieder umziehen kann.

Nachdem Aubrey sich noch ein Oberteil und ein Paar Schuhe, die sie mindestens fünfzehn Zentimeter größer machen, gekauft hat, machen wir uns wieder auf den Weg zum College. Ich bin bereit für den nächsten Käfigkampf, der auch mein Kampf sein wird.

Kapitel 14

Einige Tage später findet tatsächlich das Probearbeiten im Schreibwarengeschäft statt. Gerade öffne ich die Tür zum Laden, da kommt mir bereits ein älterer Herr mit Halbglatze und runder Brille entgegen.

»Elizabeth?«, fragt er und hält mir die Hand hin, die ich zögernd ergreife.

»Richtig.«

»Ich bin Harold und betreibe diesen Laden schon ... puh, lass mich überlegen. Jedenfalls schon ziemlich lange.« Er lacht auf und sein Lachen hat etwas Herzliches. »Ich werde aber auch nicht jünger und könnte etwas Unterstützung gut gebrauchen.«

»Das trifft sich ja perfekt«, murmele ich. »Einen Nebenjob könnte ich nämlich auch gut gebrauchen.«

Wieder lacht er und diesmal stimme ich in das Gelächter mit ein, wenn auch noch etwas verunsichert.

»Leg deine Jacke und Tasche ab, dann zeig ich dir den Schuppen«, meint er.

Ich streife mir die Jacke ab und als er sie entgegennimmt, streift seine Hand kurz meinen Arm. Ein Schauer fährt mir über den Rücken und kurz überlege ich, mir eine fadenscheinige Ausrede auszudenken, um abhauen zu können. Aber ich atme ein und aus und sage mir, dass ich mir das nicht leisten kann. Ich habe das alles nicht getan, nur um obdachlos zu sein.

Also folge ich Harold an die Kasse und versuche, seinen Erklärungen zuzuhören. Auf einmal ertönt ein Klingeln und jemand betritt den Laden.

»Jack, hey«, begrüßt Harold den Mann, der auf die Kasse zukommt und mich ansieht. »Das Übliche?«

»Richtig«, erwidert dieser grinsend. »Wer ist die junge Lady?«

Es gefällt mir nicht, wie er mich ansieht. Er mustert mich, grinst und meine Kehle schnürt sich zu. Fuck. Ich weiche seinem Blick aus und versuche verzweifelt an etwas anderes zu denken.

»Elizabeth. Wenn ich Glück habe, meine neue Unterstützung, also sei nett zu ihr.« Harold holt die Tageszeitung sowie eine Packung Zigaretten heraus, tippt auf der Kasse herum und gibt Jack das Rückgeld. Das Klingeln der Tür ertönt wieder und Jack ist verschwunden. »Viele der Kunden sind Stammkunden, sie kommen schon seit Jahrzehnten her«, erklärt Harold mir. »Ah, da kommt Margret.«

Eine Frau mittleren Alters mit Mantel und Hund betritt den Laden, grüßt uns und läuft zielstrebig auf die Zeitschriften zu. Dann nimmt sie sich drei Zeitschriften heraus und legt sie vor mich auf die Theke.

»Wie geht's, Harold? Endlich Verstärkung?« Sie lächelt mich an.

»Hab eben doch auf deinen Rat gehört«, gibt mein Boss zu und wendet sich mir zu. »So, deine erste Tätigkeit, Elizabeth.«

»Oh, ähm, ja«, stottere ich und greife nach der ersten Zeitschrift. Der Code, wo ist der verdammte Barcode?

»Wie ich es dir gezeigt habe, den Code scannen und anschließlich auf die Taste drücken, um den Gesamtbetrag angezeigt zu bekommen«, sagt Harold, womit er mich noch nervöser macht.

Endlich habe ich den Barcode gefunden und gescannt. Dann nehme ich die andere Zeitschrift und irgendwie kann ich verhindern, dass man meine zitternden Hände nicht zu sehr bemerkt.

»12 Dollar macht es dann, bitte«, sage ich.

Margret kramt in ihrer Geldbörse und legt mir das Geld in die Hand, das zum Glück stimmt. Ich muss ihr kein Rückgeld geben.

»Das hat sie doch schon fantastisch gemacht«, meint Margret, verabschiedet sich und verlässt den Laden.

Die nächste Stunde kassiere ich hin und wieder Kunden ab und ich bin erstaunt, wie gut es klappt. Vielleicht wird das hier wirklich mein Nebenjob.

»Ich bin mal hinten im Büro. Wenn was ist, einfach rufen, okay? Du hast das hier schon ganz gut unter Kontrolle.«

»O-okay«, entgegne ich und atme geräuschvoll aus, als er im Hinterzimmer verschwindet.

Nach ruhigen zwanzig Minuten, die ich für die Notizen aus der Vorlesung genutzt habe, klingelt das Glöckchen über der Tür. Ich schaue auf. Ein Typ, schätzungsweise in meinem Alter, betritt das Geschäft. Er trägt eine abgenutzte, blaue Jeans, ein weißes T-Shirt, schwere Boots und eine Cap. Irgendwo zwischen den Regalen verschwindet er und ich wende mich wieder meinen Notizen zu.

Schließlich kassiere ich noch eine ältere Dame und einen kleinen Jungen ab, bis ich merke, dass sich zu dem Typen zwei weitere gesellt haben. Wann haben die denn so unbemerkt das Geschäft betreten?

Einer davon kommt auf die Theke zu und meine Hände verkrampfen sich intuitiv. Er trägt auch eine Cap, die er abzieht, als er vor mir steht.

»Eine Packung Marlboros.«

Das. Ist. Nicht. Sein. Ernst. Das ist ein einziger Albtraum.

»Was willst du hier?«, herrsche ich Parker an.

Er stützt sich mit den Armen auf der Theke ab und blickt mit einem hämischen Grinsen in mein Gesicht. Ich starre auf seine Tätowierungen und nehme das erste Mal ein Motiv wahr: ein ausgewachsener Wolf, der den Kopf gen Himmel gestreckt hat, und neben ihm ein kleiner Wolf. Es sieht aus, als würden sie in einem wilden Wald stehen. Zwischen der restlichen Tinte kann man das Motiv nur beim genauen Hinsehen erkennen.

»Kippen?«, erwidert er grinsend.

Ich drehe mich um und nehme eine Packung heraus, lege sie auf die Theke.

»Nicht die. Die roten.«

Ich stöhne genervt und nehme die rote Verpackung aus dem Regal hinter mir, als ich die anderen zwei Typen lachen höre. Mein Kopf schnellt zu ihnen und ich sehe, wie sie Zeitschriften zerreißen und leere Bierdosen auf dem Boden herumkicken.

Parker taxiert mich, wohl wissend, dass es mich noch unruhiger werden lässt. »Kondome habt ihr nicht, was?«

»N-nein.«

Er fährt sich mit der Hand durch die Haare, die er unordentlich zusammengebunden hat. »Was ein Scheißladen. Wo ist eigentlich der alte Sack? Harold heißt er, nicht wahr?«

»Im Büro.«

»Aha, im Büro. Wie verantwortungslos von ihm, dich allein an der Kasse zu lassen«, meint Parker, greift nach einer Kaugummiverpackung, reißt sie auf und steckt sich einen Streifen in den Mund.

»Du kannst nicht einfach Sachen aufmachen, Parker«, sage ich und nehme ihm die Verpackung aus der Hand.

»Du siehst doch, dass ich es kann.« Seine Freunde treten näher an die Theke heran und lachen. Sie lachen mich aus.

»Okay, das reicht, ich werde Harold holen.«

Sein Arm schnellt plötzlich hervor und seine Hand krallt sich an meinem fest. Die Kälte und Kraft seines Arms lässt mich erschaudern.

»Du bleibst schön hier«, knurrt er. »Der alte Harold hat uns Hausverbot erteilt. Zurecht. Das hättest du mal lieber wissen sollen, Elizabeth.«

Mein Herz rast, mein Atem rasselt und dann sein Duft, der mir in die Nase steigt. Er bringt mich um. Seine Fingernägel kratzen auf meiner Haut und ich bin mir sicher, sie hinterlassen ihre Spuren. Der Schmerz in meinem Arm breitet sich nur langsam aus, das Adrenalin ist zu stark.

»Lass mich los, du Bastard«, fahre ich ihn an.

Die Furche zwischen seinen Augenbrauen vertieft sich, die Farbe seiner Augen verdunkelt sich und ich sehe, wie er den Oberarm anspannt. Dann packt er mich urplötzlich am Hinterkopf und unsere Gesichter sind sich gefährlich nahe. Ich kann unseren Atem hören und beobachte, wie er sich die Lippen befeuchtet und sie ein wenig öffnet.

»Das«, setzt er an, »sagst du nie wieder.«

»Ach ja?«, erwidere ich rau.

»Ja.«

Dann schleudert er mich gegen das Regal, sodass ich mit dem Kopf gegen das Holz knalle und sämtliche Zigaretten auf mich herabfallen. Parker und seine Freunde verschwinden. Ich höre den Motor seines Autos aufheulen, danach setzt laute Musik ein.

»Meine Güte, Elizabeth! Was ist denn passiert?« Harold kommt auf mich zu und zieht mich an der Hand hoch. Die Berührung seiner knochigen, kalten Hand löst den letzten Schuss aus und ich weiß nur eines: Ich muss weg.

»Er war es. Er war es«, stottere ich, reiße meine Jacke und Tasche vom Stuhl und renne davon. Renne davon, wie immer.

»Du bist schwach. So verdammt schwach«, hallt Parkers Stimme in meinem Kopf.

*

»Wie war das Probearbeiten?«, fragt Aubrey, als ich die Tür zu unserem Zimmer aufreiße. Sie sitzt an ihrem Schreibtisch, hat mir den Rücken zugedreht und tippt eifrig auf die Tastatur ein.

Ich bin völlig außer Atem, verschwitzt und wütend. Und traurig und enttäuscht. Einfach alles. Ich schmeiße meine Tasche aufs Bett und Aubrey schreckt hoch. Sie dreht sich um und beobachtet jede meiner Bewegungen, schweigt jedoch. Als hätte sie Angst, mich etwas zu fragen.

»Wieso?«, stoße ich hervor. »Wieso tut er das?«

»Von wem sprichst du?«

»Er. Er macht alles kaputt!«, brülle ich.

»Lizzy, WER?« Sie steht mittlerweile vor mir und fuchtelt mit den Armen in der Luft herum.

»Parker.«

Sie zieht die Luft ein. »Erzähl es mir.«

Auf einmal ist es ganz still. Es ist beeindruckend und beängstigend zugleich, welche Wirkung ein Name haben kann. Ich erzähle Aubrey von den drei Typen im Laden, was sie angerichtet haben und vor allem, was Parker getan hat.

»Ich werde keinen Schritt mehr in den Laden wagen. Das ist beschämend, Aubrey«, sage ich. »Er wusste genau, dass ich heute dort probearbeiten bin und hat es mit voller Absicht sabotiert.«

Aubrey nimmt meine Hand in ihre. »Ich wünschte, ich könnte dir widersprechen. Dass es ein Versehen war, aber so ist er. Parker ist skrupellos, grauenhaft und widerlich. Ich habe dir gleich gesagt, dass du dich von ihm fernhalten sollst.«

»Ich weiß.« Ich blicke auf meinen Schoß. »Das wollte ich auch, aber ... Er hat immer wieder meine Nähe gesucht und ich hatte sogar den Eindruck, dass er nett ist. Er hat mir mehrmals geholfen.«

Meine Zimmergenossin seufzt. »Parker hilft nie ohne Hintergedanken. Er lässt die Mädchen erst wie eine heiße Kartoffel fallen, wenn er sie gevögelt hat.«

»Du meinst-«

»Das ist dein einziger Ausweg.«

Wenn sie wüsste, dass ich gar nicht dazu in der Lage bin. Dass ich mich niemals gegenüber jemanden so sehr öffnen kann. Ich werde nie ... Sex mit Parker haben. Eher mache ich einen Bungee Jumping oder fresse einen Besen.

»Jedenfalls kann ich den Job abhaken. Ich werde nächsten Monat immer noch kein Geld haben, um die Miete zu bezahlen, Aubrey. Das war's.«

»So leicht wirst du mich nicht los, Miss Green. Ich werde mir was einfallen lassen und wenn es nötig ist, auch Beziehungen spielen lassen«, erwidert sie. »Gib mir Zeit bis ... morgen 12 Uhr. Ich lasse doch nicht zu, dass man dich einfach rausschmeißt.«

Ich lächle. Dank Aubrey weiß ich, was Freundschaft bedeutet. Füreinander einstehen, auch wenn es nicht leicht ist.

*

Am nächsten Tag versuche ich, Mike aus dem Weg zu gehen. Ich will ihm nicht davon erzählen, warum das Probearbeiten beschissen gelaufen ist und wem das zu verdanken ist. Er würde an die Decke gehen und Parker aufsuchen, um ihm eine reinzuhauen. Aubrey ist die Einzige, die davon weiß, und das ist gut so.

Gerade als ich an einem einsamen Tisch in der Mensa sitze, kommt Aubrey auf mich zugehüpft. Die schwarz-weiß- gestreifte Schlaghose und die rote Tunika machen den Anblick noch komischer, als er ohnehin ist.

»Lizzy, ich habe die Idee! Du belegst doch einige Kurse in Literaturwissenschaft und was wäre passender als ein Job in der örtlichen Bibliothek?« Sie klatscht begeistert in die Hände und sieht mich mit ihren stark geschminkten Augen an.

»Ähm, klar.«

»Das klingt nicht begeistert.« Sie verzieht den Mund und legt mir einen Zettel hin. »Ich habe schon einen Termin zum Probearbeiten bei Mrs Edwards vereinbart.«

»Ich weiß gar nicht, was ich sagen soll«, murmle ich lahm.

»Gib mir am Samstag beim Käfigkampf einen aus.« Sie streckt mir die Zunge raus.

»Oh, Mist!«, rutscht es mir heraus und ich versuche, mich hinter Aubrey zu verstecken. »Mike! Kannst du ihn ablenken? Ich will ihm nicht sagen, was passiert ist.«

»Klar.« Dann hüpft sie auch schon auf Mike los, verwickelt ihn gekonnt in ein Gespräch und ich kann mich leise davon machen. Ich werde Mike nicht für alle Zeiten aus dem Weg gehen können, aber zumindest kann ich mir bis Samstag eine glaubwürdige Ausrede einfallen lassen.

Kapitel 15

Als ich am Samstagabend vor dem Spiegel stehe, sehe ich nicht mich, sondern eine völlig fremde Person darin. Glatte, blonden Haare fallen über meine Schultern und das rote Kleid schmeichelt mir. Statt den schwarzen Ballerinas trage ich schwarze Chucks, weil das mehr ich bin. Ein wenig Make-up habe ich auch aufgetragen und ich habe sogar kurz überlegt, roten Lippenstift zu nehmen. Das war mir dann aber doch zu gewagt.

»Nimm dir lieber noch eine Jacke mit, heute soll es kalt werden«, rät Aubrey, die heute ein Outfit trägt, das alles und jeden übertreffen wird. Sie hat sich ein Kleid angezogen, dessen Rock und Oberteil aus Leder bestehen. Die langen Ärmel und das Dekolleté hingegen sind transparent. Sie geizt nicht mit ihren Reizen.

Plötzlich klopft es an der Tür und als ich sie öffne, stehen Lucas und Mike davor. Beide tragen ein einfarbiges T-Shirt, abgetragene Jeans und Sneaker.

»Fahrdienst, Ladies«, meint Lucas, dessen Lachen erstirbt, als er Aubrey sieht. »Fuck.«

Wir lachen alle, nur Lucas nicht. Er scheint sichtlich beeindruckt.

»Seid ihr so weit?«, fragt Mike und wirft mir einen Blick zu, der mir unangenehm ist.

Fünf Minuten später sitzen wir im Auto von Lucas, der immer wieder verstohlen in den Rückspiegel zu Aubrey blickt. Ich habe das Gefühl, er blickfickt sie. Sofern es dieses Wort überhaupt gibt. Aubrey ist jedoch mehr mit ihrem Make-up beschäftigt und damit, dass ihr Lippenstift nicht verschmiert.

»Lizzy, wie war das Probearbeiten? Wir haben uns diese Woche kaum gesehen«, meint irgendwann Mike und versucht, meinen Blick aufzufangen.

»Sieht Lizzy nicht heiß aus?«, springt Aubrey sofort dazwischen. »Ich finde, das Kleid sieht richtig sexy an ihr aus, oder?« Sie knufft mich in die Seite.

»Lizzy sieht atemberaubend heute Abend aus«, pflichtet Mike ihr bei und lächelt mir zu.

Mein Herz krampft sich zusammen. Ich mag es nicht, Komplimente zu bekommen, da ich nie weiß, damit umzugehen.

»Danke«, murmele ich und streiche verlegen über den Stoff des Kleides.

Weitere zehn Minuten später erkenne ich bereits die Fackeln an der Villa des Verbindungshauses aufleuchten. Die Menschen drängeln sich in das Haus, manche schon sichtlich betrunken oder breit. Von weitem sehe ich ein Schild, auf dem steht: Schließ deine Wette ab und gewinne –

oder verliere! Davor tummeln sich einige Leute und schieben Scheine hin und her. Es ist wahnsinnig und auch abartig, dass auf die Jungs gewettet wird. Genauso, wie es wahnsinnig ist, dass ich heute bei den Käfigkämpfen dabei bin. Dabei weiß ich ganz genau, wer der Grund dafür ist. Auch wenn ich es niemals zugeben würde.

Ich steige aus dem Auto und atme die Luft ein. Sie ist voller Adrenalin, Anspannung und Gras. Und Biergestank. Ich fühle mich, als würde ich dazugehören, als würde mich keiner schräg mustern oder anpöbeln. Die vielen Menschen sind mir zwar unangenehm, aber ich kann das Gefühl verdrängen. Es ist, als stecken mich die Anspannung und Aufregung der anderen an. Wie ein Rausch.

»Ich habe uns was zu trinken geholt«, sagt Lucas und drückt uns allen einen Becher in die Hände.

Ich rieche dran und obwohl der Geruch von Bier mich fast würgen lässt, setze ich den Becher an meine Lippen und trinke.

»Langsam, Lizzy«, meint Aubrey kichernd. »Du willst doch noch was von den Kämpfen mitbekommen, oder?«

»Aber sicher!«, erwidere ich etwas zu forsch und kippe versehentlich etwas Bier auf Mikes T-Shirt. »Oh, scheiße, das tut mir leid.« Vergebens wische ich an dem Stoff herum, womit ich es allerdings nur schlimmer mache.

»Das werde ich nachher eh nicht mehr brauchen. Wenn ich Bloody Parker in seine hässliche Fresse boxe, bis ihm schwarz vor Augen wird. Für immer.« Mike sieht jedem von uns in die Augen und keiner traut sich, etwas zu sagen.

»Ich wüsste zu gern, was zwischen euch vorgefallen ist«, rutscht es mir heraus.

Mikes Kopf schnellt zu mir und ein seltsames Knurren entkommt seiner Kehle.

»Machst du dich etwa schon warm, Massive Mike?« Bei dem Klang der Stimme drehen sich alle Menschen, die sich vor dem Verbindungshaus befinden, um.

Ich weiß, dass er es ist. Aber ich werde ihm nicht die Genugtuung geben, ihn anzusehen. Stattdessen starre ich den Inhalt meines Bechers an und warte auf – ja, auf was?

»Warte nur ab, bis du später bewusstlos im Käfig liegst, Parker«, erwidert Mike, dessen Muskeln sich anspannen. Parker lacht ein kehliges Lachen, in das ein paar andere einstimmen. »Führst du Selbstgespräche?« Er schnalzt missbilligend mit der Zunge. »So schlimm ist es schon mit dir. Wir sehen uns später. Nimm dir lieber gleich neue Organe mit.«

Ohne mich umzudrehen, weiß ich, dass er gegangen ist, denn Gerede und Gekicher fängt an. Die Anspannung löst sich auf.

Wenig später verabschiedet Mike sich, weil bald der Kampf zwischen ihm und Parker steigt. Auch die anderen versammeln sich langsam um das Amphitheater herum, sodass Aubrey, Lucas und ich uns einen guten Platz sichern. Innerlich seufze ich. Einen guten Platz sichern, um Typen zuzuschauen, wie sie sich bewusstlos prügeln. Ich habe keine Ahnung, wie ich so tief sinken konnte.

Plötzlich ertönt eine Sirene, ohrenbetäubende Musik setzt ein und die Menschenmenge fängt an zu jubeln.

»Geht das nicht lauter?«, brüllt eine Stimme durch ein Megafon. Daraufhin grölt die Menge lauter, stampft mit den Füßen auf den Boden und die Mitte des Schauplatzes wird hell erleuchtet. »Willkommen zu einer neuen Runde Käfigkämpfe, meine Freunde! Habt ihr schon gewettet? Wer ist heute euer Favorit? Wer gewinnt und wer verliert erbärmlich? Noch zwei Minuten habt ihr Zeit, dann ist Schluss mit den Wetten und unser erster Kampf beginnt!«

Tatsächlich setzen noch einige Leute ihr Geld auf die Kämpfer und die zwei Minuten vergehen schneller als erwartet. Ich blicke zur Seite und sehe, dass Aubrey bereits das zweite Bier trinkt. Sie tanzt verträumt zur Musik, während Lucas, genauso wie ich, angespannt auf den Schauplatz sehen.

»Krasse Stimmung, oder?«, brüllt er in mein Ohr.

»Heftig«, ist das Einzige, was mir dazu einfällt, und Lucas nickt zustimmend.

Als die ersten zwei Teilnehmer angekündigt werden, rastet die Masse förmlich aus. »Der erste Kämpfer ist niemand anderes als«, der Typ in der Mitte des Platzes macht eine nervenaufreibende Pause, »der unangefochtene Sieger Bloody Parker!«

Der Boden unter mir bebt und ich lausche der Musik, die abgespielt wird, als Parker einläuft: Stronger On Your Own von Disturbed.

*

Blut. Schweiß.

Ich kann nicht hinsehen, ich muss. Parker schlägt unaufhaltsam auf seinen bereits am Boden liegenden Gegner ein. Immer wieder rammt sich seine Faust kraftvoll in das

Gesicht, das Massive Mike gehört. Oder zumindest was davon noch übrig ist.

Es war jedem klar, dass dieser Kampf ausarten würde und doch greift niemand ein. Sie stehen alle da, grölen, brüllen, feuern Parker an. Keiner geht dazwischen, nicht einmal der Kampfrichter. Dabei liegt Mike schon minutenlang leblos auf dem Boden. Er wird ihn umbringen, er wird ihn töten.

»Wieso geht keiner dazwischen?«, schreie ich.

»Der Kampf ist erst zu Ende, wenn Mike dreimal auf den Boden haut. Erst dann ist es vorbei«, erklärt Lucas.

Mike ist nicht einmal mehr in der Lage, verfluchte dreimal auf den Boden zu klopfen. Wie ein wildes Tier schlägt Parker auf Mike ein, sein T-Shirt klebt an seinem Oberkörper, einzelne Haarsträhnen fallen ihm ins Gesicht und vermischen sich mit dem Blut, das bei jedem Schlag auf sein Gesicht spritzt. Wieder und wieder trifft seine Hand auf das Fleisch seines Gegners, als bereite es ihm Vergnügen.

Ich stehe reglos dabei. Ich. Ich bin Teil dieser widerlichen, abartigen Szenerie. In diesem Moment ekele ich mich nicht nur vor all den Menschen, sondern am meisten vor mir. Ich stehe hier.

Ich schaue dabei zu, wie sich seine Muskeln anspannen, bereit für den nächsten Schlag. Er wird ihn umbringen, verdammt. Er wird ihn töten. Mike und Parker hassen sich, doch ihr Hass scheint viel größer zu sein, als ich angenommen habe. Sie wollen den anderen tot sehen und Parker kommt seinem Ziel mit jeder Sekunde näher.

Schmerzahft drücken sich meine Fingernägel in meine Handinnenflächen. Das Blut rauscht durch meine Ohren und ich höre die Schreie der Menschenmenge wie durch Watte. Auf einmal entkommt meiner Kehle ein Laut, der selbst mich erstarren lässt. »Er wird ihn umbringen!«, schreie ich und ernte irritierte Blicke.

Es ist für alle nur ein Schauspiel, etwas, an dem sie sich aufgeilen. Aubrey steht ebenso benommen nehmen mir und nippt an ihrem Getränk.

»Er wird ihn umbringen«, wiederholt sie leise meine Worte.

Mein Kopf schnellt zu ihr herum und ich umfasse grob ihren Unterarm. »I-ich kann das nicht zulassen.«

»Lizzy, was-«

Aber ich kann ihre Worte nicht mehr hören. Mein Körper ist vom Adrenalin vollkommen eingenommen und ich haste über die Bänke hinweg zum Mittelpunkt des Szenarios. Ich stoße die Hände von mir weg und bahne mir den Weg durch. Wenige Meter von Parker und Mike entfernt, halte ich inne. Mein Verstand hat mich völlig verlassen, das ist klar. Unaufhörlich rammt sich Parkers Faust in Mikes Gesicht und das Geräusch, das dabei entsteht, lässt mich erschaudern. Das Blut spritzt auf mein Kleid, mein Gesicht, meine Haare.

»Du bringst ihn um!«, durchbricht meine Stimme den Höllenlärm. »Hör auf! Du bringst ihn um!«

Ich versuche mich, zwischen die zwei Körper zu drängen, aber ich bin zu kraftlos. Dann merke ich, wie sich weitere Arme zwischen uns schieben und erkenne Lucas. Aubrey versucht, Mikes massigen Körper zu bewegen, während Lucas mir hilft, Parker zu beruhigen. Doch es ist aussichtslos. Parker befindet sich in Trance, seine Augen sind tiefschwarz und ich ducke mich mehrmals, um seinen Schlägen zu entkommen.

»Lizzy, geh weg, er wird dir wehtun«, ruft mir Lucas über das andauernde Gebrülle zu.

Das hat er bereits. Ein paar körperliche Narben werden mich nicht umbringen.

»Du hast ja keine Ahnung«, sage ich, bevor ich Parker im nächsten Moment mit aller Kraft, die ich besitze, zwischen die Beine trete.

Er stolpert rückwärts, fällt auf den Boden und hält sich schützend die Hände vor den Schritt. Dann trete ich vor ihn und sehe ihm ins Gesicht. Mein Herz springt in tausend Teile. Der Schmerz durchfährt meine Brust und nur mit Mühe kann ich die Tränen zurückhalten. Parker Baldwin ist ein Monster. Er ist der gefährlichste von allen und ich naives, dummes Mädchen habe angenommen, in ihm würde ein Funken Menschlichkeit stecken. Ich dachte, ich sei der Hölle entkommen, ohne zu wissen, in die Traufe zu stolpern. Vom ersten Tag an wusste ich, dass ich mich von ihm fernhalten sollte. Dass er gefährlich ist. Dass er ein schlechter Mensch ist. Das ist die Rechnung, die ich für meine Dummheit bekomme.

»Du«, stoße ich hervor, »bist ein Monster. Man sollte dich einsperren und foltern, bis das Blut aus dir quillt und du lieber sterben als existieren willst. Denn das hast du verdient. Nur einmal in meinem Leben habe ich einen Menschen gekannt, der schlimmer ist als du. Du willst nicht wissen, was mit ihm geschehen ist.«

Vereinzelte Rufe ertönen aus dem Publikum und ich werfe einen letzten Blick zu Aubrey und Lucas, die Mike versorgen, bevor ich den Kampf verlasse.

Ich renne, bis ich keine Luft mehr bekomme. Ich kann nicht weit vom Verbindungshaus entfernt sein, denn ich höre immer noch die Musik und das Grölen der Menschen. Mit den Händen stütze ich mich an einer Hauswand ab und atme tief durch. Ich streiche mir Strähnen meines Haares zurück und starre auf meine Hände. Wie meine Beine sind sie blutrot.

»Elizabeth! Eliza-«

Das kann nur ein Albtraum sein. Er ist mir nachgerannt. Ich drehe mich um und sehe Parker an. Blut und Schweiß kleben an sämtlichen Stellen seines Körpers. Auf seltsame Art und Weise schmückt es ihn. Als würde man für Schlägereien eine Auszeichnung erhalten, was er irgendwie auch bekommt. Seine Erscheinung sollte meine Angst vor ihm schüren, stattdessen kann ich meine Verachtung und meinen Ekel nicht verbergen.

»Wie kommst du auf die Idee, mir zu folgen?«, frage ich ihn und meine Stimme trieft vor Spott. »Habe ich nicht genug klar gemacht, was ich von dir halte?«

Er fährt sich durch die strähnigen Haare und das blutige Gesicht. Dann sieht er mich an und der Blick seiner Augen lässt mich ein weiteres Mal innerlich zerbrechen. »Ich wollte das nicht ...«

»Du wolltest was nicht?«, keife ich. »Jemanden nicht umbringen? Es sah aber ziemlich danach aus, als wolltest du genau das!«

Ein gequältes Geräusch kommt aus seinem Mund und im nächsten Augenblick lässt er sich auf die Knie fallen. Er rauft sich die Haare. »Warum warst du überhaupt da?«, raunt er.

Ich lache schrill auf. »Ich hatte eine Einladung.«

»Von ihm«, flüstert er mit brüchiger Stimme.

»Dem Typen, den du bewusstlos geschlagen hast, du Dreckskerl«, entgegne ich, während ich mich ihm mit langsamen Schritten nähere. Ich ziehe seinen Kopf an den Haaren zu mir hoch, sodass er meinem Blick nicht ausweichen kann. Er hat eine Platzwunde über dem Auge, Blut läuft aus seiner Nase und tropft auf seine Lippen. Seine Augen glänzen. Sein Anblick erfüllt mich mit Zufriedenheit, doch das ist erst der Anfang. Er wird genauso leiden wie ich es tue, denn ich werde ihn quälen wie er es mit mir tat. Ich lasse seine Haare los, sein Kopf fällt kraftlos nach vorn und ich hole zu einem Schlag aus. Meine Handfläche trifft ihn mit einem erschütternden Geräusch im Gesicht, sodass er zurücktaumelt und mit dem Rücken in eine Pfütze fällt.

»Ein erbärmlicher Anblick«, sage ich, als ich auf ihn herabblicke.

Ein Lächeln huscht über sein Gesicht. »Das war noch nicht alles, oder Kätzchen?«, wispert er.

»Noch lange nicht.«

»Das macht dir Spaß, nicht? Ich sehe es dir an. Du brauchst es, so wie ich es brauche. Wut lässt sich nicht für alle Zeiten verdrängen, Kätzchen.«

Ich hole mit dem Fuß zum nächsten Stoß aus, da greift seine Hand nach meinem Arm und drückt mich auf seinen durchnässten Oberkörper. Seine Finger krallen sich in mein

Haar und drücken meine Lippen so nah an seine, dass ich seinen warmen Atem spüre.

»Wie oft habe ich mir das schon vorgestellt.« Er schluckt, als müsste er erst wieder Kraft sammeln, bevor er weiterspricht. »Du. Auf mir. Nur waren die Umstände anders und die Umgebung. Du liegst auf mir, willst mich überall spüren und kannst es kaum erwarten, dass ich dir das gebe, wonach du dich schon dein ganzes Leben lang sehnst. Und vielleicht kann ich dir den Wunsch sogar erfüllen, weil du in mir Sehnsüchte erweckst, die ich vor langer Zeit verschlossen habe. Ich weiß, dass du all das willst. Dein Herz will es, aber dein Verstand macht die Angst in dir allgegenwärtig. Du ziehst den Schwanz ein, statt meinen in dir zu spüren. Glaub mir, ich würde dir nie wehtun. Ich werde deine Seele nie brechen, aber deine Angst. Eines Tages wirst du die Stärke haben, auszusprechen, wonach du dich sehnst. Und ich werde da sein.«

Ich sage nichts, denn kein Wort der Welt würden dem gerecht werden. Er liest in mir wie in einem Buch und es ist nur eine Frage der Zeit, bis er auf die Kapitel stößt, die ich verheimliche und aus meiner Geschichte streichen will. Er aber bemerkt die fehlenden Seiten.

»Deine Sehnsüchte? Jemanden zu töten?«, entgegne ich.

»Das war mal.« Sein Mund streift meine Wange, mein Ohr und küsst mich an der Schläfe. Ich schließe die Augen und versuche den Augenblick einzufangen. Er hat recht. Ich will mehr, mehr von den schönen Gefühlen. »Ich sehne mich danach, von dir geküsst zu werden. Du bist mein Heilmittel, Elizabeth. Du bist kostbar, unbezahlbar. Aber auch du wirst deine Wirkung auf mich verlieren und ich werde wieder das Monster sein, das du so sehr verachtest. Ich werde nie gut für dich sein, das weißt du.«

»Und doch bin ich hier.« Ich fahre mit den Fingerspitzen über die Sehnen seines Unterarms, fühle die Vernarbungen unter seinen Tätowierungen. Würde er die Narben auf meiner Seele sehen, würde er erkennen, wie hässlich und gebrandmarkt ich bin. Man sagt, Narben zeigen, dass man stark war und gewonnen hat. Doch wer behauptet, dass der Kampf schon zu Ende ist?

»Weil du genauso bist wie ich. Vom Wahnsinn in die Dunkelheit getrieben.«

Kapitel 16

»Wie geht es ihm?«, frage ich Aubrey am darauf folgenden Tag, die am Krankenbett von Mike sitzt. Ihr Gesicht ist gekennzeichnet von Augenringen und verschmierter Wimperntusche.

»Er hat schwere innere Verletzungen«, antwortet sie tonlos und legt ihre Hand auf Mikes. »Er kann vom Glück reden, dass Parker ihn nicht ins Koma geprügelt hat.«

Ich schlucke.

»Ich wusste, dass Parker zu vielem im Stande ist, das weiß jeder. Aber e r... er hätte ihn fast umgebracht! Er hat wie ein Irrer auf ihn eingeschlagen! Dieser Typ ist krank, so was von krank. Man sollte ihn hinter Gitter sperren«, spricht Aubrey weiter, ohne Mike aus den Augen zu lassen.

»Hm«, mache ich nur.

»Mike sollte ihn anzeigen, aber das würde nichts bringen.«

»Warum denn nicht? Das ist schwere Körperverletzung, Aubrey«, widerspreche ich ihr.

»Lizzy«, setzt sie an und weicht meinem Blick aus. »Kerle, die bei den Käfigkämpfen mitmachen, haben meistens noch mehr Scheiße gebaut.«

»Willst du mir damit sagen, dass-«

»Ja!«, fährt sie mich an und schlägt sich schockiert die Hand vor den Mund. »Mike hat Scheiße gebaut. Parker hat Scheiße gebaut. Jeder Typ, der auch nur einmal in der Arena stand, hat irgendetwas getan. Die einen sind stolz darauf und die anderen schämen sich. Es ist an dir, auszumachen, zu welcher Sorte Mike gehört.«

Vor lauter Nervosität zupfe ich an der Haut meines Daumen herum. »Du weißt, was er getan hat«, schlussfolgere ich.

Aubrey senkt den Blick. »Ja.«

Jeder Mensch hat Geheimnisse, selbst die Menschen, von denen wir denken, sie in und auswendig zu kennen. Denn jeder von uns hat zwei Gesichter. Das erste Gesicht, das wir anderen zeigen, das so makellos wie möglich ist. Und das zweite Gesicht, das wahre, das vernarbte, das von der Vergangenheit gekennzeichnet ist. Die Menschen, denen wir das zweite, unverfälschte Gesicht zeigen, sind selten. Die Maske abzunehmen und unsere Narben, Fehler, Sehnsüchte zu zeigen, erfordert nur eines: Mut. Doch Mut ist genauso selten und kostbar wie die Menschen, denen wir unser wahres Ich zeigen.

Ich beschließe, Aubrey nicht weiter zu befragen, da sie mir ohnehin nichts genaueres verraten würde. Es ist auch ihr gutes Recht, schließlich habe ich genauso Geheimnisse vor ihr wie sie vor mir.

»Schaffst du es allein zum Campus zurück? Ich möchte noch ein wenig bei ihm bleiben«, meint Aubrey.

»Klar«, wispere ich.

*

Dreißig Minuten später komme ich am Campus an, verschwitzt von der Busfahrt, die mich mehr gefordert hat, als ich angenommen habe. Ich löse das Haargummi aus meinem Pferdeschwanz und mein aschblondes Haar fällt mir über die Schultern.

Auf einmal stoße ich mit jemanden zusammen, murmle etwas Unverständliches und will weiterlaufen, als sich eine Hand um meinen Arm schließt.

»Was zum Teufel ...«, entfährt es mir, ehe ich in Parkers Gesicht blicke. Er sieht schrecklich aus. Blutergüsse und verkrustete Stellen zieren sein Gesicht. Seine Unterlippe scheint beim Kampf auch aufgeplatzt zu sein und die Platzwunde über dem Auge hat er lediglich mit einem Pflaster überklebt. »Na, was hast du dem Arzt gesagt, der dich so geschickt verarztet hat? Dass du die Leiter deines Baumhauses heruntergefallen bist? Oder einem Mädchen eine reingehauen hast, weil sie dir keinen blasen wollte?«, säusele ich.

Statt mich funkelnd anzusehen und aufgebracht zu reagieren, schleicht sich ein Grinsen auf sein Gesicht. Er besitzt tatsächlich noch die Frechheit, sich über mich lustig zu machen. Gelangweilt spielt er an den Knöpfen seiner schwarzen Jeansjacke.

»Weißt du, Mike könnte dich anzeigen«, fahre ich fort und balle meine Hände unwillkürlich zur Faust.

»Das wird er aber nicht.«

»Du bist dir der Sache ziemlich sicher.«

Parker seufzt, kommt einen Schritt auf mich zu und mein Atem beschleunigt sich unwillkürlich. Ich kann nichts gegen die Wirkung tun, die er auf mich hat und ich hasse es. Ich hasse es auch, dass er augenblicklich merkt, wie ich zusammenzucke, nach Atem ringe und meine verschwitzten Hände an meiner Jeans abwische.

»Mike ist nicht der Good Boy, der er vorgibt zu sein. Schreib es dir besser hinter die Ohren, Baby, du lässt dich zu sehr von ihm blenden«, entgegnet Parker ausdruckslos.

Baby. Er hat mich Baby genannt.

»Ich lasse mich zu sehr von ihm blenden?«, wiederhole ich seine Worte schrill und presse meine Lippen aufeinander, kaum, dass die Worte meinen Mund verlassen haben.

Er streckt seine Hand aus und für einen Moment glaube ich, er zieht mich an sich heran und küsst mich. Aber stattdessen streicht er mir eine Haarsträhne hinters Ohr und verbleibt eine Sekunde zu lang an der nackten Stelle.

»Atme, Kätzchen, atme«, sagt Parker, auf dessen Gesicht sich ein mir völlig neuer Ausdruck geschlichen hat. Weich und voller Wärme sieht er mich an. »Wenn du unbedingt von mir wieder in mein Bett getragen werden willst, musst du es nur aussprechen.«

»Du bist widerlich.« Meine Antwort verliert jedoch an Glaubwürdigkeit, weil ich etwas tue, von dem ich dachte, dass ich es längst verlernt hätte. Ich lache.

»Warum lässt du dich dann von mir anfassen? Etwa, weil es sich so schrecklich anfühlt? Weil du lieber weglaufen würdest, als meine Haut auf deiner zu spüren?« Parker lacht leise.

»Blendest du mich etwa nicht?«, beantworte ich seine Frage mit einer Gegenfrage.

»Habe ich dich zu irgendeiner Zeit glauben lassen, ich sei nicht gefährlich?« Seine Fingern wandern langsam, viel zu langsam, zu meiner Hand herab. »Habe ich jemals den Eindruck vermittelt, ich sei ein guter Mensch?«

Dann berühren seine Fingerspitzen meine. Es fühlt sich an, als würde etwas in mir explodieren und ein Stück des Kartenhauses auseinanderfallen.

Nein. Nein, den Eindruck hat er zu keiner Zeit gemacht. Ich selbst habe glauben wollen, dass noch ein wenig Menschlichkeit in ihm steckt. Er ist aber nur die leere Hülle des Bösen.

»Sag es«, befiehlt er mir.

»Nein.«

Ruckartig zieht er mich an sich heran, gräbt seine Hand in meinem Schopf und funkelt mich an. »Du weißt in jeder Sekunde, auf was du dich einlässt und in welcher Gefahr du dich befindest.« Er befeuchtet seine Lippen. »Damals, als du mir über den Weg gelaufen bist, trotzig wie eine kleine Göre und so unverschämt frech. Schon da hast du dich nach der Gefahr gesehnt. Denkst du etwa, es war Zufall, dass wir uns begegnet sind?« Parkers Finger graben sich schmerzhaft in mein Haar. »Antworte.«

»Das Leben macht Pläne, aber das Schicksal schert sich einen Dreck darum«, sage ich mit gepresster Stimme, da sein Griff mir immer mehr die Luft abschnürt.

Doch wenn das Leben mir eines gelehrt hat, dann dass man wissen muss, sich zu verteidigen. Das ist einer dieser Momente. Das Adrenalin schießt in meinen Körper und Bilder schieben sich wie einen Film vor meine Augen. Parker, der auf Mikes Gesicht einschlägt. Immer wieder. Selbst als er bewusstlos am Boden liegt. Das Blut. Das Geräusch, wenn seine Hand auf das Gesicht kracht. Wie ein Irrer.

Er ist skrupellos und sein Herz nur ein eiskalter Brocken, unfähig etwas zu fühlen.

Ich greife in meine Gesäßtasche und spüre bereits den holzigen Griff. In einer hastigen Bewegung ziehe ich daran und lege die Klinge an Parkers Hals, gewillt ihm mit dieser auch ein Zeichen zu setzen.

»Fuck, Kätzchen«, raunt er, geht einige Schritte rückwärts, ohne jedoch mir zu entkommen.

Die Spitze meines Messers drückt gegen seine Kehle und ein wollüstiges Gefühl überkommt mich. Parker Baldwin zittert wegen eines Messers.

»Halt. Dich. Von. Mir. Fern.« Mit der Spitze fahre ich die Konturen seiner Lippen nach und grinse, als ich bemerke, mit welchem Blick er mich ansieht. Als könnte er mich in diesem Moment nicht einschätzen. Wie eine kleine Psychopathin.

»Du hast doch selbst gesagt«, erwidert er angestrengt und schluckt, »das Schicksal interessieren Pläne nicht, und das tut es schon dreimal nicht, wenn du dir nichts sehnlicher wünschst als etwas Verbotenes.«

»Glaub nicht, ich habe Angst, dieses Messer zu benutzen«, sage ich.

»Versprich mir nur eines.« Er sucht meinen Blick und ich schaue ihn abwartend an. »Schließ die Raubkatze nie mehr in ihren Käfig ein. Lass sie raus.«

Kaum hat er das letzte Wort gesprochen, schneidet die Klinge für wenige Millimeter in sein Fleisch und hinterlässt eine blutige Spur. Parker hält seine Hand vor die Stelle und leckt das Blut von seinem Finger.

Ich drehe mich um, schiebe das Messer in die Gesäßtasche zurück und laufe zu meinem Zimmer.

Kapitel 17

Am nächsten Tag findet das Probearbeiten in der Bibliothek statt, das Aubrey für mich vereinbart hat. Um Punkt 14 Uhr betrete ich das Gebäude, öffne die schwere Eingangstür, die mir im Inneren meterhohe Regale offenbart. Abgenutzte Buchrücken, aber auch neuere, weniger benutzte Bücher stehen in Reih und Glied geordnet in den Regalen.

Bis auf ein paar murmelnde Stimmen und das Geräusch von tippenden Fingern auf Tastaturen, ist es still. Ich trete an die Theke heran und sofort sieht eine Frau mittleren Alters, mit dunklen Locken auf.

»Bist du Elizabeth?«, fragt sie, bevor ich auch nur den Mund öffnen kann.

»Ja.«

»Freut mich!« Sie lächelt mich breit an, kommt um die Theke herum und gibt mir die Hand. »Ich bin Mrs Edwards, aber nenn mich bitte Ellen. Deine Freundin Aubrey hat mir gesagt, du brauchst dringend einen Job, sonst fliegst du vom College.«

Na klasse. Mein Gesichtsausdruck spricht wohl Bände, denn Ellen legt mir beschwichtigend die Hand auf den Arm.

»Keine Sorge, das bleibt unter uns. Jedenfalls bist du mit der Geldnot nicht allein. Was glaubst du, wie viele Studenten hier schon Schlange standen?«

Das verringert meine Chance, den Job zu bekommen drastisch. Immerhin brechen die moisten nicht sofort in Tränen aus, sobald sie angesprochen warden, oder warden ständig von Panik begleitet.

»Der Job ist dir so gut wie sicher, wenn du dich gut anstellst«, fährt Ellen ungerührt und stets herzlich lächelnd fort. »Für dich mache ich eine Ausnahme.«

»Aber ... warum?«, frage ich.

»Ich kenne Aubrey und ihren Vater schon länger und du scheinst mir ein nettes Mädchen zu sein. Du brauchst keine Angst zu haben, Aubrey hat mir mitgeteilt, dass du Kundenkontakt nicht sehr magst. Deshalb wirst du dafür verantwortlich sein, die zurückgegebenen Medien wieder an ihren Platz zu stellen. Klingt das gut?«

»Das klingt sehr gut«, erwidere ich, verblüfft von der Freundlichkeit, die Ellen mir entgegenbringt.

»Ich zeige dir, wo du deine Tasche und deine Jacke abstellen kannst und dann beginnen wir.« Ich folge meiner hoffentlich bald neuen Chefin zu den Büros im hinteren Bereich der Bibliothek.

Fünfzehn Minuten später stehe ich mit einem voll beladenen Bücherwagen zwischen den Regalen und kontrolliere mehrmals, ob das Buch in meinen Händen auch beim richtigen Standort und Buchstaben steht. Zwar zittern meine Hände, doch die Ruhe in der Bibliothek wirkt sich auf mich aus und ich fühle mich nicht überfordert wie beim Probearbeiten im Schreibwarenladen. Die Arbeit ist wie geschaffen für mich und das Geld benötige ich dringend. Ich schätze, ich werde mich bei Aubrey mit mehr als einem Drink bedanken müssen.

»Lizzy, kommst du zurecht?«, reißt mich auf einmal Ellens Stimme aus den Gedanken.

Vor Schreck lasse ich ein paar Bücher fallen, die rumpelnd auf den Boden fallen. Ein paar Köpfe drehen sich zu mir um, doch keiner sagt etwas.

»Entschuldige«, nuschle ich.

Ellen lächelt. »Die Einarbeitung ist meistens stressig, aber nach ein paar Wochen glaubst du, nie etwas anderes getan zu haben«, spricht sie mir zu. »Vertrau mir.«

Ich schlucke und erwidere ihr Lächeln, in der Hoffnung, nicht gruselig zu wirken. »Danke, das ist wirklich ... lieb von dir. Ich bin gern bereit, auch am Wochenende zu kommen.«

»Das wird nicht nötig sein. Gewöhn dich zunächst an die Arbeit und finde dich zurecht. Du musst sicher für die Kurse viel lernen und die Zeit solltest du dir auch nehmen«, entgegnet sie und rückt dabei Bücher zurecht. »Ich kann dir aber gern einen Vorschuss geben.«

»Das kann ich wirklich nicht annehmen, Ellen, das ist zu viel«, stottere ich verlegen.

Sie lacht auf. »Keine Widerrede. Du brauchst das Geld, wir eine Arbeitskraft und ich sehe, du arbeitest sehr gewissenhaft. Vielen ist die Arbeit zu eintönig, da freue ich mich über eine zuverlässige Kraft wie dich.«

Unweigerlich schießen mir die Tränen in die Augen und ich blinzele sie weg. Ich weiß nicht, wie ich mit der Freundlichkeit und Herzlichkeit umgehen soll. Wie soll ich mich dankbar zeigen? Womit zum Teufel habe ich das verdient? Das Glück ist seit jeher mein Erzfeind und meint es nie gut mit mir.

Zwei Stunden später ist das Probearbeiten vorbei, offiziell beginnt mein Arbeitsvertrag in einer Woche und zum Abschied drückt mich Ellen fest an sich. Ich lasse die Umarmung über mich ergehen und ich fühle so etwas wie ... Geborgenheit.

*

Immer noch in Gedanken versunken und verwundert darüber, wie gut dieser Tag bisher verlaufen ist, stecke ich den Schlüssel ins Schloss, öffne die Tür. Meine Mitbewohnerin sitzt im Schneidersitz auf ihrem Bett und spielt geistesabwesend mit einer ihrer Haarsträhnen.

»Hey«, sage ich und ihr Kopf schnellt zu mir herum.

»Wie war's? Erzähl!« fordert sie und lächelt. Ihr Lächeln jedoch erreicht nicht wie üblich ihre Augen. Irgendetwas ist faul.

Ich hingegen kann mir mein breites Grinsen nicht verkneifen, was Aubrey sofort versteht. »Ich hab den Job.«

»O mein Gott!« Sie springt auf und schlingt die Arme um meinen Körper.

Dann fällt mir auf, dass sie gar nicht topgestylt ist. Sie trägt eine graue Jogginghose, ein enganliegendes rotes Top und ihre kurzen Haare liegen platt auf ihrem Kopf an.

»Was ist los?«, frage ich sie geradeheraus.

»Nichts.« Aubrey zuckt mit den Schultern und setzt sich wieder auf ihr Bett.

»Wenn du mir nicht sofort sagst, was los ist, nehme ich den Job nicht an und du bekommst eine neue Mitbewohnerin«, stelle ich sie vor die Wahl.

Erstaunt sieht sie mich an. »Wow, Lizzy. Ich glaube, der Job tut dir jetzt schon gut.« Sie seufzt. »Es ist wegen Mike.«

»Geht es ihm schlechter?« Ich setze mich neben sie auf das Bett.

»Nein ...«

»Was ist es dann?«

»Ach, gar nichts. Ich mache mir nur Sorgen, das ist alles«, wiegelt sie ab und kichert hysterisch.

»Kommt es mir nur so vor oder ist es wirklich so, dass jeder außer mir darüber Bescheid weiß, was Mike getan hat?«

»Es wissen nur diejenigen davon, die mit ihm ... abhängen.«

Ich ziehe die Augenbrauen hoch. »Klar, er und Parker sind ja auch beste Freunde«, sage ich sarkastisch.

»Sie sind ... Was, Parker? Woher-«, stammelt Aubrey und springt wie von der Tarantel gestochen hoch.

»Er weiß es.«

»Hat er es dir gesagt?« Sie kommt auf mich zu und rüttelt an meinen Schultern, als könnte sie so die Antwort aus mir herausquetschen. »Moment mal, Stopp. Du redest mit Parker?«

»Ja«, gebe ich zu und Röte schießt mir ins Gesicht.

Aubrey lässt sich wieder auf die Matratze neben mich fallen, sieht mich sekundenlang an, bis sie scheinbar die richtigen Worte gefunden hat. »Was zum Teufel habe ich verpasst? Ich will alles wissen.«

»Ähm, ich weiß ehrlich gesagt nicht, wo ich anfangen soll.«

»Ich habe schon mit vielen Mädchen über Parker gesprochen und keine davon hat mit Ähm angefangen«, sagt Aubrey sichtlich verwirrt. »Okay, beginnen wir anders: Habt ihr euch geküsst? Habt ihr miteinander geschlafen? Und viel wichtiger, habt ihr verhütet?«

»Nein.«

»Ich hoffe, das ist nicht die Antwort auf meine letzte Frage.«

»Das ist die Antwort auf die ersten zwei Fragen, womit die dritte Frage unbedeutend ist.«

»Okay«, erwidert Aubrey gedehnt. »Und was habt ihr dann gemacht? Sag jetzt nicht geredet. Mit Parker kann man nicht vernünftig reden, er ist eher der praktische Typ, wenn du verstehst, was ich meine.«

»Wir haben tatsächlich miteinander geredet, wobei wir beide nicht unbedingt talentiert darin sind. Aber ...«

»Aber?«

Sie erwartet, dass etwas Spannendes, vielleicht sogar Romantisches oder Heißes passiert ist. Doch das, was zwischen Parker und mir ist, ist nichts davon. Es ist weder romantisch noch erotisch, scharf, sexy, sinnlich oder sonst was. Warum gibt es kein Wort dafür? Schließlich kann ich selbst nicht beschreiben, was in mir vorgeht, wenn ich mit ihm zusammen bin. Wenn er vor mir steht und mich ansieht, wird mir kalt und heiß zugleich. Ich spüre die Angst in mir aufkommen wie einen Regenschauer, der sich mit einem

Wirbelsturm vermischt und mich mit voller Wucht umhaut. Als würde mein Körper verrückt spielen und mein Herz plötzlich in einem anderen Rhythmus schlagen.

»Unsere Wege kreuzen sich immer wieder und egal, wie sehr ich versuche, ihm aus dem Weg zu gehen, es funktioniert nicht.«

»Er verfolgt dich doch etwa nicht?«

»Was? Nein«, antworte ich perplex.

»Dann will er dich wiedersehen?«, schlussfolgert sie.

Ich seufze. »Es ist eher so, dass wir ... Ich kann es nicht erklären, aber wir sind wie zwei Magnete, die sich unweigerlich anziehen. Egal, wie sehr ich dagegen ankämpfe.«

Sie spitzt amüsiert die Lippen. »Interessant ...«

»Findest du? Ich finde das eher gruselig.«

Ihre Finger umschließen meine Handgelenke. »Lizzy! Der wohl heißeste, wenn auch gefährlichste, Typ des ganzen Colleges fährt auf dich ab! Dein Höschen müsste – nein, sollte, völlig durchnässt sein. Und anscheinend will er mehr als nur Sex.«

In einer schnellen Bewegung entziehe ich ihr meine Hände und springe auf. »Mehr als nur Sex? Ich habe nicht mal Ahnung von Sex, wie soll ich da wissen, was mehr sein soll?« Mein Herz klopft wie wild und ich habe immer noch keinen blassen Schimmer, warum ich dieses Gespräch führe.

»Du bist also noch Jungfrau?«

Ich starre Aubrey an, unfähig, ihr die Frage zu beantworten, weshalb ich einfach nicke.

»Das ist nicht schlimm, Lizzy, ehrlich. Viele Mädchen haben ihr erstes Mal zu früh oder mit dem falschen Typen«, meint sie und ich nehme ihr jedes ihrer Worte ab. Sie hält mich für keine unerfahrene Jungfer, sondern einfach für Lizzy.

»Danke«, murmele ich mit glühenden Wangen. Die Unterhaltung hat eine Wendung angenommen, die ich nicht erwartet habe.

»Wenn es so weit kommen sollte, kannst du mich um Rat fragen, aber bitte denk an eines: Verhütung. Und tu es wirklich nur, wenn du es willst.«

»Okay, okay«, antworte ich wild gestikulierend.

»Gut, Themenwechsel.« Aubrey verdreht die Augen. »Was macht ihr, wenn ihr euch weder küsst noch Sex habt und ihr beiden nicht gut in zwischenmenschlicher Kommunikation seid?«

»Wir reden und ... er versucht mir näherzukommen.«

»Er versucht es?«

»Manchmal kann ich es zulassen, manchmal hingegen nicht.« Ich presse meine zitternden Hände zu Fäusten.

»Und er versucht es jedes Mal wieder?«, hakt Aubrey nach.

»Ja«, flüstere.

»Das ist ... irgendwie schräg, aber auf irgendeine Art und Weise auch schön. Ich will nur eines wissen, Lizzy: Tut er dir weh?«

Ich will ihr die Wahrheit sagen, doch wie lautet sie? Jedes Mal, wenn er mich berührt, schmerzt es. Jedes Wort, das er an mich richtet, schmerzt. Jedes verdammte Mal tut es weh. Jedes Mal, wenn ich ihn von mir stoße, schmerzt es. Jedes Mal, wenn ich ihm Beleidigungen an den Kopf werfe, schmerzt es. Es schmerzt tief in meiner Brust. Der Schmerz durchfährt mich wie ein Stromschlag, der mich so vieles fühlen lässt, das mir fremd ist. Freude, Glück, Wut, Verzweiflung, Erregung. Parker lässt mich so vieles fühlen und zugleich trifft er die Wunden meiner geächteten Seele. Er macht mir eine Heidenangst. Doch ich bin bereit, diese auf mich zu nehmen, wenn ich all die anderen Gefühle spüren kann.

»Nein, er tut mir nicht weh, Aubrey«, antworte ich.

»Sollte er es jemals wagen, werde ich ihm höchstpersönlich die Eier abreißen, das schwöre ich.« Wir lachen beide los, was ziemlich merkwürdig ist, wenn man bedenkt, worüber wir sprechen. »Hör trotzdem auf meinen Rat: Lass dich nicht auf ihn ein, nicht weiter. Eines Tages wird er dir wehtun. Hast du mich verstanden, Lizzy? Versprichst du es mir?«

Vor dem Fenster betrachte ich die großgewachsene Eiche, deren Laub orange gefärbt ist. Viele Blätter haben sich bere- its von der Baumkrone verabschiedet. Wann ist es Herbst geworden?

»Ja.«

Ich habe es gehört. Doch dafür ist es längst zu spät.

Kapitel 18

»Hey, Lizzy. Wie geht's dir?«, begrüßt mich Ellen lächelnd, als ich an meinem ersten Arbeitstag die Bibliothek betrete. Sie zieht mich in eine Umarmung, der ich mich nicht entziehen kann. Zuerst fühlt es sich unangenehm an und ich fürchte, eine Panikattacke zu bekommen, aber dann passiert etwas Wigenartiges. Ich genieße es. Es fühlt sich tatsächlich gut an.

»Gut, gut ... Danke, und dir?«, antworte ich stotternd.

»Ich kann nicht klagen, Liebes.« Sie sieht mich an und fährt mit einer Hand durch meine offenen Haare. »Ich beneide dich um deine schöne glatten Haare, meine sind ein hoffnungsloser Fall. Sie lassen sich nicht bändigen.« Sie zeigt auf ihre Locken, die sie zu einem Pferdeschwanz gebunden hat.

»Ich benutze sie viel zu oft als Vorhang, um mich zu verstecken«, rutscht es mir heraus.

Ellen betrachtet mich bestürzt. »Aber Liebling, wovor versteckst du dich denn? Du bist eine schöne junge Frau mit dem Herz am rechten Fleck. Mach nicht denselben Fehler wie ich und unterschätze dich selbst.«

Ich kann den traurigen Blick ihrer grünen Augen nicht ertragen und weiche ihm aus. »Das ist nicht einfach.«

»Glaub mir, das weiß ich. Dein Herz aber spürt, wenn du dich selbst nicht liebst.«

Ihre weisen Worte treffen mich mitten in der Brust, denn sie hat recht. Sich selbst zu lieben ist die halbe Miete für ein wunderbares Leben. Ich wünschte nur, ich könnte sie beherzigen.

»Ich mach mich an die Arbeit«, murmle ich, bevor Ellen mir noch weitere Weisheiten ans Ohr föhnt, die bei mir einen Nervenzusammenbruch heraufbeschwören.

Nachdem ich meine Jacke und Tasche im Schließfach verstaut habe, rolle ich den überfüllten Bücherwagen durch die Bibliothek und beginne, die Romane einzustellen.

Hin und wieder fällt mir ein Buch auf, dessen Cover ich kenne oder das ich bereits gelesen habe. Aber es gibt so viele Bücher, die ich noch nicht kenne und deren Klappentexte mich neugierig machen. Wenn ich drei Wünsche frei hätte, dann wäre einer davon, in meinem Leben alle Bücher der Welt lesen zu können. Die, die mir nicht gefallen, kann ich ja beiseite legen. Die Zeit mit etwas vergeuden, das keinen Spaß macht, ist pure Verschwendung.

Während ich schweigend und verträumt die Bücher in das richtige Regal stelle, höre ich das regelmäßige Piepsen, wenn Ellen ein Medium mit dem Scanner zurückbucht. Oftmals unterhält sie sich dabei mit den Kunden, lacht mit ihnen und führt Smalltalk. Ich wünsche mir plötzlich nicht nur, ihre weisen Worte zu beherzigen, sondern wie Ellen zu sein. Aufgeschlossen, herzlich, freundlich, gut gelaunt. Sie ist ein Menschenmagnet und ich behaupte, es gibt niemand auf dem Planeten, der sie nicht mag. Man muss sie schlicht und ergeifend mögen.

Das ständige Piepsen wird durch ein Stimmengewirr unterbrochen. Ellen scheint sich mit einem Kunden zu unterhalten. Das Gespräch wird lauter, aber nicht laut genug, damit ich verstehen kann, um was es geht. Dafür bin ich auch zu weit von der Theke entfernt. Hoffentlich gibt es keine Schwierigkeiten oder ein Kunde wird aggressiv, das würde mir gerade noch fehlen.

Kaum hat sich der Gedanke in meinen Kopf geschlichen, bildet sich eine Gänsehaut auf meinen Armen und Übelkeit steigt in mir auf. Ich schließe die Augen, atme ruhig ein und wieder aus. Nur keine Panik bekommen, spreche ich mir zu. Ich stelle mir grundsätzlich das schlimmste Szenario vor, das passieren kann und meistens stellt sich heraus, dass ich mir umsonst Sorgen gemacht habe. Das ist gewissermaßen meine Autoimmunerkrankung.

»Machst du deine Arbeit oder starrst du dabei immer in die Luft?«

Ich fahre herum, stoße dabei gegen den Bücherwagen und ein ganzer Stapel fällt krachend zu Boden. Dann blicke ich in die Augen der Person, die dafür verantwortlich ist.

»Verdammte Scheiße«, zische ich mit gedämpfter Stimme. »Du ...«

»Ich?« Entspannt lehnt Parker an den Bücherregalen und erwidert amüsiert meinen Blick. Zur Abwechslung trägt er heute ein weißes T-Shirt, das sich unverschämt sexy um seinen Körper schmiegt. Ich kann durch den dünnen Stoff sogar die Tätowierungen auf seinem Oberkörper erkennen. Die Gedanken, die mir dabei durch den Kopf schießen, sind genau wie sein Anblick. Heiß.

Oh. Mein. Gott. Seit wann habe ich solche Gedanken und warum ausgerechnet bei dem Typen, bei dem ich sie nicht haben sollte? Er ist grausam, kaltherzig, aggressive ... Mehr fällt mir in diesem Moment nicht ein und ich wage es, ihm wieder in die Augen zu sehen. Parker grinst, als hätte ich meine Gedanken in die Welt hinausgeschrien. Dabei wäre das nicht nötig, denn ich bin sicher, dass er auch so weiß, was ich gedacht habe. Diese Genugtuung will ich ihm nicht lassen.

Ich räuspere mich. »Was hast du hier zu suchen? Lauerst du mir auf?«

Er stößt sich vom Regal ab und bückt sich, um die Bücher aufzusammeln. Dabei fällt mir auf, dass er seine Haare offen trägt. Sie sind dunkelbraun und einige Strähnen gewellt. »Ich wollte jemanden besuchen«, sagt er, immer noch sichtlich amüsiert über meine Reaktion.

»Etwa mich?« Ich lache ungewollt schrill auf. »Um mir den nächsten Job zu verderben?«

Bevor Parker mir antworten kann, läuft Ellen auf uns zu und lacht, als sie die heruntergefallenen Bücher sieht. Dann legt sie den Arm um Parkers breite Schultern. »Wie ich sehe, habt ihr euch schon kennengelernt«, sagt sie und lächelt erst mir, dann ihm zu. »Und Parker hat seinem Verhalten schon alle Ehre gemacht. Wenigstens hilfst du ihr die Bücher wieder aufzuräumen.«

In welchem Film bin ich hier gelandet? Bin ich in einem Paralleluniversum? Kann mich mal jemand zwicken?

»Das ist Parker, mein Sohn«, stellt Ellen ihn überflüssigerweise vor.

Ich bin oft sprachlos, aber nicht so sehr, dass selbst meinen Gedanken nichts darauf einfällt. Fucking Bloody Parker ist Ellens Sohn. Sie sind so unterschiedlich wie Tag und Nacht und dass Parker die Nacht verkörpert, ist wohl selbstredend. Damit habe ich niemals im Leben gerechnet. Da ich nicht den blassesten Schimmer habe, wie ich darauf reagieren soll, nicke ich einfach. Sie scheinen ein gutes Verhältnis zu haben. Ellen liebt ihren Sohn und auch Parker scheint seine Mutter ... zu lieben. Er ist nett zu ihr, lächelt, lässt ihre Berührung zu. Es trifft mich wie ein Schlag in die Magengrube. Parker Baldwin kann doch etwas fühlen außer Wut und Vergeltung. Bisher hat er mir nur eine Seite von sich gezeigt und gerade – vor meinen Augen – offenbart er mir eine weitere. Er besitzt also doch einen Funken Menschlichkeit.

»Parker geht auf dasselbre College wie du, ist das nicht toll?«, unterbricht Ellen mein Gedankenkarussell. »Ich lasse euch mal allein, dann könnt ihr euch ein wenig unterhalten.«

Während ich dastehe und versuche, die Situation zu verstehen, hat Parker bereits alle Bücher auf den Wagen geräumt. Er presst die Lippen aufeinander, um ein Lachen zu unterdrücken.

»Was starrst du so dämlich?«, fahre ich ihn an.

»Du hättest mal dein Gesicht sehen sollen«, erwidert er und bricht dann in schallendes Gelächter aus.

Jetzt starre ich ihn an und frage mich, wer zum Teufel gerade vor mir steht. »Wer bist du und was hast du mit

Parker angestellt? Du weißt schon, der große bullige, tätowierte Typ, der immerzu grimmig schaut und dessen Hobby es ist, andere zu schlagen?«

Nachdem er sich wieder gefasst hat, lächelt er immer noch. Er scheint heute wohl besonders gut gelaunt zu sein oder liegt es an der Aura, die Ellen ausstrahlt?

»Tatsächlich habe ich erst gestern erfahren, dass du hier arbeitest«, setzt er an und lässt seine Finger über die Buchrücken streifen. »Wenn du so dringend einen Job brauchst, hättest du mit mir reden können.«

»Ist ja nicht so, dass wir ständig miteinander quatschen.«

Seine Mundwinkel zucken. »Weißt du, jedes andere Mädchen hätte sich längst bei mir entschuldigt.« Er zeigt auf die Stelle an seinem Hals, an der die Klinge meines Messers einen minimalen Abdruck hinterlassen hat.

»Du hast es verdient«, entgegne ich tonlos, nehme mir ein Buch und stelle es in das Regal.

»Du hast recht.«

Ich werfe ihm einen Blick zu, der wohl Bände spricht, denn er lacht wieder. Warum lacht er dauernd? Was ist los mit ihm? Es macht mir Angst, dass er nett ist.

»Wieso bist du hier, Parker?« Kaum habe ich die Frage ausgesprochen, tritt ein ernster Ausdruck in sein Gesicht.

Er kommt um den Bücherwagen herum, steht nun direkt hinter mir und streicht mein Haar auf die Seite. Seine Lippen drücken sich sanft auf meine entblößte Haut.

»Bin ich eine Herausforderung für dich? Das fehlende Spielzeug in deiner Kiste?«, spotte ich.

»Du bist eine Herausforderung, Elizabeth. Aber du bist kein billiges Spielzeug, das man bei Toys 'R' Us kauft. Du bist ein seltenes Schmuckstück, auf das man stolz ist, das man aber aus Angst, es gestohlen zu bekommen, versteckt aufbewahrt. Nicht ein einziger Kerl auf dem gesamten Campus oder dem ganzen Planeten hat dich verdient, nicht mal ich. Am wenigsten ich.« Sein warmer Atem trifft meine Haut und fühlt sich wie ein Prickeln an.

Dann drehe ich mich um. »Du hast recht«, wiederhole ich seine Worte. »Du hast mich am allerwenigsten verdient.«

»Hat dich denn keiner gewarnt, dich von mir fernzuhalten? Ich wette, Aubrey hat es getan, nicht wahr?« Mit dunklen Augen taxiert Parker mich.

»Das hat sie.«

»Du böses Mädchen hast nicht auf sie gehört. Es wäre ihr sicher ein Dorn im Auge, wenn sie wüsste, wie oft ich dich angefasst habe«, fährt er fort.

»Sie weiß es.«

Parkers Augen weiten sich und für einen Moment ist er derjenige, der sprachlos ist. »Wie lange musst du noch arbeiten?«, fragt er schließlich.

»Zwei Stunden. Wa-«

»Ich komm dich abholen.«

Bevor ich etwas erwidern kann, hat er mir schon den Rücken zugedreht und läuft Richtung Ausgang. Was ist hier gerade passiert?

*

Als ich meine Jacke und Tasche aus dem Spind nehme, sehe ich Parkers Silhouette vor der gläsernen Tür. Seine Haare wehen im Wind, eine Hand hat er in die Hosentasche geschoben und in der anderen hält er eine Zigarette. Dann erkenne ich eine zweite Gestalt: Ellen. Sie runzelt die Stirn, streift sich die Haare aus der Stirn und scheint auf ihren Sohn einzureden. Parker nickt und Ellen stürmt wieder an die Informationstheke.

»Ich habe alle Bücher eingestellt«, teile ich mit, als ich bei ihr ankomme.

Sie schenkt mir ein Lächeln und der verärgerte Gesichtsausdruck ist verschwunden. »Danke, Lizzy. Ich hab gehört, du und Parker unternehmt noch etwas?«

»Sieht so aus. Leider habe ich keine Ahnung, was.« Ich spiele an den Knöpfen meiner abgetragenen Jeansjacke.

»So wie ich meinen Sohn kenne, wird er dir irgendeinen verlassenen Ort zeigen. Er liebt die Natur, es ist sein Rückzugsort«, meint sie.

»Ich werde es herausfinden«, sage ich zerknirscht, verabschiede mich und trete aus der Bibliothek heraus.

Parker lässt den Zigarettenstummel auf den Boden fallen und tritt ihn aus, dann wendet er sich mir zu. »Bereit?«

»Wofür auch immer ...«

»Du bist nicht sonderlich spontan, oder?« Ein Grinsen umspielt seine Lippen.

»Nein.« Vor allem nicht seitdem Parker sich so seltsam nett verhält und mich anlächelt, anstatt mir wie immer Angst einzujagen. Wobei genau das mir auch Angst bereitet.

Dann zieht er einen Autoschlüssel aus der Gesäßtasche und sieht mich mit einem Blick an, der mir durch Mark und Bein fährt. Es ist, als wäre er wie ausgewechselt.

»Komm, Kätzchen«, sagt er und zieht mich am Arm hinter sich her. Seine Finger auf meiner Haut. Sie sind kalt, doch die Wärme, die mich durchflutet, lässt mich nach Luft schnappen. Mein Körper scheint sich selbstständig zu machen und ganz anders zu reagieren als ich will, sobald er mich berührt.

Wir erreichen seinen schwarzen Dodger, Parker hält mir die Autotür auf und ignoriert meine zusammengezogenen Augenbrauen. Was zum Teufel geht hier vor sich? Wird er mich verschleppen, seinen Spaß mit mir haben und mich anschließend wie Müll entsorgen? Ich traue es ihm zu. Doch was habe ich zu verlieren? Nichts, rein gar nichts.

Parker steigt ein und der Motor heult laut auf, als er auf das Gaspedal tritt und vom Parkplatz auf die Straße fährt. Der ganze Innenraum riecht nach ihm. Herb, eine frische Brise Minze und Zitrone. Ich erwische mich dabei, wie ich den Geruch einatme.

Nachdem wir den gemäßigten Verkehr in der Innenstadt hinter uns gelassen haben, fährt Parker eine Ausfahrt hinaus. Kaum befinden wir uns auf dem Highway, tritt er erneut aufs Gaspedal und in wenigen Sekunden rasen wir mit über 100 Meilen an den Autos vorbei.

Die Stille wird mir langsam unangenehm und da ich nicht weiß, was ich sagen soll, frage ich: »Welche Musik hörst du?«

Parker zeigt auf das Handschuhfach. Erlaubt er mir tatsäch lich einen Einblick in seine Seele? Musik verrät mehr als man ahnen kann.

Ich öffne das Fach und staune nicht schlecht: Mindestens fünfzehn Musikalben liegen zerstreut darin. Eines davon fällt mir sofort ins Auge. Ich nehme die CD aus der Plastikhülle und schiebe sie in das CD-Fach. Nach wenigen Augenblicken ertönt A Reason To Fight aus den Lautsprechern.

Parkers Blick ist weiterhin auf die Autobahn geheftet.

»Das hörst du also so?«, versuche ich die Konversation in Gang zu bringen und komme mir total idiotisch vor.

»Scheint so«, gibt er zur Antwort.

Ich stöhne genervt auf und schlage mir die Hand vor den Mund. Habe ich das gerade wirklich getan? Das scheint jedenfalls eine Reaktion von ihm hervorzurufen.

Er lacht leise. »Tu das noch mal und ich kann für nichts garantieren.«

»Du weißt, dass ich immer ein Messer bei mir habe.«

»Immer?«

»Immer.«

»Du liebst die Gefahr und zugleich fürchtest du dich vor ihr«, sagt er und blickt weiterhin auf den Highway.

»Ich fürchte mich vor so vielen Dingen«, platzt es mir heraus.

Seine Fingerknöchel umfassen das Lenkrad fester und die Adern auf seinen Unterarmen treten hervor, als müsste er sich anstrengen. »Wovor hast du Angst?«, fragt Parker.

Normalerweise kann ich Blickkontakt nicht ausstehen und bin schlecht darin, ihn zu halten, doch gerade wünsche ich ihn mir. Ich wünsche mir, dass er mich ansieht. Dass er mich sieht. Die Angst, die Schwäche, das Schlechte.

Als ich aus dem Fenster schaue, bemerke ich, dass wir uns auf einer Landstraße befinden. Dann biegt er links ab und nach wenigen Metern tut sich ein Wald vor uns auf. Die Bäume ragen hoch hinaus, die verfärbten Blätter glänzen im Sonnenlicht und bilden einen Teppich auf dem Waldboden. Nach zigtausend Abbiegungen habe ich die Orientierung verloren und wir halten unter einer mächtigen Eiche.

»Nur noch ein Stück laufen, dann sind wir da«, lässt Parker mich wissen, als er mir die Tür öffnet.

Und tatsächlich: Nach einem kurzen Fußmarsch offenbart sich mir etwas, von dem ich nicht gedacht hätte, dass es so etwas existiert. Zumindest nicht auf diesem Kontinent. Ein Wasserfall strömt aus meterhohen Felsen, die über und über mit Moos bedeckt sind. Das Wasser ist glasklar und das Rauschen erfüllt meinen Körper mit Ruhe und Zufrieden- heit. Aus dem Boden sprießen sämtliche Pflanzen und verleihen dem Ort etwas Mystisches.

»Im Sommer ist das die perfekte Abkühlung«, unterbricht Parker meine Gedanken und breitet eine Decke auf dem Boden aus. Ich habe nicht einmal mitbekommen, dass er einen Rucksack dabei hat.

»Wahrscheinlich sagst du den Mädels vorher nicht Bescheid, wohin du sie bringst, damit sie keinen Bikini dabei haben und nackt schwimmen müssen«, entwischt es mir zum wiederholten Male.

Parker bedenkt mich mit einem Blick, den ich nicht deuten kann. »Deswegen habe ich dich hergebracht.«

»Vergiss es. Außerdem ist es Herbst.«

»Und was tut das zur Sache, Kätzchen?«, kontert er.

»Es ist ... viel ... zu kalt und-«

»Schon gut. Ich bin nicht mit dir hier, um mich vor dir zu entblößen«, entgegnet er grinsend und setzt sich auf die Decke. »Du kannst dich also beruhigt neben mich setzen.«

Ich nehme neben ihm Platz, stets auf genug Abstand bedacht und betrachte das rauschende Wasser. Derweilen legt sich Parker auf die Decke, sein T-Shirt rutscht ein wenig hoch und entblößt seine tätowierte Haut. Die Arme hat er unter den Kopf gelegt und starrt in den Himmel.

»Wovor hast du nun Angst?«

Ich schlucke und blicke auf die Hände in meinem Schoß. »Ich«, setze ich an, »ich habe Angst, dass die Leute meine Narben sehen. Dass sie sehen, wie abgefuckt ich bin und wie dumm und dämlich und schwach und ... hässlich.« Die Worte sprudeln einfach so aus mir heraus und ich kann rein gar nichts dagegen unternehmen.

»Du denkst, du bist dumm und dämlich?«

Ich nicke.

»Wärst du das, würdest du kein College besuchen«, erwidert Parker mit ruhiger Stimme. „Und schwach ... vielleicht bist du das. Aber sag mir, wer ist das nicht? Selbst ich bin es. Und das sogar die meiste Zeit.«

»Du? Schwach?« Er verarscht mich. Ich schaue zu ihm herüber und sein Blick verfängt sich mit meinem.

»Was denkst du, ist das, was ich tue? Ich poliere anderen die Visage, beleidige sie, halte sie auf Abstand, um dann zuzuschlagen, wenn sie am wenigsten damit rechnen. Das ist schwach, Elizabeth. Ich bin schwach. Erlaub es dir, schwach zu sein.«

»In meinen Augen bist du nicht schwach«, wispere ich.

»Dann schaust du durch die falsche Augen. Deine Narben sind nicht hässlich, du bist nicht hässlich. Du bist der Mensch, den sie aus dir gemacht haben und jede scheiß Wunde macht dich stärker«, fährt er fort. »Denn du weißt, dass du überleben kannst. Du hast es bisher getan und das wirst du auch weiterhin.«

Ich lege mich auf die Decke, ohne ihn dabei aus den Augen zu lassen. »Wer bist du, Parker Baldwin?«

»Das hat noch keiner geschafft herauszufinden.«

»Du bist eine verlorene Seele, so wie ich es bin.«

»Damit könntest du recht haben.«

»Was tust du nur mit mir?«, frage ich ihn.

»Beantworte du es mir.« Seine Augen glitzern und er streicht sich eine Haarsträhne aus dem Gesicht.

»Du schaust in meine Seele, als würdest du all meine Dämonen erkennen. Als wäre es ein Kinderspiel für dich, sie ausfindig zu machen. Du lässt eine Gänsehaut auf mir entstehen und ich weiß verdammt nochmal nicht, was das zu bedeuten hat. Du willst mich brechen, dabei hast du etwas Ausschlaggebendes vergessen.«

»Die Dämonen spielen mit dir und du merkst es nicht einmal. Sie hintergehen dich und reden dir ein, dass du nichts wert bist, nicht mal ein bisschen. Das Einzige, das sie dir gelassen haben, sind die Tränen, die über deine Wangen rinnen. Tränen, die nichts anderes als Worte sind, die du nicht auszusprechen wagst«, sagt er. »Ich will dich nicht brechen, Kätzchen, denn das bist du längst. Ich will deine Scherben zusammensetzen, um zu erkennen, was dir widerfahren ist. Das Messer, das du bei dir trägst, das Zittern deiner Hände, der angsterfüllte Blick. Lass dich nicht zu einer leblose Hülle werden, die wie ein Zombie durch die Gegend läuft.«

»Hör auf.« Ich spüre, wie sich Tränen in meinen Augen sammeln und drücke sie zu.

»Elizabeth.« Mein Name ist einzig ein Flüstern aus seinem Mund. »Lass nicht die Tränen für dich sprechen, sondern die Worte.«

»Ich hasse dich«, entkommt es mir. »Ich habe Angst vor dem, was du mit mir anstellst. Ich habe so Angst. Ich will dir nicht zeigen, wie hässlich es in mir aussieht. Wie tief und unheilbar meine Narben sind. Verstehen würdest du es ohnehin nie, das tut niemand. Und niemals werde ich mit dem abschließen können, was sich in meine Seele frisst.«

»Elizabeth.«

Ich schlage die Augen auf und sehe in sein Gesicht. Er wischt mir die Tränen von der Wange.

»Wenn du nur sehen könntest, was ich sehe. Jeden Tag kämpfst du dich durch, stehst deiner Angst gegenüber, hältst die Tränen und Wörter zurück. Du verschließt deine Seele in dir und sie verkommt immer mehr. Ich will, dass du lachst. Dass du lächelst. Dass du etwas anderes als Angst empfindest und ich weiß, dass du das tust, wenn ich dich anfasse. Ich sehe, wie sich dein Blick verändert.«

Seine Worte treiben mir erneut die Tränen in die Augen und ich lasse sie zu. »Ich will es zulassen, aber ich kann nicht. Verstehst du das? Ich kann nicht, Parker!«, erwidere ich laut.

»Geh so weit, wie du sehen kannst. Wenn du dort ankommst, wirst du sehen, wie es weiter geht.« Er rollt sich zu mir hinüber und stützt sich auf dem Arm ab. Der Stoff des T-Shirts spannt an seinen Oberarmen und ein Stöhnen entkommt meiner Kehle, als er seine Lippen auf meinen Hals drückt. »Fühlst du es, Elizabeth?«

»Ja«, stoße ich hervor. Wie schön wäre es, seine Lippen auch woanders spüren zu können. Wie er sie sanft auf meinen Mund legt und das wohlige Gefühl mich überkommt. Ich will es, aber ich kann es nicht. Mein Herz rast, mein Puls beschleunigt sich und mein Gehirn ist unfähig, sich zwischen Angst und Glück zu entscheiden.

»Ich würde ja sagen: Du machst mich verrückt. Doch das bin ich schon.« Er lacht leise.

»Ich mache dich verrückt, weil du andere haben kannst, aber mich nicht? Ist das der Grund, warum du all das für mich tust?« Ich setze mich auf und rücke von ihm weg.

»Denkst du etwa nicht, wenn ich dich hätte ficken wollen, hätte ich es längst getan?«, erwidert er barsch. »Du bist ein leichtes Opfer und würdest dich wundern, wie schnell ich meinen Schwanz in dir hätte. Du würdest schreien, betteln und um Hilfe flehen. Aber das würde dir nichts bringen, Kätzchen, denn du wirst erkennen, dass es dir genauso sehr Lust bereitet wie mir.«

Ich stoße ihn von mir, trete ihm in die Magengrube und renne davon. Magensäure schießt in meinen Hals und ich muss mich übergeben. Ich kotze geradewegs in einen Strauch mit Beeren und halte mir den Bauch.

Parker hat es erreicht. Er hat mir mal wieder Angst gemacht, mich weit über meine Grenzen gebracht. Jedes beschissene Mal.

Plötzlich höre ich Schritte und dann ist er auch schon hinter mir. »Elizabeth.«

»Fick dich«, schieße ich zurück, bevor er irgendetwas sagen kann.

»Sieh mich an, bitte.«

Ich drehe mich zu ihm um und er sieht aus wie ein begossener Pudel. Fast als würde er seine Wörter bereuen.

»Wieso tust du das jedes Mal aufs Neue? Merkst du nicht, wie sehr es mich anstrengt und zerstört?«, frage ich.

Seine Hände ballen sich zu Fäusten und er schließt die Augen. »Fuck!«, schreit er so laut, dass ich zurückweiche.

»Warum, Parker, warum? Siehst du es gern, wie es mich erdrückt?«

»Nein.« Er weicht meinem Blick aus.

»Ich habe nicht erwartet, Menschlichkeit in dir zu sehen.«

»Genau das ist es, was ich nicht verstehe«, setzt er schließlich an, »ich will dich nicht leiden sehen. Dabei will ich die Menschen die meiste Zeit leiden sehen. Ich ergötze mich an ihren Tränen, ihrer Angst, ihrer Wut, ihrer Verzweiflung. Nur bei dir zerreißt es mich jedes Mal.«

Seine Worte kommen bei mir an und doch kann ich sie nicht ordnen. Ich bin mir nur bei einem sicher: Er ist genauso abgefuckt wie ich. Zwei verlorene Seelen.

*

Wir sitzen am Ufer des Gewässers, die Hosen hochgekrempelt und die Füße ins Wasser getaucht. Dieser Tag ist noch nicht mal zu Ende und doch weiß ich, dass er vieles verändert hat.

»Ich habe mit Aubrey geredet.«

Er wirft mir kurz einen Blick zu, betrachtet dann weiter den Wasserfall.

»Sie weiß von uns.«

»War sie geschockt?« Parker grinst mich unverhohlen an.

»Irgendwie schon. Ich konnte ihr nicht mal erklären, was wir tun oder was nicht«, murmele ich.

Er nimmt sich einen Stein und wirft ihn aufs Wasser. »Hat sie angenommen, ich würde dich benutzen? Und du solltest dich vor mir in Acht nehmen?«

»So ähnlich, ja.« Ich zupfe nervös Gras aus dem Boden. »Sie verbringt die ganze Zeit bei Mike. Ich wusste nicht mal, dass sie so dicke sind.«

Ein Seufzen kommt von Parker. »Das ist er mit vielen, glaub mir.«

»Sie hat auch angedeutet, dass er Mist gebaut hat. Es kam mir so vor, als würde sie mir aber nicht erzählen wollen, was genau er getan hat.«

Sein Blick bohrt sich in meinen. »Mike trägt eine Maske. Das Gesicht darunter willst du nicht sehen. Er hat Grässliches getan, so grässlich, dass er dafür bezahlen musste.«

»Hast du sein wahres Gesicht gesehen?«

»Ja«, antwortet er knapp.

»Ich verstehe das alles, ehrlich gesagt, nicht.«

»Das ist auch besser so. Halt dich da raus, sonst bist du sein nächstes Opfer. Ein Messer wird ihn davon nicht abhalten.«

»War er im Knast?«, rate ich.

»Nein. Sein Daddy hat ihm immer den Arsch gerettet, aber damit ist es jetzt vorbei«, entgegnet Parker. »Ich werde ihn kriegen und hinter Gitter bringen.«

»Was?« Wovon zum Teufel redet er?

»Sein Alter ist tot, mausetot. Gott sei Dank. Mike ist ein Hurensohn, so wie es sein Vater war.« Seine Augenbrauen ziehen sich zusammen und sein Gesicht versteinert sich.

»Ich sollte mich wohl von ihm fernhalten ...«

Er nickt. »Das solltest du. Er ist skrupellos.«

Eine kurze Pause entsteht, bevor ich ausspreche, was ich denke. »Und du nicht?«

»Doch.« Er dreht den Kopf zu mir, lächelt. »Im Gegensatz zu ihm habe ich eine Schwachstelle.«

»Welche?«

»Dich.«

Atme die Zukunft ein und die Vergangenheit aus. Das Atmen schmerzt, doch vielmehr schmerzt die Vergangenheit.

Kapitel 19

Am nächsten Tage habe ich nur einen Kurs, den ich sogar irgendwie überlebe. Den gestrigen Tag habe ich noch nicht verdaut, denn es ist so viel passiert, das ich nicht verstehe. Parker war so anders. Er hat mir so viel von sich gezeigt und ich ihm von mir. Ob das gut war? Ich weiß, dass er immer noch das Monster ist. Skrupellos, kalt. Aber ich weiß auch, dass er das Gegenteil davon sein kann. Er liest in meinen Augen, meiner Seele, sodass es schmerzt. Und das kann sonst niemand.

Als ich danach das Zimmer von Aubrey und mir betrete, sitzt sie an ihrem Schreibtisch und macht sich Locken. Der Lockenstab in ihrer Hand dampft und Musik schallt aus den Lautsprechern.

»Lizzy, hey«, begrüßt sie mich freudig. »Wo warst du denn gestern den ganzen Tag? Lucas, Arya, Tamara, Joyce und ich haben Mike besucht. Er wird bald entlassen.«

»Das ist toll«, erwidere ich monoton.

»Alles in Ordnung?«

»Klar.« Ich setze ein Lächeln auf. »Aubrey, warum hängst du mit Mike ab?«

Sie hält in ihrer Bewegung inne und lässt den Lockenstab sinken. »Wir verstehen uns gut. Er ist nett, lustig und-«

»Wenn du weißt, was er getan hat, warum tust du das? Im Gegensatz zu mir weißt du das ganz genau und ich muss nicht mal die Einzelheiten kennen, um zu wissen, dass er kein guter Umgang ist«, kontere ich.

Nun starrt sie mich mit aufeinander gepressten Lippen an und legt den Lockenstab beseite. »Du warst gestern mit Parker unterwegs, stimmts? Er hat dir erzählt, dass er Mädchen mit-«

»Parker hat mir gar nichts erzählt.«

»Oh.«

»Ja, oh«, erwidere ich verächtlich. »Ich will nicht mal mehr wissen, was Mike getan hat. Nur will ich nicht mehr zum Narren gehalten werden.«

»Ach, denkst du, Parker sei ein besserer Umgang? Was weißt du überhaupt über ihn?«, fährt sie mich an. »Nach dem letzten Käfigkampf hast du ihn gehasst! Soll ich dich daran erinnern, dass er Mike ohnmächtig geprügelt hat? Das verdient kein Mensch, egal, was er getan hat! Oder bist du der Ansicht, dass er es verdient hat?«

»N-nein, natürlich nicht, aber ...«

»Auf wessen Seite stehst du eigentlich, Lizzy?«

»Seite? Bist du wahnsinnig?« Ich fahre mir durch die Haare.

»Du kennst Parker nicht. Oder hat er dir erzählt, dass er im Knast war? Drei Jahre? Nein?« Sie stemmt die Arme in die Hüfte.

»Nein«, gebe ich zu.

»Aha«, entgegnet sie triumphierend. »Parker hasst Mike. Er würde ihn töten, falls du es nicht gemerkt hast, Lizzy. Er ist gefährlich! Begreif das doch endlich.«

»Aber Mike ist es nicht? Sag mir die Wahrheit, Aubrey. Ist Mike nicht gefährlich?« Ich fixiere sie mit meinem Blick.

Sie seufzt und läuft im Zimmer auf und ab. »Was ist mit dir in letzter Zeit los? Du bist wie ausgewechselt und ich erkenne dich kaum wieder. Du bist so-«

»Wie bin ich? Passt es dir nicht, dass ich Widerworte gebe und mich nicht abspeisen lasse mit fadenscheinigen Ausreden? Ich bin mehr als das verängstigte, schüchterne Mädchen. Das sollte dir langsam klar werden.«

Aubreys Gesicht ist mit roten Flecken übersät und sie knabbert nervös auf ihrer Unterlippe. »Lizzy, lass uns nicht streiten, bitte. Ich wollte dich nicht-«

»Lass gut sein.« Mit diesen letzten Worte schnappe ich mir meine Tasche und Jacke und verlasse das Zimmer. Draußen in den Gängen des Gebäudes wuseln Leute herum und ich erwische mich dabei, wie ich nach Parker Ausschau halte. Mein Gefühl sagt mir jedoch, dass er nicht hier ist. Seit gestern hat sich etwas zwischen uns geändert, doch was bedeutet das? Bedeutet es, wir sind Freunde, die miteinander lachen, reden und sich zur Seite stehen?

Es kommt mir komisch vor, dabei an Parker zu denken. Er ist nicht so. Und ich bin es genauso wenig.

*

Wenige Tage später sitze ich in der Vorlesung und rechne nicht damit, als Mike sich neben mir auf den Platz fallen lässt. Er sieht besser aus.

»Hey«, sagt er.

Ich schaue ihn kurz an und hefte meinen Blick dann wieder auf die Unterlagen vor mir. »Hey.«

»Aubrey hat mir berichtet, dass du auch im Krankenhaus warst. Danke.«

»Keine Ursache.«

»Hab ich was verpasst?«, fragt er.

Ich schiebe ihm meinen Ordner der Mitschriften rüber, ohne ihn anzusehen.

»Du kannst mich auch ansehen«, meint er und ich höre das Lächeln in seiner Stimme heraus.

»Kann ich das?«, erwidere ich abfällig und beiße mir auf die Unterlippe. Wie soll ich mich ihm gegenüber nur verhalten? So tun, als wäre nichts gewesen? Als wüsste ich nicht, dass er genauso ein Mistkerl wie Parker ist? Nur hat Mike mich in dem Glauben gelassen, nett zu sein und ich habe es ihm tatsächlich abgenommen.

»Was ist los, Lizzy? Hab ich dir was getan?«

»Mir nicht.«

Er beugt sich zu mir hinüber, viel zu nahe. Doch entkommen kann ich nicht mehr, da der Professor den Saal betritt und mit der Vorlesung beginnt. Währenddessen halte ich meinen Blick stets nach vorn gerichtet und versuche, Mike zu ignorieren. Ich fühle mich wie erstarrt und wage es nicht, mich zu bewegen. Seine Gegenwart ist mir auf einmal unangenehm. Jetzt, wo ich weiß, wie er wirklich ist. Ich habe ihm eine Chance gegeben, ihm vertraut und geglaubt, eine ehrliche Freundschaft aufbauen zu können.

Die Monster schleichen sich immer wieder in mein Leben. Ich ziehe sie an.

Sobald der Kurs vorbei ist, packe ich meine Sachen eilig zusammen und quetsche mich zwischen den anderen hindurch, um zur Tür zu gelangen. Draußen angekommen, atme ich auf und schrecke zurück, als mich jemand am Arm packt: Mike.

»Was willst du?«, zische ich.

»Ich will wissen, was mit dir los ist. Warum verhältst du dich so eigenartig gegenüber mir, Lizzy?«

Ich seufze. »Das willst du wirklich wissen?« Mein Blick fällt zu der gläsernen Tür, hinter der ich eine Gestalt ausfindig mache. Ich fokussiere sie und stelle fest, dass es niemand anderes als Parker ist. Einen Rucksack über der Schulter und die Händen in den Hosentaschen, steht er da und beobachtet mich. »Du bist nicht der, der du vorgibst zu sein, Mike. Du bist kein Stück besser als Parker.«

Mike starrt mich ausdruckslos an. Eine Sekunde. Zwei Sekunden. Drei Sekunden. Dann packt er mich grob an den Handgelenken. »Hat er dich gefickt? Hat er dich so herumbekommen? Und ich dachte, du wärst anders.«

»Das dachte ich auch von dir.«

»Du bist ein kleines Miststück, so wie deine Freundin Aubrey.«

»Ich dachte-«

»Dachtest, dachtest, dachtest«, äfft er mich nach. »Genau das ist das Problem, ihr Weiber denkt zu viel. Statt einfach das zu tun, was ihr machen sollt: die Beine breit.«

Ich hatte angenommen, Parker würde sich wie ausgewechselt verhalten, aber Mike übertrifft das bei weitem. Niemals hätte ich erwartet, dass sich Mike derart aggressiv verhalten kann.

»Du hast mich die längste Zeit geblendet.«

»Ach, Lizzy, das ist wirklich schade. Du warst so süß und lieb und nett. Jetzt aber ist dein Körper verunreinigt mit den widerwärtigen Berührungen von Parker. Du hast dich entschieden und erwarte nicht, dass ich dich aus dem Schlamassel wieder heraushole.« Dann gibt er mir einen Stoß und ich lande auf dem Boden.

Noch eine ganze Weile sehe ich ihm hinterher, bis sich die Tür hinter mir öffnet. Ich muss mich nicht umdrehen, um zu wissen, wer dort steht.

»Ich war dämlich, ihm zu vertrauen«, sage ich.

»Und du bist dämlich, mir zu vertrauen, Kätzchen.« Seine kratzige Stimme fährt mir durch Mark und Bein. Er reicht mir die Hand und hilft mir auf.

Ich sehe ihn an. »Du hast mir von Anfang an zu verstehen gegeben, dass du ein Monster bist.«

»Tja, Elizabeth Green, du bist jetzt verunreinigt.« Er zuckt mit den Schultern und geht davon.

Zwar werde ich nicht schlau aus ihm, aber ich weiß, woran ich bei ihm bin.

Kapitel 20

In dieser Nacht sucht mich ein anderes Monster heim. Ich verliere die Kontrolle über meinen Körper, meine Kehle verschluckt den hilflosen Schrei und ich starre in das faltige Gesicht.

Grinsend starrt es mich an und legt die eisigen, knochigen Finger auf meine Seele. »Hallo, Schatz.«

Beim Klang seiner Stimme zucke ich zusammen, aber ich kann nicht entkommen. Seine Klauen halten mich auf die Matratze gedrückt.

»Hast du mich vermisst?«, fragt er.

Ich schüttle den Kopf und daraufhin lacht er.

»Wieso weinst du, mein Engel? Dafür gibt es keinen Grund.«

Der Grund für all meine Tränen bist du. Nur du! Mein Mund weigert sich, es auszusprechen. Stattdessen liege ich da und lasse die Qualen über mich ergehen, wie damals, als du dich jede Nacht in mein Zimmer geschlichen hast. Was würde Mom davon halten, wenn sie es wüsste?

Wenn. Doch sie weiß es nicht, denn sie ist tot. Du hast sie in den Tod getrieben. Im Himmel aber ist sie sicher vor dir und ich wünsche mir nichts sehnlicher als das.

»Ein klein wenig bin ich enttäuscht von dir, Engel. Du lässt dich auf einen anderen Mann ein. Was hast du dir dabei nur gedacht? Denkst du, du kannst mir entkommen? Glaubst du das wahrhaftig?«

Tränen rollen über meine Wangen, der Schweiß kriecht mir den Nacken herunter. Kälte und Wärme strömen durch meinen Körper.

»Merk dir eines, mein Schatz: Es wird immer Männer geben, die dich wollen, aber nur einen, der dich verdient – ich. Niemals wird ein Mann deine Narben akzeptieren, sie werden dich dafür verurteilen.«

Er hat recht. Wie konnte ich nur so dumm sein, zu erwarten, dass ich jemals geliebt werden könnte?

Ein Schrei reist mich aus dem Albtraum und ich öffne die Augen. Meine Decke ist schweißnass und ich ringe nach Atem. Durch das Fenster scheint Mondlicht und es ist mucksmäuschenstill. Dann raschelt etwas neben mir und als ich meinen Kopf drehe, schaue ich in Aubreys Augen. Sie sieht mich an, sagt kein Wort und ich bin froh darum. Sie weiß von meinen Albträumen, von Parker und von Mikes Taten. Ich hingegen weiß nur von meinen Albträumen und Parker ist nach wie vor ein Mysterium für sich.

Einige Minuten später höre ich Aubreys regelmäßigen Atem und blicke weiterhin in die Dunkelheit.

*

Am nächsten Morgen erwache ich und Aubrey sitzt bereits an ihrem Schreibtisch. Die kurzen Haare stehen ihr in wilden Locken vom Kopf ab und sie trägt eine neongrüne Bluse sowie einen knallgrünen Kordrock, der knapp über ihren Oberschenkeln endet.

Mein Bett knarzt, als ich mich bewege, und sie sieht auf. Das Lächeln, mit dem sie mich betrachtet, erreicht nicht ihre Augen. Ein ungutes Gefühl überkommt mich, was sogleich bestätigt wird.

»Du hattest heute Nacht wieder einen Albtraum, stimmt's?« Sie klappt ihren Laptop zu und dreht sich zu mir um.

»Ja.«

»Lizzy, du musst etwas dagegen tun. Hol dir Hilfe, bitte«, fleht sie. »Ich weiß nicht, wie ich dir sonst helfen soll.«

Ich schlage die Bettdecke zur Seite, ziehe mir eine Hose über und bürste mir die Haare. »Ich habe nie Hilfe von dir erwartet«, schieße ich zurück.

»Du bist aber meine Freundin! Für gewöhnlich helfe ich meinen Freundinnen, weil sie mir wichtig sind.« Aubrey knabbert gedankenverloren an einem ihrer lackierten Fingernägel. »Werde ich dich irgendwann mit aufgeschnittenen Pulsadern unter der Dusche finden? Oder werden dich deine Albträume in die Klapse treiben?«

»Klapse? So siehst du mich also? Wie eine Irre, wie eine Kranke?«

»Nein, Lizzy«, rudert sie zurück. »So habe ich das nicht gemeint. Ich will dir nur helfen, aber ich weiß nicht mehr weiter. Eine Therapie könnte dir helfen.«

»Eine Therapie? Erzähl das mal deinem Kumpel Mike, der hat nämlich ein enormes Aggressionsproblem«, sage ich wild fuchtelnd mit der Haarbürste in der Hand.

»Wie kommst du darauf?«

»Ich habe ihm gesagt, dass ich weiß, dass er genauso wenig ein netter Kerl ist wie Parker. Dass ich ihn durchschaut habe.«

Ein bestürzter Ausdruck legt sich auf Aubreys perfekt geschminktes Gesicht. »D-du hast was? Hast du ... meinen Namen erwähnt?«

»Nein. Schließlich sind wir doch Freundinnen, oder?« Ich setze ein falsches Lächeln auf. »Er hat mich bedroht, beleidigt und geschubst. Du hättest sein Grinsen sehen sollen. Als wäre er eine komplett andere Person und als hätte er die Maske abgenommen, um mir seine wahre Fratze zu zeigen.«

»Lizzy, das kann ich nicht glauben. Mike ist immer nett zu mir und nein, also das-«

»Denkst du etwa, ich habe mir das ausgedacht?«, zische ich.

»Willst du die Wahrheit wissen?« Sie steht auf, stellt sich mir gegenüber und schürzt die Lippen. »Vielleicht denkst du dir das aus. Weil ...«

»Weil?«

»Du bist ein Außenseiter und nun gibt sich Parker mit dir ab und du denkst, du seist was Besseres. Er wird dich fallen lassen wie eine heiße Kartoffel! Dann brauchst du aber nicht mehr zu Mike zurückzukommen!«, entgegnet sie laut.

»Ist das dein Ernst, Aubrey?« Fassungslos schaue ich sie an und frage mich, wie es so weit kommen konnte. Aubrey war meine erste und einzige Freundin am College. Doch jetzt scheint alles vergessen. Wir zoffen uns wegen zwei Kerlen.

»Du kapierst es nicht, Lizzy. Du hast dich bereits für eine Seite entscheiden. Es ist zu spät. Ich habe dir von Anfang an klar gemacht, dass du dich von Parker fernhalten sollst. Und jetzt musst du dafür büßen. Die beiden sind nicht einfach Feinde, sie sind Todesfeinde. Sie sind bereit, den anderen zu töten. Sie wollen Rache üben.«

»Rache? Weshalb?«, frage ich.

Aubrey schüttelt den Kopf. »Es ist besser, wenn du nichts weißt. Du weißt ohnehin zu viel.«

»Zu viel? Ich verstehe überhaupt nichts!«, entgegne ich. »Meine Albträume finden nicht nur in meinem Kopf, sondern auch in der Realität statt.«

»Ich will dich bloß beschützen!« Aubrey rauft sich die Haare.

»Beschützen?«, spucke ich das Wort aus. »Einen Scheiß willst du, einen Scheiß wollt ihr alle!«

»Mike wollte dich nur beschützen, Lizzy, ob du es glauben willst oder nicht! Aber du hast dem Falschen vertraut und das hast du dir selbst zuzuschreiben.«

Jeder spricht in Rätseln, jeder versucht, mich aus allem rauszuhalten und doch werde ich beschuldigt, einen Fehler begangen zu haben. Das College war ein einziger Fehler. Zu glauben, ich könnte mein altes Leben hinter mir lassen und ein neues anfangen, war ein Fehler.

Ich habe vertraut und wurde enttäuscht. Langsam habe ich den Eindruck, dass die anderen genauso viele

Geheimnisse haben wie ich. Sie verheimlichen etwas, dem bin ich mir sicher.

Ich reiße die Schranktüren auf, nehme mir wahllos ein Oberteil und die Lederjacke mit. Dann lasse ich Aubrey im Zimmer stehen und laufe mit schnellen Schritten zur Bushaltestelle. Ich habe Glück, der nächste Bus kommt in zwei Minuten.

Vor wenigen Wochen wusste ich nicht, wohin, aber heute weiß ich es ganz genau. Ich muss allein sein.

*

Kaum berühren meine Hände die feuchten Äste, reguliert sich mein Herzschlag. Die Vögeln zwitschern, das Laub der Bäume raschelt und irgendwo in der Entfernung vernehme ich das Plätschern eines Flusses. Parker hatte recht, der Wald gibt Ruhe.

Ich lasse mich auf dem Holzboden nieder und lege neben mir die Lederjacke ab. Mit den Fingern fahre ich mir durch mein verschwitztes Haar und schließe die Augen.

Wie konnte sich mein Leben innerhalb weniger Sekunden in solch ein Chaos verwandeln? Warum hat Aubrey mir nicht geglaubt, als ich ihr von Mikes Wutausbruch berichtet habe? Warum hat sie Partei für ihn ergriffen? Und das, obwohl sie anscheinend genauestens darüber informiert ist, was ihn zu dem gleichen Monster wie Parker macht. Ich fühle mich verraten, verletzt und enttäuscht. Urplötzlich fühle ich die Last der letzten Monate auf meinen Schultern wie einen tonnenschweren Gesteinsbrocken. Das Leben ist anstrengend, fürchterlich anstrengend. Ich bin davongelaufen, um in die nächste Hölle einzutreten. Das Monster meiner Vergangenheit sucht mich immer noch heim, seine Drohung hat sich bewahrheitet. Er wird immer bei mir sein, egal, was ich dagegen tue. Die Erkenntnis tut weh.

Ein Knarzen reißt mich aus meinen Gedanken und lässt mich zusammenzucken. Dann sehe ich eine Hand, die sich um den letzten Ast legt und wenig später erscheint Parkers gerötetes Gesicht. Als er mit beiden Füßen auf dem Boden steht, schaut er mich perplex an.

»Was machst du hier?«, frage ich ihn.

»Das ist mein Baumhaus, schon vergessen?«, erwidert er tonlos und ohne jede Regung.

Ich nehme meine Jacke und will die Leiter herunterklettern, als sich seine Hand um meinen Arm legt.

»Bleib.« Das Wort hört sich nicht wie ein Befehl an, sondern vielmehr wie eine Bitte.

Wie erstarrt stehe ich vor ihm, unfähig mich zu bewegen. Sein Blick bohrt sich in meinen, als würde er meine Seele ergründen wollen. Das ist der Augenblick, in dem ich zusammenbreche und die Hände vor meine tränenden Augen schlage. Ich zittere am ganzen Leib und kann die Tränen nicht zurückhalten.

»Elizabeth.« Parkers Stimme ist nicht mehr als ein Flüstern. »Warum weinst du?« Dann nimmt er mir die Hände vom Gesicht und ich sehe ihn durch den Tränenschleier an.

»Es ist zu viel«, bringe ich zwischen dem Schluchzen hervor.

Dann passiert das nächste. Parker legt seine Arme um mich und drückt mich an seine Brust. Seine Wärme umhüllt mich wie ein Kokon. Auch wenn mir tausend Gedanken durch den Kopf schießen, weiß ich eines ganz genau: Es fühlt sich gut an, so verdammt gut, und ich will mehr. Ich will mehr von dem Parker, in dessen Arme ich gerade liege und der mich wärmt. Ich will das schöne Gefühl nie mehr vergessen. Es kommt mir vor, als würde die Wärme mich heilen und wieder zusammenflicken.

»Lass mich nicht los.« Die Wörter verlassen meinen Mund, ehe ich realisiere, was ich da von mir gebe.

»Ich werde dich loslassen, wenn du es wünschst«, erwidert Parker.

Wir stehen einfach so da, die Arme um den anderen geschlungen. In diesem Moment gibt es nichts anderes für mich. Ich fühle mich wohl in seinen Armen. In den Armen eines gewalttätigen, kaltherzigen Menschen, der sich – genau wie ich – hinter einer Maske versteckt. Hinter einer Maske aus Prügeleien, Schlägen, Blut und Wutausbrüchen. Trotz all dem kann ich mich nicht aus seiner Berührung winden, denn ich will es nicht. Ich will es fühlen und in mich aufsaugen, um es hervorzurufen, wann auch immer es mir schlecht geht.

Ein weiteres Schluchzen entkommt meiner Kehle. Noch nie habe ich ein gutes Gefühl verspürt, wenn ich jemandem nahe war. Nähe bedeutet nichts Schönes für mich. Parker jedoch bringt das alles durcheinander. Wie immer.

Dann stoße ich ihn von mir und er starrt mich an. »Wieso tust du mir das jedes Mal an?«

»Wovon redest du?«, fragt Parker.

»Ich darf dich nicht mögen. Ich sollte dich nicht mögen!«, fahre ich ihn an. »Merkst du nicht, wie wir uns weh tun?«

»Wer sagt, dass du mich nicht mögen darfst? Deine Moral? Deine Freundin Aubrey? Mike?« Er schnaubt verächtlich und tritt mit dem Fuß gegen ein abstehendes Holzbrett am Boden, das sogleich aufspringt.

Etwas zwischen den Holzbrettern zieht meine Aufmerksamkeit auf sich und ohne darüber nachzudenken, greife ich hinein. Ich ziehe ein Foto heraus. Es ist leicht vergilbt und darauf sind vier Personen abgebildet, von denen eine unverkennbar Parker ist. Zumindest ein jüngerer, untätowierter Parker. Seine Haare sind schulterlang, er trägt ausgebeulte Jeans und ein T-Shirt. Ein Mann mit graumeliertem Bart hat den Arm um ihn gelegt und strahlt in die Kamera. Daneben steht ein Mädchen mit zwei Zöpfen und eine Frau mit Locken, deren Lächeln mich an das von-

»Ellen?«

Parker rauft sich die Haare und scheint zu überlegen, was er antworten soll. »Jetzt ist es sowieso zu spät.«

»Ist das-«

»Ein Familienfoto, richtig erkannt.«

»Ich wusste nicht, dass du eine Schwester hast«, sage ich und streiche über das Foto.

Parker zuckt mit den Schultern. »Hast du nicht selbst gesagt, dass wir uns nicht sonderlich viel unterhalten?«

»Wie heißt sie?«

»Callie.«

Er will nicht darüber reden, das merke ich. Er versteckt ein altes Familienfoto im Baumhaus. Parker hat also doch nicht nur Geheimnisse, sondern auch Gefühle. Ich will ihn nicht weiter mit Fragen löchern, doch ich frage mich, ob ich jemals erfahren werde, was es mit dem Foto auf sich hat.

Als würden er und ich uns so nahekommen, dass er mir all seine Geheimnisse offenbart, denke ich. Keine Chance. Ich lege das Foto zurück an seinen Platz und das Holzbrett wieder darauf.

»Lass uns zurückfahren«, sagt er und zündet sich eine Zigarette an.

»Nein, ich-«

»Meine Mom lässt kein Nein gelten.«

»Deine Mom?«

»Sie lädt dich zum Essen ein.« Er zieht an der Kippe und formt einen Ring aus dem Rauch.

»Und wann wolltest du mir das bitte mitteilen?«, frage ich überrumpelt.

»Jetzt?« Ein Grinsen umspielt seine Lippen.

»Zum Essen? Aber ... wieso?« Wieso zum Teufel lädt Ellen mich zum Essen bei sich ein?

»Sie mag dich.«

Als einzige Reaktion darauf ziehe ich die Augenbrauen zusammen.

»Ist das so abwegig?«, fragt Parker.

»Ehrlich gesagt, ja.«

Er nähert sich mir mit langsamen Schritten. »Wärst du nicht immer so stur und eigensinnig und lebensmüde-«

»Wann bin ich lebensmüde?« Meine Stimme überschlägt sich fast, was ihn zum Lachen bringt.

»Jetzt, in diesem Moment. Immer, wenn du mit mir zusammen bist.« Seine Fingerspitzen berühren meine.

»Wenn ich mit dir zusammen bin, bringst du alles durcheinander. Seiten von mir kommen zum Vorschein, von denen ich nicht weiß, ob ich sie gutheißen soll«, erwidere ich.

»Weinen ist nichts Schlechtes.«

»Weinen bedeutet schwach sein.«

»Tränen sind kein Zeichen von Schwäche, sie sind ein Zeichen von Stärke. Weil du viel zu lange stark warst und sie all die Zeit zurückgehalten hast.« Er legt meine Hand in seine und drückt einen sanften Kuss auf den Handrücken.

Solche Wörter aus dem Mund von Bloody Parker. Das ist mehr, als ich jemals vermutet hätte.

*

Dreißig Minuten später halten wir vor einem unscheinbaren Einfamilienhaus mit gepflegtem Vorgarten. Die Lichter im Inneren des Hauses leuchten. Kurz überkommt mich Nervosität. Mich hat noch nie jemand zum Abendessen eingeladen. Wie soll ich mich verhalten? Was soll ich erzählen? Ist ja nicht so, dass ich eine Entertainerin bin und ich kann mir beim besten Willen nicht vorstellen, mit Parker über Belangloses zu reden. Unsere Gespräche gehen über die üblichen »Wie geht es dir? Was machst du?«-Fragen hinaus. Sie sind intensiv, sie fordern mich, sie strengen mich an, bringen mich zum Weinen und dazu, zu fühlen.

Parker öffnet mir die Beifahrertür und ich steige aus dem schwarzen Dodge Challenger aus. Dann gehen wir auf das Haus zu, Parker schließt auf und der Duft von Essen steigt in meine Nase. Das Wasser läuft mir im Mund zusammen und sofort gibt mein Magen ein grummelndes Geräusch von sich.

Ich sehe mich im langen, geräumigen Flur um und mustere die weißen Möbel, die liebevoll ausgewählte Dekoration, die Bücher, die sich auf der Kommode stapeln.

Ein Räuspern unterbricht meine Gedanken. Parker hält mir die Hand hin und ich ziehe fragend eine Augenbraue hoch.

»Deine Jacke«, sagt er.

»Oh«, mache ich, schäle mich aus meiner Lederjacke und reiche sie Parker, der sie auf die Garderobe hängt.

Auf einmal beginnt jemand lauthals und schief zu singen. Ich lache leise und folge Parker in die offene Küche, der sich das Esszimmer anschließt.

»Mom«, stöhnt Parker genervt über die Musik und den Gesang hinweg.

Vor dem Herd steht Ellen, die ihre Haare zu einem wilden Turban gesteckt hat, und sich freudestrahlend zu uns umdreht. Als sie mich entdeckt, wird ihr Lächeln noch breiter.

»Lizzy, wie schön, dass du da bist!«, sagt sie und drückt mich an sie. »Ich hoffe, du hast Hunger mitgebracht.«

»Nicht wirklich.«

»Ich hab deinen Magen vorhin grummeln hören«, mischt sich Parker ein.

Ich werfe ihm einen bösen Blick zu, aber er grinst nur.

Seine Mutter lacht, umarmt ihn und wendet sich wieder den drei Töpfen auf dem Herd zu. »Ich habe ohnehin wieder zu viel gekocht.«

»Werden Callie und Sheree auch kommen?«, fragt Parker und setzt sich in einen Ohrensessel.

»Nur Callie«, antwortet seine Mutter. »Sheree ... du weißt, es ist schwierig für sie.« Mit dem Ärmel wischt sich Ellen über das Gesicht.

Weint sie etwa? Und wer überhaupt ist Sheree? Jedenfalls weiß ich, dass ich Parkers Schwester kennenlernen werde, was meinen Magen erneut grummeln lässt. Diesmal nicht vor Hunger, sondern vor Angst. Ich hasse es, neue Menschen kennenzulernen und ihrem urteilendem Blick ausgesetzt zu sein.

»Parker, du brauchst es dir nicht gemütlich zu machen«, meint Ellen. »Biete Lizzy etwas zu trinken an und richte den Tisch.«

Er schnauft kurz, erhebt sich aus dem Sessel und holt vier Teller sowie Besteck aus der Küche. »Was möchtest du trinken?«, fragt er und verlagert sein Gewicht vom einen auf den anderen Fuß.

Erkenne ich Nervosität in seinen Augen? Der ausdruckslose Ton in seiner Stimme, seine Mimik, alles deutet darauf hin.

Ich schmunzle. »Ein Wasser. Still, bitte.«

Er nickt und bringt mir ein Glas Wasser aus der Küche. Dann deutet er zum Tisch, an dem sechs Stühle stehen. »Setz dich.«

»Du gibst gerne Befehle, was?«, erwidere ich spitz.

Er verdreht die Augen. »Gut, was willst du stattdessen machen? Soll ich dir mein Kinderzimmer zeigen?« Mit den Armen fuchtelt er in der Luft herum und mein Verdacht bestätigt sich. Parker ist tatsächlich aufgeregt.

»Klar«, antworte ich. »Zeig mir den Ursprung des Bösen.
»Haha.«
»Das ist mein Ernst und ein Befehl. Zeig mir dein Zimmer.«
Damit hat er nicht gerecht. Ich sehe, wie er grübelt und nach einer Ausrede sucht. Doch den Zahn ziehe ich ihm, indem ich mich umdrehe und auf die Treppe zugehe.
»Im Obergeschoss, nehme ich an?«, rufe ich ihm zu.
»Ja«, brummt er widerwillig zu und geht hinter mir die Treppe hoch. »Zweite Tür links.«
Ich lege die Hand auf den Türknauf und trete in das Zimmer ein. Es ist nicht so dunkel eingerichtet wie sein Zimmer im Verbindungshaus. Ein Bett, ein Schrank, ein Schreibtisch und eine Kommode, auf dem mehrere Fotos sowie Trophäen stehen.

»Football?« Ich fahre mit dem Finger über eine der Trophäen.
»Ja.«
»Spielst du noch?«
»Nein.«
»Warum nicht?«, frage ich.
»Ich wurde aus dem Team geschmissen.« Parker fährt sich mit der Hand über das Gesicht.
Obwohl ich es kaum wage, zu fragen, tue ich es. »Weshalb?«
»Es war das letzte Spiel der Saison«, beginnt er, »wir führten dank mir. Ein Typ aus dem gegnerischen Team hat einen Spruch fallen lassen und bei mir sind alle Sicherungen durchgebrannt. Er lag mehrere Wochen im Koma.«

Ich schlucke.

»Das war das Ende meiner Footballkarriere und der Anfang der Käfigkämpfe.«

»Parker ...«

»Nicht.« Abwehrend hält er eine Hand vor sich und bedeutet mir, ihm nicht näher zu kommen. »Spar dir das Mitleid. Ich musste mir schon genug anhören. Der Typ hat es verdient und ich würde es heute genauso machen wie damals.«

»Was?«, stoße ich hervor. »Sag mir, welcher Mensch hat es verdient, ins Koma geprügelt zu werden? Sag es mir. Denn mir fällt kein Mensch ein, dem das widerfahren sollte.« Kaum habe ich die letzten Worte ausgesprochen, weiß ich, dass ich gelogen habe und fühle mich erbärmlich.

Parker lacht auf. »Ja, das habe ich auch lange gedacht, aber das Leben hat mich etwas anderes gelehrt. Jeder bezahlt für seine Fehler, früher oder später, heftiger oder wenig heftig. Doch man bezahlt immer für das, was man getan hat. Dem kann keiner entkommen, nicht mal das unschuldige Mädchen aus der Siedlung.«

Es gibt nichts, was ich dem widersprechen könnte, denn das ist die Wahrheit. Jeder bezahlt für seine Fehler. Das Monster meiner Vergangenheit, Parker, Mike oder auch ich. Ja, selbst ich werde für den größten Fehler meines Lebens zahlen. Manchmal kommt es mir vor, als würde ich das schon tun, aber ich weiß, dass es noch viel schlimmer kommt. Was ich getan habe, ist unverzeihlich.

Ich habe nicht einmal gemerkt, dass Parker auf mich zugekommen ist. Nun steht er so nahe vor mir, dass ich seinen Duft einatme, seinen Atem höre und es mir schwer fällt, meine Hand in seine zu legen.

Ich. Will. Ihn. Anfassen.

Fuck. Seit wann habe ich den Wunsch, jemanden anzufassen? Ich wollte noch nie jemanden berühren oder seine Haut an meiner spüren. Doch in diesem Moment wünsche ich mir nichts sehnlicher. Es macht mir Angst und gleichzeitig kribbelt es in mir und eine Wärme breitet sich aus. Seine Finger streifen meine, während sein Blick immer auf mich gerichtet ist. Er wartet auf eine Reaktion. Aber was sagt man, wenn man jemandem nahe ist? Was tut man? Ich will es genießen, mehr davon haben und mehr fühlen.

»Ich sehe die Zweifel in deinen Augen flackern wie ein loderndes Feuer«, sagt Parker. Seine tiefe Stimme dringt in mein Innerstes. »Lösch die Zweifel, aber niemals dein Feuer.«

Ein Lächeln schleicht sich auf meine Lippen. Er sagt diese Dinge, als wüsste er, wovon er spricht. Wie tief sind seine Wunden? Wer hat ihn verletzt?

»Parker«, stoße ich hervor.

»Gott«, gibt er ächzend von sich und versucht, sich zurückzuhalten, was jedoch nur eine Sekunde lang klappt. Dann schlägt seine Faust gegen die Wand neben mir und wendet sich fluchend von mir ab.

»Was habe ich falsch gemacht?«, flüstere ich.

»Du?« Er lacht kurz. »Du hast gar nichts falsch gemacht, Elizabeth. Der Mensch, der dich so verletzt hat, dass du keine Nähe zulassen kannst, hat etwas falsch gemacht. Dafür sollte er im Grab schmoren.«

Dafür sollte er im Grab schmoren. Dafür sollte er im Grab schmoren. Dafür sollte er im Grab schmoren.

Parker setzt sich auf das Bett, stützt sein Gesicht auf seine Hände. Er wirkt verzweifelt und sogar verletzt, dabei sollte er sich nicht schlecht fühlen. Ich wünschte, ich könnte ihm sagen, welche schönen Gefühle er in mir hervorruft. Ich hasse mich und ich hasse das Monster meiner Vergangenheit dafür, dass ich dazu nicht fähig bin.

Tränen schießen in meine Augen und das Blut rauscht in meinen Ohren. Fick dich, spreche ich dem Monster zu und fühle, wie mein Innerstes über die Grenze läuft. Schritt für Schritt.

Geh so weit, wie du sehen kannst. Wenn du dort ankommst, wirst du sehen, wie es weitergeht. Parkers Worte hallen in meinem Kopf wider und es ist das erste Mal, dass ich ihnen folge. Ich gehe, soweit ich sehen kann und auf einmal weiß ich, was ich will. Nicht, was ich muss, sondern was ich möchte. Alles geschieht in Zeitlupe und doch rasend schnell. Ich schmiege mich auf Parkers Schoß, nehme ihm die Hände vom Gesicht und drücke ihn auf die Matratze.

Er legt seine Arme um meinen Rücken und Fuck, es tut so gut, ihn zu fühlen. Ich will mehr. Ich brauche mehr von ihm. »Küss mich«, gebe ich keuchend von mir. »Bitte, tu es. Jetzt.«

Bevor ich meine Augen schließe, sehe ich die Zweifel in seinen. Doch kaum gebe ich mich ihm hin, spüre ich, wie er die Lippen auf meine legt. Sie sind warm, weich und das schönste, was ich je berührt habe. Die Zeit steht still.

»Du bringst mich um«, stöhnt Parker zwischen mehreren Küssen, legt seine Hand auf meinen Kopf und zieht mich an sich heran.

Aber mit einer einzigen Bewegung ist alles vorbei. Parker dreht mich auf den Rücken und ich habe das Gefühl, keine Luft mehr zu bekommen. Ich stoße mich von ihm weg, trete mit den Füßen gegen seinen Brustkorb, bis er von mir ablässt. Nach Atem ringend springe ich vom Bett und streiche mir die Haare aus dem Gesicht.

»Nun habe ich etwas falsch gemacht«, schlussfolgert Parker meine Reaktion. Er sieht aus, als hätte ich ihm erzählt, dass der Weihnachtsmann nicht existiert. Die Haare fallen ihm ins Gesicht und der V-Ausschnitt seines T-Shirts offenabrt die Tattoos auf seinem Oberkörper.

»Du hast nichts falsch gemacht. Es ist in meinem Kopf«, antworte ich.

»Du hast dich von mir küssen lassen«, meint er. »Das hättest du vor wenigen Wochen nicht zugelassen.«

»Stimmt.«

»Was war dieses Mal anders?«

»Ich wollte es.«

»Du bist über deinen Schatten gesprungen«, entgegnet er. »Die meisten verstecken sich dahinter nur.«

»Tun wir das nicht die ganze Zeit?«

»Es kommt darauf an, für wen wir über unseren Schatten springen.«

»Kannst du nicht immer so sein?«, frage ich und lache beschämt.

»Wie?«

»Nett.«

»Die Menschen verbinden mich nicht unbedingt mit dem Wort«, widerspricht er und fängt meinen Blick auf.

»Ist es nicht egal, was die anderen von einem halten?«

»Ist es das, Elizabeth?«

Ich lache und zeige ihm den Mittelfinger. »Es ist nicht einfach, der Mensch zu sein, der man sein möchte.«

Daraufhin schweigt er. Als er sich dann vom Bett erhebt, liegt in seinen Augen nichts Gefährliches oder Kaltherziges. »Warum nennst du dich Lizzy?«, fragt er.

»Ähm, das ist eben der Spitzname, den ich in meiner Kindheit bekommen habe.«

»Er passt ganz und gar nicht zu dir. Er ist viel zu nett und mit dem Wort verbindet man weder mich noch dich«, meint er nachdenklich. »Beth, das passt zu dir.«

»Beth?« Er nickt.

»Okay, dann bin ich ab heute Beth.« Wir lächeln uns an.

*

Lautes Stimmengewirr von unten holt uns wieder in die Realität zurück.

»Wir sollten nach unten gehen«, meint Parker und ich laufe hinter ihm die Treppe herunter.

»Parker!«, ruft jemand, kaum dass wir wieder im Flur stehen.

Ein Mädchen, schätzungsweise in meinem Alter, fliegt Parker in die Arme und drückt ihn an sich heran. Das muss also Callie sein. Die braunen, lockigen Haare und das strahlende Lächeln hat sie von Ellen. Sie ist kaum größer als ich und schlank gebaut. Ihre zarten Gesichtszüge erinnern mich an das kleine Mädchen auf dem Familienfoto, das ich im Baumhaus gefunden habe.

Da Parker und Callie sich unterhalten und ich mich fehl am Platz fühle, betrachte ich die Fotos auf dem Kaminsims. Sie machen den Eindruck einer harmonischen, fröhlichen Familie. Doch als ich näher hinschaue, fällt mir auf, dass der Mann auf dem Familienfoto vom Baumhaus nicht auf allen abgebildet ist. Stattdessen sehe ich Parker, Callie und Ellen mit einem anderen Mann, einem mir unbekannten Mädchen und ... zum Teufel, ist das Mike? Das ist eindeutig Mike. Ich erkenne ihn an den blauen Augen und dem Lächeln, das er mir bis vor wenigen Wochen noch zugeworfen hat, wenn wir uns begegnet sind.

Ich versuche, zu verstehen, was hier gerade vor sich geht. Aber ich finde keine logische Erklärung dafür, warum Parker und Mike, die sich so sehr hassen, zusammen auf einem Foto abgelichtet wurden.

»Wer ist denn deine hübsche Begleitung, Parks?« fragt Callie neugierig.

»Das ist Elizabeth, wir kennen uns vom College«, antwortet Parker.

Daraufhin zieht Callie mich in eine Umarmung, was mich zunächst ziemlich überrascht. Die freundliche, positive Art hat sie definitiv von Ellen. Parker wirft mir einen Blick zu, als würde er mich fragen, ob ich klarkomme. Es grenzt an ein Wunder, dass ich nach unserem ... Kuss nicht in Panik ausgebrochen und davongelaufen bin.

»Parks hat schon ewig kein Mädchen mehr mitgebracht, weißt du? Er gibt immer den coolen, unnahbaren Kerl.

Vielleicht kannst du seine harte Schale knacken«, flüstert Callie mir verschwörerisch ins Ohr und kichert.

»Seine Schale ist schwer zu durchbrechen«, sage ich mit einem Blick auf ihren Bruder.

Sie klopft mir aufmunternd auf die Schulter. »Ich gehe mal Mom helfen«, trällert sie dann und ist verschwunden.

Parker blickt ihr kopfschüttelnd hinterher und kommt auf mich zu. Seine Schuhspitze tritt gegen meine, so nahe sind wir uns. Obwohl mir seine Nähe nicht unangenehm ist, sind meine Hände eiskalt und zittern. Ich bin nervös. Nervös, weil er vor mir steht und es mich daran erinnert, wie nah wir uns vorhin waren. Und wie schön es war.

»Sie ist nett«, breche ich das Schweigen.

Parker nickt. »Das ist sie.«

»Ich wusste nicht, dass du eine zweite Schwester hast.«

Ruckartig blickt er zu mir auf. »Woher weißt du das?«

Ich zeige auf die Bilder. »Seid du und Mike ... Brüder?«

Die Farbe seiner Augen verdunkelt sich und er presst die Lippen aufeinander. Seine Hände sind zu Fäusten geballt. »Ich hätte mir denken können, dass du die Bilder bemerkst und Fragen stellst«, sagt er. »Aber ich bin dir keine Erklärung schuldig, Elizabeth.«

»Ach, jetzt bin ich wieder Elizabeth?«, zische ich.

Er geht einen Schritt auf mich zu und ich stoße gegen den Kaminsims, ein Bild fällt klirrend zu Boden. »Denkst du etwa, dieser Kuss hat etwas bedeutet? Denkst du, es hat etwas zwischen uns geändert?« Seine Finger schließen sich um mein Handgelenk. »Nein, das hat es nicht. Wie du gesagt hast, du bist vollkommen abgefuckt.«

Das sitzt. Seine Worte treffen mich mitten in der Brust und noch viel schlimmer, mitten im Herz. Ich habe mich ihm geöffnet, ihm anvertraut und es fühlt sich an, als würde er ein Messer in mich rammen.

»Du bist gestört, deine Seele ist am Arsch, völlig kaputt, das weißt du selbst«, spricht er weiter. »Und trotzdem kommst du immer wieder zu mir, lässt mich deine Seele ficken, weil du süchtig bist nach der Gefahr. Was hast du dir erhofft, was ich dir sage? Ich bin nicht der Typ, der gebändigt wird oder sich für ein Mädchen ändert. Denn die Seele kann man nicht ändern, sie ist da, einfach da.«

»Bist du nicht der, der immer wieder zu mir kommt?«, entgegne ich. »Du bist süchtig nach den schlechten Gefühlen deiner Mitmenschen. Du liebst es, noch mehr Salz in die Wunde zu streuen. Es bereitet dir Vergnügen, ihr Leiden zu sehen und sie zu brechen. Dabei hast du jedoch nicht berücksichtigt, dass gebrochene Seelen nicht noch mal gebrochen werden können. Weißt du was, du und Mike, ihr seid euch so ähnlich. Du kannst dein eigenes Spiegelbild nicht ausstehen, deshalb hasst du ihn so sehr.«

Seine zur Faust geballte Hand schnellt hervor, fährt über den Kaminsim und wirft sämtliche Bilderrahmen geräuschvoll herunter. Sie springen auseinander und ein Scherbenmeer breitet sich auf dem Boden aus.

Ich starre Parker fassungslos an und erkenne in seinem Gesicht den puren Zorn. Der Parker, der die Arme um mich geschlungen und mich geküsst hat, ist fort. Ich kann nicht schreien oder mich bewegen, bis andere Schreie mich aus dem Delirium reißen.

»Parker!«

»Lizzy!«

Callie und Ellen kommen herbeigerannt, rufen abwechselnd unsere Namen und starren auf die Glasscherben.

»Was ist passiert?«

»Parker, was hast du getan?«

»Warum tust du das immer wieder? Hast du uns nicht schon genug angetan?«

Sie schreien wild durcheinander, Ellen weint, Parker steht reglos dazwischen. Dann legt jemand den Arm auf meinen und es fühlt sich wie Feuer auf meiner Haut an. Ich winde mich aus der Berührung, reiße die Tür auf und laufe davon. Ein Monster, das ist Parker. Er ist das fürchterlichste von allen. Versteckt hinter einer Maske, stößt er das Messer immer wieder in das Innerste seines Opfers.

Kapitel 21

Völlig nassgeschwitzt und außer Atem komme ich am College an. Im Gebäude ist es ruhig, nur gelegentlich läuft jemand durch die Gänge. Es sind nur noch wenige Meter bis zu meinem Zimmer, als ich zwei mir bekannte Stimmen vernehme: Mike und Aubrey. Ihren gedämpften Stimmen kann ich entnehmen, dass ihr Gespräch hitzig zugeht.

»Was hat sie dir gesagt? Ich will alles wissen«, fordert Mike von Aubrey.

»Ich ... Sie ...«

»Was?«, herrscht er sie an.

»Sie hat erzählt, dass du aggressiv reagiert und sie geschubst hast.«

»Weiß sie davon?« Mike drängt sie in die Enge und fasst grob in ihre Haare.

»N-nein«, stammelt sie.

»Besser ist es. Wenn sie davon Wind bekommt, mache ich dich fertig, verstanden?«

»Bitte nicht«, fleht meine Zimmergenossin.

Es zerbricht mir das Herz, sie so zu sehen, auch wenn wir uns vor einigen Stunden gestritten haben. Mikes Verhalten widert mich an und bestätigt das, was ich von ihm denke. Er hat Geheimnisse, dreckige Geheimnisse.

»Ja, genau, bettel so wie die anderen Schlampen«, säuselt Mike. »Nur gebracht hat es ihnen nichts. Du weißt, was passiert, wenn man sich nicht an meine Abmachungen hält. Frag Parkers kleine Schwester.«

Bei seinen Worten läuft mir ein Schauer über den Rücken und ich beiße mir auf die Wange, um keinen Mucks von mir zu geben. Ich komme mir vor wie in einer Folge von Navy CIS. Wie konnte ich mich in Mike so täuschen?

»Stehst du gern in der Gegend herum?«, ertönt eine Stimme hinter mir und ich zucke zusammen. Arya mustert mich von oben bis unten, als wäre sie die Modepolizei. »Ich habe gehört, du arbeitest jetzt in der Bibliothek. Glückwunsch.«

»Danke«, stammele ich.

»Ellen ist großartig, nicht wahr?« Sie streicht sich die wallenden Haare hinters Ohr.

Ich bekomme nur ein Nicken und zustimmendes Brummen zustande, ehe Arya weiter plappert.

»Sicher, dass du für den Job auch geeignet bist? Schließlich tummeln sich in einer Bibliothek auch mal Menschen. Nicht, dass du einen Zusammenbruch bekommst und die Bücher von den Regalen wirfst.« Sie kichert mit vorgehaltener Hand, als hätte sie den Witz des Jahrtausends gerissen.

»Wovon redest du?« Mein Mund ist staubtrocken und ich habe Mühe, zu sprechen.

»Ach, Lizzy, ich weiß doch, dass du«, sie malt Gänsefüßchen in die Luft, »Probleme hast. Keine Ahnung, was in deiner Vergangenheit vorgefallen ist, aber fragst du dich nicht, warum Parker sich an dich ranschmeißt? Du bist das perfekte Opfer für eine Wette.«

»Eine Wette?«

Arya beugt sich zu mir vor, um mir etwas zuzuflüstern. »Wer bekommt die Kleine herum, die total verrückt ist?«

Mir wird schlecht. Vielleicht sollte ich nicht ausgerechnet dem Mädchen trauen, mit dem Parker zuletzt rumgehangen hat, aber eine Wette erklärt vieles. Es erklärt, warum Parker nicht locker lässt, obwohl ich ihm gesagt habe, dass er mich in Ruhe lassen soll. Und ich Idiotin habe mich von ihm küssen lassen. Wer ist wohl noch in die Wette involviert? Was erhält Parker, wenn er mich herumbekommen hat? Geld? Sex?

Verdammte Scheiße, dieses Gefühl in meiner Brust zerreißt mich von innen. Ich bin wieder zu einem Opfer geworden und habe zugelassen, verletzt zu werden.

»Ich finde, du solltest es wissen«, sagt Arya, winkt und stöckelt davon.

Wie konnte ich so naiv und dumm sein? Habe ich etwa nichts aus meinen Fehlern gelernt? Nein, eindeutig nicht. Die Wahrheit tut weh und die Enttäuschung noch mehr. Parker hat mich herumbekommen, denn sonst würde ich nicht diesen Schmerz fühlen.

Gerade noch rechtzeitig kann ich die Tür zu den Toiletten öffnen, bevor die Tränen über meine Wangen fließen. Ich balle meine Hände zu Fäusten und sie schlagen wie von selbst gegen die Spiegel über den Waschbecken. Das krachende Geräusch, als das Glas in tausend Teilen auf den Boden fällt, lässt das Blut in meinen Ohren rauschen. Wut und Schmerz vermischen sich zu einem Gefühl, das ich nicht benennen kann. Meine Fingerknöchel platzen auf und das Blut an den Scherben gibt einen unwirklichen Anblick. Muss sich Parker so fühlen, wenn er inmitten der Menge steht und seinem Zorn freien Lauf lässt?

Ich schreie, ich weine, ich bitte um Erbarmen. Wann hat das alles ein Ende?

Ich starre in die zerbrochenen Spiegel und glaube, dass meine Augen mir einen Streich spielen.

»Du willst wissen, wann das alles ein Ende hat?« Sein faltiges, knochiges Gesicht erscheint vor mir in dem kaputten Glas. »Nicht so lange ich lebe, mein Engel.« Dann verschwindet er und ein entsetzliches Schluchzen entkommt meiner Kehle.

Nicht so lange ich lebe. In meinen Träumen lebst du ewig weiter und wirst mich ewig heimsuchen. Du haust in meinen Gedanken wie eine Kakerlake im Müll.

Tränen fließen unaufhörlich über meine Wangen und ich bin nicht stark genug, sie zurückzuhalten. Tränen sind kein Zeichen von Schwäche, sie sind ein Zeichen von Stärke. Weil du viel zu lange stark warst und sie all die Zeit zurückgehalten hast.

Das hat Parker gesagt und auch wenn ich ihm in diesem Augenblick glauben will, kann ich es nicht mehr. Schmerz zerstört einen langsam von innen nach außen. Es ist ein schleichender Prozess, der dir all die guten Gefühle raubt und dich nur das Schlechte fühlen lässt. Genauso kommt es mir vor. Es tut so unsagbar weh. Ich war kurz davor, Parker zu vertrauen und habe mich ihm gegenüber mehr geöffnet, als ich es je getan habe. Ich wollte ihn küssen und habe es zugelassen. Wo ist das gute Gefühl jetzt hin?

*

Ich erwache in einem Bett. Es ist hell, zu hell und viel zu leise. Ein Rascheln lässt mich zusammenzucken.

»Bleib liegen.« Die Stimme ist ruhig, aber ich kann nicht ausmachen, wem sie gehört.

Langsam drehe ich meinen Kopf zur Seite und da sitzt Aubrey auf einem Stuhl. Die Hände liegen in ihrem Schoß, sie trägt ein violettes Kleid und einen farblich dazu passenden Lippenstift, ansonsten ist sie nicht geschminkt. Das lässt sie fast ein bisschen kränklich wirken.

»Wo bin ich?«, krächze ich und huste sofort los.

Aubrey reicht mir ein Glas Wasser, das ich in einem Zug leere. »Im Krankenzimmer. Ich habe dich gestern bewusstlos bei den Toiletten gefunden.«

Nun dämmert mir einiges. Ich schaue auf meine Hände, deren Knöchel verbunden sind. Autsch. Die Spiegel, die vielen Scherben, mein Blut.

»Du solltest etwas essen«, sagt Aubrey und schiebt einen Schokopudding zu mir.

Ich reiße den Deckel auf und löffle den Pudding leer. Soll ich Aubrey erzählen, dass ich sie und Mike belauscht habe? Dass Arya komische Andeutungen gemacht hat? Kaum öffne ich den Mund, weiß ich nicht, wie ich beginnen soll und beschließe, dass es besser ist, nichts zu sagen. Bei unserer letzten Meinungsverschiedenheit hat sie mir schließlich auch nicht geglaubt.

Ein Blick auf die überdimensional große Uhr mit dem heuti- gen Datum an der kahlen Wand verrät mir, dass in einer halben Stunde meine Schicht in der Bibliothek anfängt.

»Ich habe dir neue Kleidung mitgebracht«, meint Aubrey passenderweise und deutet auf das Fußende des Bettes.

Ich ziehe mir das T-Shirt, die Jeans und meine Vans an, stopfe die alte Kleidung in meine Tasche. Dann wende ich mich Aubrey zu, die mich verdutzt anschaut.

»Danke für deine Hilfe«, sage ich. »Ich muss jetzt arbeiten.«

»Du kannst doch in dem Zustand nicht arbeiten!«, widerspricht sie.

»Ich kann und ich muss. Mir geht's gut, lediglich meine Fingerknöchel haben was abbekommen.« Dann verlasse ich das Krankenzimmer und sprinte zur Haltestelle, wo der Bus gerade angefahren kommt.

Nach der fünfzehnminütigen Fahrt komme ich an der Bibliothek an, fummele die Verbände von meinen Händen und werfe sie in den Mülleimer. So gut es geht verstecke ich die verkrusteten, geschwollenen Knöchel unter dem Stoff meines Cardigans und betrete das Gebäude. An der Theke sitzt wie gewohnt Ellen, die mich mit einem Lächeln und einer Umarmung begrüßt.

»Lizzy, es tut mir sehr leid, was gestern passiert ist«, sagt sie. »Parker spricht nicht gern über unsere Familie und seine Vergangenheit. Einen Wutausbruch aber hatte er schon lange nicht mehr. Ich weiß nicht, was in ihn gefahren ist.«

»Du kannst nichts dafür, Ellen, ich habe ihn gefragt. Ich kenne ihn mittlerweile gut genug, um zu wissen, wie er reagiert«, erwidere ich gefasst.

Ellen nickt nachdenklich. »Ich möchte mich für sein Verhalten entschuldigen. Komm heute Abend nach Schichtende mit zu uns und ich koche uns etwas Leckeres. Keine Sorge, Parker wird nicht da sein, nur Callie. Sie fühlt sich schrecklich wegen ihres Bruders, dabei wollte sie dich so gern kennenlernen.«

»Oh, ich weiß das wirklich zu schätzen ...«

»Komm schon, Lizzy, das bin ich dir schuldig.«

Ich nicke und Ellen klatscht begeistert in die Hände. Seine Mutter kann nichts für Parkers Reaktion und solange er nicht da sein wird, ist es für mich in Ordnung.

Fünf Minuten später stehe ich zwischen den meterhohen Regalen und stelle die Bücher da hin, wo sie hingehören. Heute bin ich jedoch nicht nur zum Arbeiten, sondern auch zum Recherchieren hergekommen. Mit dem fast leeren Bücherwagen fahre ich durch die Regale, halte bei den Sachbüchern der Kategorie Psychologie. Als ich endlich das richtige Buch gefunden habe, schlage ich es auf: Posttraumatische Belastungsstörung, Ratgeber für Betroffene und Angehörige. Die Seiten sind bereits vergilbt und der Buchrücken ist voller Leserillen.

Ich lasse den Blick über das Inhaltsverzeichnis schweifen und blättere weiter auf Seite 11, wo sich eine Definition befindet: »Die Postraumtische Belastungsstörung (PTBS) ist eine verzögerte psychische Reaktion auf ein oder mehrere extrem belastende Ereignisse. Diese können u. a. schwere Unfälle, Gewaltverbrechen oder Naturkatastrophen sein, die bei den Betroffenen Angst, Schutzlosigkeit und Hilflosigkeit auslösen können.«

Ein paar Seiten weiter finde ich die Symptome: Erinnerungen an das Trauma, Flashbacks, Albträume, Schlafstörungen, Schreckhaftigkeit, Konzentrationsschwierigkeiten und viele mehr. Wenige Zeilen darunter steht ein Satz, der unweigerlich ausdrückt, wie ich mein Leben wahrnehme: »Bei vielen Betroffenen ist das Selbst- und Weltbild erschüttert sowie das Vertrauen in andere Menschen nachhaltig gestört. Zudem leiden sie unter Schuld- oder Schamgefühlen oder Selbsthass. Das Leben ist in vielen Bereichen extrem eingeschränkt und die Bewältigung des Alltags stellt eine Qual dar.«

Kraftlos lasse ich das Buch auf den Boden sinken und muss der Wahrheit ins Auge sehen. All die aufgeführten Symptome, die Definition, alles passt zu mir. Ich habe mir mein Leben lang genug vorgemacht, aber ich kann es nicht länger verdrängen – ich habe eine Postraumtische Belastungsstörung. Ich bin krank und brauche Hilfe, um das Trauma aufzuarbeiten, mich dem Monster meiner Vergangenheit gegenüberzustellen und es zu verbannen. Zum wiederholten Male in den letzten Tagen rollen die Tränen über meine Wangen. Diesmal nicht vor Verzweiflung, sondern vor Erleichterung. Ich habe lange genug gegen mich angekämpft und mir selbst die Kraft genommen.

*

Zwei Stunden später sitze ich mit Parkers Schwester Callie am Esstisch, während Ellen den Kochlöffel schwingt. Musik schallt durch den Raum und die unbeschwerte Art der beiden überträgt sich auf mich.

Callie hat sich um die hundert Mal bei mir wegen Parkers Ausraster entschuldigt, obwohl sie genauso wenig die Schuld daran trägt wie ihre Mutter. Trotzdem gehen mir die Worte von Mike nicht mehr aus dem Kopf: »Du weißt, was passiert, wenn man sich nicht an meine Abmachungen hält. Frag Parkers kleine Schwester.«

Doch bevor mich ein mulmiges Gefühl überkommt, verwickelt Callie mich in ein Gespräch. Sie redet davon, dass sie gern einen Hund haben möchte, aber ihre Mutter es nicht erlaubt.

»Ein Hund ist süß, keine Frage, aber du würdest ihn dann wieder zu mir abschieben«, schaltet sich Ellen ein. »So war es bei den zwei Kaninchen auch.«

»Das Haus ist jedenfalls groß genug und wer weiß, vielleicht trägt ein Hund zum Familienfrieden bei«, meint Callie grinsend. »Und an Weihnachten kann ich ihn als Engel verkleiden!«

Wir alle drei müssen loslachen und können uns nur schwer wieder beruhigen. Wenig später decken Callie und ich den Tisch, dann setzt uns Ellen ihren berühmt berüchtigten Schmorbraten vor. Es duftet herrlich und ich kann es kaum erwarten, davon zu kosten. Zunächst glaube ich, dass die Portion, die Ellen mir auftut, viel zu viel ist. Aber der Braten und die Nudeln schmecken so gut, dass ich mehr verschlinge als gedacht. So viel und so gut habe ich schon lange nicht mehr gegessen.

Die Atmosphäre ist ungezwungen, locker und ich fühle mich nicht gezwungen, zu allen Gesprächen etwas beizutragen. Würde ich mehrere Wochen mit Callie und Ellen verbringen, wäre ich vermutlich ein komplett anderer Mensch. Ihre offene, herzliche Art macht es mir leicht, mich wohl zu fühlen.

Gerade erzählt Ellen von einem Kunden in der Bibliothek, der ihr tatsächlich einen Liebesbrief geschrieben hat, als draußen ein Motor ertönt und kurz darauf die Haustür geöffnet wird. Sofort beginnt mein Herz zu rasen und der Schweiß läuft mir den Rücken herunter.

Dann steht er im Türrahmen. Parker. Er trägt eine Sonnenbrille, was mich ziemlich nervös macht, da ich seine Augen nicht sehen kann. Die Bartstoppel lassen ihn noch draufgängerischer wirken und ich stelle mir vor, wie sie an meiner Wange reiben, wenn wir uns küssen. Das Haar hat er zu einem unordentlichen Dutt zusammengebunden, bei mir gleicht das einem Vogelnest, aber bei Parker sieht es verflucht gut aus.

Ellen ergreift das Wort und beendet somit die peinliche Stille. »Ich wusste nicht, dass du kommst, Schatz, aber ich habe genug gekocht.«

»Zieh deine Harte-Kerle-Jacke aus und setz dich zu uns, Parks«, fügt Callie hinzu, woraufhin er die Sonnenbrille abnimmt.

Fast lache ich über ihren Kommentar, aber Parkers ausdrucksloser Blick, der sich wie ein Peitschenhieb anfühlt, hält mich davon ab. Stattdessen starre ich auf meinen Teller und hoffe, dass bald nicht mehr alles in Zeitlupe vorangeht.

Während Callie Besteck und Teller für ihren Bruder holt, streift sich Parker Boots und Jacke ab. Danach kommt er auf den Tisch zu und mit jedem Schritt, den er näher kommt, steigt mein Puls. Wenn er sich neben mich setzen wird, werde ich Atemnot bekommen. Wird er sich allerdings mir gegenübersetzen, werde ich ... genauso Atemnot bekommen. Ich sollte vosorglich den Notruf wählen.

Parker scheint kurz abzuwägen, wo er sich lieber hinsetzen will, zieht einen Mundwinkel nach oben und setzt sich dann neben mich. Ich fürchte, dass mir gleich Ellens Schmorbraten hochkommt, was ziemlich bedauerlich wäre. Als er sich endlich gesetzt hat, wage ich es, meinen Kopf ein wenig zu ihm zu drehen und ihn anzusehen. Ein Fehler, wie sich herausstellt, da er mich mit einem verschmitzten Grinsen ansieht und ich mich an meiner eigenen Spucke verschlucke. Ich will auf der Stelle im Erdboden versinken.

Schließlich hat jeder eine weitere Portion vom Essen auf dem Teller und Ellen schafft es, uns alle in ein Gespräch zu verwickeln. Gelegentlich streift Parkers Arm meinen und ich bin mir nicht sicher, ob er die Berührung genauso intensiv wahrnimmt wie ich. Wahrscheinlich nicht, da er schon tausend Mädchen angefasst hat.

»Wie geht es denn Arya? Du hast schon lange nichts mehr von ihr erzählt«, meint Ellen während eines Gesprächs.

Ich warte auf eine Reaktion von Parker, als Callie unerwartet antwortet. »Wir schreiben uns ab und zu Nachrichten, sie ist zur Zeit ziemlich beschäftigt.«

»Ich habe letztens mit ihr gesprochen«, mischt sich Parker ein. »Ihr Hund hat die Operation so weit gut überstanden.«

Wow, ich habe keine Ahnung, was mich mehr überrascht. Die Tatsache, dass Callie mit Arya befreundet ist oder Parker sich mit ihr getroffen hat. Ich erinnere mich, als sei es gestern gewesen, als ich in der Bibliothek saß und er absichtlich vor meinen Augen mit ihr herumgeknutscht hat. Der teuflische Blick, den er mir zugeworfen hat, löst immer noch Übelkeit in mir aus.

»Daher weht also der Wind«, meint Ellen. »Deshalb willst du unbedingt auch einen Hund haben.«

Callie setzt einen Unschuldsblick auf und ich stimme in das Gelächter der anderen mit ein.

Nachdem wir den Tisch abgeräumt haben und Ellen mir unbedingt noch ein Glas Sekt angedreht hat, fühle ich Parkers Blick auf mir. Als seine Schwester und Mutter noch in der Küche beschäftigt sind, schleicht er sich von hinten an.

»Komm mit.«

»Gibst du wieder Befehle?«, entgegne ich.

»Lass mich dich küssen.«

»Fick dich.«

Ein plötzliches Kichern, gefolgt von einem »Süß« von Callie lässt uns herumfahren.

»Belauschst du gern andere?«, fährt ihr Bruder sie an.

»Ach, Parks. Wie wäre es damit, Lizzy einfach zu fragen wie jeder normale Mensch auch?«

Parker schnaubt genervt. »Was ist nun? Kommst du mit?«

»Wenn du schon so charmant fragst, kann ich gar nicht Nein sagen«, erwidere ich ironisch und ernte dafür ein weiteres genervtes Schnaufen von ihm. Callie wiederum zeigt mir den Daumen.

In Parkers Zimmer angekommen, schließt er sofort die Tür und wir stehen uns stumm gegenüber.

»Setz dich.«

Ich ziehe eine Augenbraue hoch, woraufhin er die Augen verdreht. »Willst du dich setzen?«, fragt er.

Ich lasse mich auf die Matratze sinken, Parker neben mich und wir schauen uns erneut stumm an.

»Deine Fingerknöchel.«

»Was ist damit?«, frage ich ahnungslos.

Wieder rollt er mit den Augen und legt meine Hände fast grob in seine. »Was ist passiert?«

Ich will mich ihm entziehen, aber Parker ist zu stark. »Das geht dich einen Scheiß an.«

»Das glaubst du?« Auf seiner Stirn bilden sich tiefe Falten.

»Leck mich«, schieße ich zurück.

Er grinst und bevor ich überhaupt reagieren kann, leckt er mit seiner Zunge über meine Wange. Ich bin überrascht, schockiert und doch lache ich los.

Parker streift über meine verwundeten Finger. »Erzähl mir, was passiert ist.«

»Ich bin ausgerastet«, antworte ich.

»Du?« Nun zieht er eine Augenbraue hoch.

»Ich ... hatte Panik.«

»Warum?« Sein Blick, verständnisvoll und weich, jagt mir einen Schauer über den Rücken. Da ist der Parker, der mich geküsst hat.

»Ich will nicht darüber reden«, murmele ich.

»Beth, bitte.« Seine Hand legt sich auf mein Bein, drückt sanft zu und Wärme breitet sich in mir aus. Es ist der Nervenkitzel, wenn er mich berührt und ich mich auf einmal so anders fühle. Ich fühle mich schön, gut, gewollt und ich will mehr von Parker.

»Wenn du mich anfasst, habe ich das Gefühl, über meine Grenzen hinausgehen zu können«, wispere ich.

»Wie lange ich mir gewünscht habe, dich endlich zu küssen.«

»Ach ja?«, entgegne ich. »Seit der Wette?«

»Was?«, entfährt es ihm.

Ich reiße mich von ihm los, obwohl ich mir selbst nicht beantworten kann, woher meine plötzliche Wut kommt. »Tu nicht so, als wüsstest du nicht, wovon ich spreche.«

»Ich habe wirklich keine Ahnung, was für einen Bullshit du laberst, Beth.« Parker kommt auf mich zu, aber ich stoße ihn von mir weg.

»Frag doch deine scheiß Freundin Arya, du Wichser!«, herrsche ich ihn an. »Du denkst wohl, du kannst deine Spielchen mit mir treiben, das kannst du vergessen.«

»Wovon zum Teufel redest du? Was für eine Wette und was für Spielchen? Und was hat Arya damit zu tun?« Parkers Gesicht färbt sich vor Aufregung rot und er läuft im Zimmer auf und ab.

»Lässt du mich deshalb nicht in Frieden? Weil ich eine verfickte Wette bin?« Es auszusprechen, tut noch mehr weh, als es zu wissen.

»Drehst du jetzt völlig durch?«, wettert Parker in voller Lautstärke los.

»Ich bin doch vollkommen abgefuckt und gestört, hast du das nicht selbst gesagt?«, erwidere ich in einem zuckersüßen Ton, der Parker komplett aus der Haut fahren lässt.

Er schlägt mit der Faust gegen die Schranktür und stößt sämtliche Trophäen sowie Familienfotos von der Kommode. Auf einmal wird die Tür aufgerissen und Ellen steht verwirrt im Zimmer. Sie sieht erst mich an, um sich zu versichern, dass mir nichts passiert ist, dann ihren Sohn und zuletzt die herunter geschmissenen Sachen auf dem Boden.

»Parker ...«

»Was?«, schreit er seiner Mutter entgegen.

Für wenige Sekunden habe ich Angst, dass er auf Ellen losgeht. In Parkers Gesichtsausdruck spiegelt sich der Teufel in Persönlichkeit wider. In diesem Moment scheint er unberechenbar und es macht mir eine verfluchte Scheißangst.

»Was ist los?«, fragt Ellen in ruhigem Ton.

»Nichts, das dich etwas angeht«, erwidert Parker ebenso ruhig, was noch viel beängstigender ist.

»Lass deine Mom da raus«, sage ich.

Er dreht sich wieder zu mir um, kommt auf mich zu und stößt mich mit voller Wucht gegen die Wand. Der Schmerz fährt durch meinen Rücken und ich schnappe panisch nach Luft. Dann schließen sich Parkers Finger brutal um mein Kinn und die Genugtuung glänzt im Blick seiner Augen. Seine Fingernägel graben sich in mein Fleisch.

»Du hast mir nicht vorzuschreiben, wie ich mit wem reden soll«, brüllt er mir entgegen.

»Um Gottes Willen, Parker«, schluchzt Ellen los. »Lass sie los, sie hat dir nichts getan! Du bist wütend auf deinen Dad, aber Lizzy kann nichts dafür. Bitte lass deinen Zorn nicht an ihr aus oder hast du alles vergessen, was du bei Dr. Mansky gelernt hast? Tu unserer Familie nicht noch mehr Schaden an.«

Ein letztes Mal sieht Parker mich an, bevor er endlich von mir ablässt. Ich spüre seine Fingerabdrücke auf meiner

Haut wie brennendes Eisen.

»Noch mehr Schaden? Kapierst du nicht, dass alles deine Schuld ist und ich immer nur versucht habe, unsere Familie zu schützen? Ich habe Callie und dich beschützt, wenn Dad sich nicht mehr beherrschen konnte. Ich habe mein Gesicht hingehalten und mich grün und blau schlagen lassen«, schießt Parker zurück, während seine Mutter unaufhaltsam weint. »Ich war den Fragen der Lehrer und Mitschüler ausgesetzt, warum mein Gesicht geschwollen und bunt wie ein Papageienarsch war. Und was hast du getan? Du hast dir den nächsten Hurensohn ins Haus geholt!«

Parker wurde geschlagen. Von seinem eigenen Vater. Ich kann es nicht fassen. Es erklärt seine Wutausbrüche, seine Schlägereien, die Käfigkämpfe. Seine Kindheit muss die Hölle gewesen sein und begleitet ihn noch heute, genau wie mich. Dennoch rechtfertigt es nicht, dass Parker seinen Mitmenschen Schmerzen hinzufügt, so wie gerade. Er hatte von Anfang an recht, wir sind uns ähnlich. Ähnlicher als ich vermutet hatte, allerdings auf sehr makabere Art und Weise. Eine scheiß Kindheit, die unser Leben geprägt hat. Parker befindet sich wie in einem Rausch, unberechenbar, unvorhersehbar, kaltherzig. Er hat seiner Mutter das strahlende Lächeln genommen und als ich Schritte auf der Treppe höre, weiß ich, dass ich handeln muss. Callie soll nicht damit hineingezogen werden, denn auch sie hat schon mehr als genug mitmachen müssen.

Ich schmeiße mich mit meinem ganzen Körpergewicht gegen Parker und schaffe es, ihn zu Boden zu reißen. Ich drücke seinen Kopf auf den Boden und er schlägt mit den Armen um sich.

»Ich bekomme das schon hin«, sage ich zu Ellen. »Geh zu Callie und kümmere dich um sie.«

Sie nickt benommen und schließt dann die Tür hinter sich. Dann ziehe ich das Messer aus meiner Gesäßtasche und halte es an seine Kehle.

»Jetzt zu dir, Parker«, raune ich ihm ins Ohr. »Ich wollte dir eigentlich eine Wahl lassen, aber ich hab's mir anders überlegt. Also beruhige dich jetzt besser oder ich werde nicht mehr so nett wie letztes Mal sein.«

»Verdammte Scheiße, geh runter von mir, Beth«, erwidert er heiser.

»Hast du dir das etwa nicht so vorgestellt? Ich auf dir?«

Er lacht leise. »Unter anderen Umständen, ja.«

»Wenn ich gleich von dir herunter-«

»Wie schade.«

Ich verstärke den Griff um seinen Kopf. »Dann wirst du langsam aufstehen und dich verpissen, ganz schnell. Hast du das verstanden?«

Er murmelt etwas Unverständliches, was ich einfach mal als Ja deute. Dann steige ich von ihm herunter und Parker folgt meinen Anweisungen. Als er wieder auf den Beinen steht, schaut er mich an. Seine Augen sind blutunterlaufen. Er fasst in seine Hosentasche und augenblicklich verändert sich sein Gesichtsausdruck.

»Suchst du die hier?« Ich halte die Autoschlüssel zu seinem Dodger in die Höhe und lasse sie um meinen Zeigefinger kreisen.

»Wie zur Hölle-«

Parker kommt gar nicht dazu, den Satz zu Ende zu sprechen, da ich an ihm vorbeiflitze, die Treppe herunter und die Haustür aufreiße. Ich laufe zu seinem Wagen, öffne die Fahrerseite und lasse mich auf das Leder sinken. Dann stecke ich den Schlüssel rein und der Motor heult laut auf, als ich meinen Fuß auf das Gaspedal drücke.

»Fuck, was tust du da?«, brüllt mir Parker entgegen, als er die Beifahrertür aufmacht.

»Wonach sieht's denn aus?« Ich trete erneut auf das Gaspedal und drücke an den Knöpfen der Soundanlage herum. »Willst du einsteigen, oder was?« Um ihn weiter zu reizen, lasse ich den Wagen rollen und in einer hektischen Bewegung steigt er schließlich ein.

»Du bist völlig übergeschnappt.« Er schüttelt den Kopf.

»Sagt der Typ, der von der einen auf die andere Sekunde ausrastet«, nuschle ich und finde endlich den richtigen Knopf an der Anlage. Während ich mich durch die Songs klicke, fahre ich den Wagen auf die Straße.

»Wo willst du hin?«, fragt Parker sichtlich angespannt.

»Ist doch egal.« Ich lache los, fahre auf die Auffahrt und beschleunige innerhalb kürzester Zeit auf 100 Meilen.

Auf dem Highway befinden sich nur wenige Autos und am Himmel leuchten die Sterne. Meine Hände krallen sich um das Lenkrad und ich ordne mich in die freie, linke Spur ein. Dann gebe ich erneut Gas und das Adrenalin schießt durch meinen Körper. Das hätte ich schon früher machen sollen. Alle meine Ängste sind wie weggeblasen. Ich fühle mich frei und wie ein anderer Mensch. Gerade kann mich nichts und niemand aufhalten.

Auf einmal ertönt Marilyn Mansons Tainted Love aus der Anlage und ich drehe auf volle Lautstärke auf. Parker mustert mich währenddessen.

»Du hast Geschmack«, ruft er mir über die Musik hinweg zu.

»Du hast ja keine Ahnung«, antworte ich verschwörerisch.

»Hast du überhaupt einen Führerschein?«

Ich lache laut los, trete auf die Bremse und reiße das Lenkrad herum. »Darf man auf der Autobahn auch andersherum fahren?« Ich gebe Gas und wir rasen über den Highway.

»Verdammte Scheiße, Beth, bleib sofort stehen! Du bringst uns um!« Er versucht in das Lenkrad zu greifen, aber sein Kopf knallt gegen das Armaturenbrett, als ich bremse. »Halt. Verdammt. Nochmal. An!«

Ich denke gar nicht daran. Dafür macht es mir viel zu sehr Spaß, mit Karacho über die Straßen fahren. Parkers panischer Blick und seine erfolglosen Versuche, mich zu beruhigen, geben mir einen weiteren Kick. Diesmal ist er derjenige, der Angst hat, nicht ich.

Zugegeben, als Geisterfahrer über den Highway zu fahren, ist beängstigend und wahnsinnig. Aber es hält mich davon ab, die schlechten Gefühle in mein Innerstes zu lassen. Das erste Mal in meinem ganzen Leben weiß ich endlich, wie es ist, zu leben. Frei von jedem Zweifel, jeder Angst. Und ich will nie wieder vergessen wie es sich anfühlt. Ich will darin versinken und-

Vor mir leuchten Scheinwerfer auf und ich reiße das Lenkrad mit einem heftigen Ruck in die andere Richtung. Gerade noch rechtzeitig. Lautes Hupen und quietschendes Bremsen ist zu hören.

»Du fährst jetzt sofort den verfickten Waldweg runter,

sonst reiß ich dir den Arsch auf«, herrscht Parker mich an.

»Spielverderber«, murmele ich und lenke den Wagen zu dem angrenzenden Waldweg neben dem Highway.

Er atmet hörbar erleichtert aus und straft mich mit einem Blick, als ich kichere. Es macht Spaß, ihn zu ärgern und zur Weißglut zu bringen. Auch wenn man bei ihm nicht sicher ist, ob er einen umbringen wird.

Wir fahren tiefer in den Wald und Nebel versperrt mir immer zunehmend die Sicht. An einer Kreuzung fahre ich links und wieder einige Meter gerade aus, als sich vor uns ein altes, verfallenes Gebäude offenbart. Scheinbar eine alte Fabrik. Graffitis und Moos bewuchern die morbiden Mauern.

Ich halte den Dodger an und steige aus. Das Gemäuer zieht mich an. Doch bevor ich nur einen Schritt darauf zugehen kann, fasst mich Parker an den Handgelenken und drückt mich auf die Motorhaube.

»Was zum Henker sollte das? Wolltest du dich beweisen?«

»Spaß haben.«

»Spaß haben?«, schleudert er mir meine eigenen Worte ins Gesicht. »Ist das dein fucking Ernst, Beth? Du hättest sterben können!«

»Was ist dein Problem?«, frage ich verständnislos.

Sein Gesicht färbt sich gefährlich rot. »Ich muss an mich halten, um dir keine runterzuhauen.«

»Wieso tust du es nicht?«

Dann lässt er mich los und fährt sich mit der Hand durch die schweißnassen Haare. »Du willst es wirklich hören, oder? Ich hatte eine Scheißangst um dich. Du weißt gar nicht, was du getan hast. Du bist wie eine Irre über den Highway gerast und dann noch als Geisterfahrer! Mir geht's nicht mal darum, dass du keinen Führerschein hast, ich hab schon ganz andere illegale Sachen getan. Aber du kannst nicht dein eigenes Leben aufs Spiel setzen.«

»Ich hatte auch deines auf dem Gewissen«, merke ich an.

»Mein Leben, im Gegensatz zu deinem, ist einen Dreck wert«, entgegnet er leise und fängt meinen Blick auf. »Keine Ahnung, was in dich gefahren ist, aber tu mir das nicht ein zweites Mal an.«

»Parker.« Ich schlucke und es tut weh. Seine Worte kommen bei mir an, aber ich bin nicht fähig, sie zuzuordnen. Er hatte Angst. Um mich. »W-was willst du mir damit sagen?« Eine Gänsehaut zieht sich über meine Arme. Der Nebel verdichtet sich und das Rascheln der Tiere im Wald lässt mich für eine Sekunde zusammenzucken.

Parker wendet sich von mir ab, um sich im nächsten Moment wieder zu mir umzudrehen. Er fährt sich mit der Hand über das Gesicht und ich erkenne darin etwas, das ich bei ihm noch nie gesehen habe. Seine dunklen Augen glänzen im Licht der Scheinwerfer und einzelne Tränen fließen über seine Wangen. Dann schlägt er mit der Faust auf die Mo torhaube, was einige Vögel aufschrecken lässt.

»Beth.«

»Parker. Sieh mich an.«

Er schaut mich an, nimmt mein Gesicht in seine Hände und ich wische die Tränen von seiner Wange. »Ich habe Angst um dich, jeden Tag, jede Minute. Du bist so stark, in einer Welt voller Zerstörung, und ich weiß, dass ich genauso wenig gut für dich bin. Aber ich kann mich nicht von dir fernhalten. Du gibst mir etwas, das ich lange nicht mehr gefühlt habe und es macht mir eine Scheißangst. Ich will das fehlende Stück zu deinem gebrochenen Herzen sein und die Dunkelheit deiner Seele auf mich nehmen.«

»Warum, Parker, warum?«

»Die Dunkelheit ist mein Zuhause und ich weiß mit ihr umzugehen. Du verdienst allerdings mehr als das.« Dann drückt er seine Lippen auf meine und vergräbt die Hände in meinen Haaren. Die Bartstoppel kitzeln ein wenig an meiner Wange.

Parker ist nicht der Typ, in dessen Armen man sich sicher und geborgen fühlt, doch in diesem Augenblick fühle ich genau das. Ich will nicht, dass es endet und zu einer blassen Erinnerung in meinem Kopf wird.

»Ich würde dich lieben, wenn du mich lassen würdest«, flüstert er mir zu.

Ich wünsche mir, dass ich irgendwann fähig bin, Liebe anzunehmen und zu erwidern. Ich wünsche mir, irgendwann wäre sofort.

Kapitel 22

Obwohl ich angenommen habe, Parker wäre der Abenteuerlustigere von uns, musste ich ihn überreden, die alte Fabrik mit mir zu betreten. Unsere Schritte hallen in den Räumen wider und auch wenn ich vor jedem Geräusch zurückschrecke, tragen mich meine Füße weiter.

»Was denkst du, wie lange das Gebäude schon leer steht?«, frage ich in die Stille.

»Keine Ahnung, ich wusste bis jetzt nicht mal, dass es existiert. Hoffen wir, dass wir nur auf irgendwelche Penner treffen, die es sich hier gemütlich machen«, antwortet Parker.

Ein plötzliches Klicken lässt mich herumfahren und er sieht mich ausdruckslos an.

»Du hast eine Pistole dabei?«

Er zuckt mit den Achseln. »Man muss auf alles vorbereitet sein. Sag mir nicht, du hast grundlos ein Messer in deiner Hosentasche, Beth.«

»Erwischt«, nuschle ich.

Als ich einen Fuß auf die marode Treppe setze, legt Parker seinen Arm um meinen. »Lass mich vorangehen.« Mit langsamen, vorsichtigen Schritten betritt er die Treppe und hält mir dann die Hand hin, sobald er oben angekommen ist.

Im oberen Stockwerk des Gebäudes könnten tatsächlich Obdachlose gehaust haben. Dreckige Matratzen, Essensreste und leere Flaschen tummeln sich auf dem Boden. Wäre es nicht so eklig, könnte man hier etwas Zeit totschlagen.

»Hast du heute deinen Adrenalinjunkie-Tag?«, fragt Parker abschätzig und wirft die Pistole von der einen in die andere Hand.

»Du wirbelst mit einer geladenen Knarre herum«, entgegne ich trocken.

»Das erkennst du?« Seine Stimmlage verrät, dass er deutlich überrascht ist.

»Ja.«

»Hattest du schon mal eine in der Hand?«

»Ja.«

»Und geschossen?«

»Das geht dich nichts an«, erwidere ich.

»Also ja.« Er grinst. »Fragt sich nur, ob du auf einen Menschen oder ein Tier geschossen hast.«

Mein Körper erstarrt und ich bin unfähig, auf Parkers Vermutung etwas zu erwidern. Ich fahre herum, reiße ihm die Waffe aus der Hand und halte ihm den Lauf an die Stirn.

»Genug Adrenalin für heute«, sagt er unbeeindruckt.

»Das entscheide immer noch ich.«

»Zum zweiten Mal an diesem Tag hast du mein Leben

auf dem Gewissen.«

Schatz, tu das nicht. Leg die Waffe hin und komm zurück in meine Arme.

Die Pistole liegt schwer und zitternd in meinen Händen. Es ist meine Chance auf Freiheit, auf ein neues Leben, auf ein Leben ohne ihn.

Du begehst einen Fehler, Liebling. Habe ich dir je weh getan? Nein. Also komm wieder zu Daddy.

Einen Teufel werde ich tun. Lieber verbringe ich den Rest meines Lebens im Exil als mit ihm. Ich bekomme keine Luft mehr, so sehr schmerzt die Erin nerung. Ich taumle rückwärts, sehe alles verschwommen und die Pistole fällt achtlos aus meiner Hand. Sie kommt auf dem Boden auf und der Schuss löst sich. Parker befindet sich mitten in der Schusslinie.

Ich kann nicht hinsehen und mit anschauen, wie sich die Patrone in sein Fleisch bohrt und er leblos zu Boden fällt. Ich kauere mich auf den kalten Fließen zusammen, verstecke mein Gesicht hinter den Händen und warte. Doch nichts passiert.

»Beth, steh auf.« Parkers Hände legen sich auf meine und ziehen sie mir vom Gesicht.

»Du lebst«, schluchze ich.

»Ja, sorry.« Ein Grinsen umspielt seine Lippen.

Ich boxe ihm in die Schulter und er stöhnt kurz auf, reibt sich die Stelle. »Du blutest«, stelle ich fest.

»Die Patrone hat mich nur gestreift.«

»Nur? Ich ... ich hätte dich umbringen können!«, erwidere ich harsch. »Schon wieder. Lass mich nie mehr eine Pistole in die Hand nehmen. Es endet nie gut.«

Parker streicht eine Haarsträhne hinter mein Ohr und legt eine Hand unter mein Kinn. Dann küsst er meine Tränen weg. »Ich lebe, Beth. Es ist nichts passiert.«

»Aber damals«, stammele ich, »damals ist etwas passiert.«

»Damals ist vorbei.«

Ich ziehe mich aus seiner Berührung und versuche, so viel Abstand wie möglich zwischen uns zu bekommen. »Damals ist nie vorbei, Parker«, sage ich. »Damals wird immer in meinem Kopf bleiben.«

»Nimm dir kein Beispiel an mir und leb nicht in der Vergangenheit. Leb im Hier und Jetzt, sonst wird es dich umbringen«, antwortet Parker und schiebt die Pistole zurück in seine Gesäßtasche.

»Du verstehst es nicht.«

»Dann erklär es mir.«

»Ich habe Albträume. Jede Nacht. Er sucht mich heim, drängt sich in meine Gedanken. Ich fühle mich genauso wie damals: hilflos, allein, schwach.« Die Bilder der Vergangenheit schieben sich vor meine Augen wie ein Film. Alles erscheint so real.

»Wer, Beth, sucht dich heim?«

Unsere Blicke verfangen sich ineinander. »Bist du bereit, die Wahrheit zu erfahren?«

»Wenn du bereit bist, es mir anzuvertrauen«, sagt Parker.

Bin ich es? Bin ich bereit, mein jahrelanges Schweigen zu brechen? Bin ich bereit, mich ihm anzuvertrauen? Bin ich bereit, das auszusprechen, was seit Jahren in meinem Kopf herumspukt? Kann ich die Stärke aufbringen, mich der Wahrheit zu stellen?

»Versprich mir, nichts oder niemanden zu schlagen oder

die Pistole zu betätigen«, fordere ich von ihm.

»Beth-«

»Versprich es.«

»Ich verspreche es. Aber was hat das damit zu tun?« Mit zusammengezogenen Augenbrauen blickt er mich an.

»Was denkst du, wie dreckig die Wahrheit ist, wenn ich sie bisher nie ausgesprochen habe? Ich ekele mich davor und hasse mich selbst dafür. Ich versuche, sie zu verdrän gen, aber sie ist immerzu präsent.« Ich weiche seinem Blick aus, atme ein letztes Mal ein und aus. Tränen sammeln sich in meinen Augen und ein Schauer legt sich über meinen Körper.

»Du musst das nicht«, sagt Parker, der den Abstand zwischen uns wahrt, mit ruhiger Stimme

»Doch, ich muss. Ich muss es los werden, bevor es mich zerfrisst.« Ich kaue auf meiner Unterlippe herum. »„Meine Mom ist früh verstorben, ich habe keinerlei Erinnerungen an sie. Mein Dad hat mich großgezogen.« Die Erinnerung schnürt mir die Luft ab und ich muss mich anstrengen, weiterzusprechen. »Ich weiß nicht, wie alt ich war, drei oder vier Jahre. Als ...« Mir wird schwarz vor Augen und Parker erreicht mich rechtzeitig, um mich aufzufangen.

Seine Arme legen sich um mich und erneut durchströmt mich das Gefühl von Geborgenheit. »Psst.« Er streicht mir über die Haare und küsst mich auf den Scheitel.

»Immer öfter kam er in mein Zimmer. Er legte sich zu mir.« Ich spüre, wie sich Parkers Griff um meinen Körper ver- stärkt. Er wird ausrasten, das weiß ich. »Er fasste mich an, wie ein Vater seine Tochter nicht anfassen sollte. Leider habe ich das viel zu spät verstanden. Erst Jahre nachdem ...

er mich jeden Tag aufs Neue vergewaltigte.«

Es ist raus. Ich habe es ausgesprochen.

»Ich muss mein Versprechen brechen«, sagt Parker und schlägt im nächsten Moment mit voller Wucht gegen eine bereits eingefallene Wand. Steine bröckeln ab und Parker hört nicht auf, darauf einzuschlagen. Seine Fingerknöchel platzen auf und Blut läuft an seinen Händen herunter.

»Fuck, fuck fuck«, spricht er immer wieder leise vor sich her. Dann stützt er sich an der Wand ab und schließt die Augen. »Du wurdest ... vergewaltigt, Elizabeth. Und ich habe dich bedrängt, jedes verdammte Mal, ohne zu wissen, wie sehr du zerrissen wurdest.«

»Nichts davon ist deine Schuld.«

Er öffnet die Augen. »Vieles davon ist meine Schuld. Sag nicht, dass ich dich gut behandelt habe. Ich habe dich gegen deinen Willen angefasst, dir Angst gemacht, dir Qualen und Schmerzen zugefügt.«

»Parker-«

»Nein, tu nicht so, als wäre das egal«, unterbricht er mich und reibt sich mit der Hand über das Gesicht. »Ich habe keine Entschuldigung für all das, was ich dir angetan habe. Ich bin ein schlechter Mensch, Beth, und das behaupte ich nicht, weil ich als kleiner Junge Schnecken gesammelt und sie angezündet habe.« Er seufzt. »Die Wut und der Zorn halten mich am Leben und die einzige Chance, damit klarzukommen, sind die Kämpfe. Ich tue Schlechtes, weil ich schlecht bin.«

»Manchmal denke ich, das Schicksal wollte, dass ich dich treffe«, sage ich. »Jedes Mal, wenn du mich berührst, berührt auch er mich. Es tut weh und es brennt sich in mein

Innerstes, aber die anderen Gefühle sind viel stärker.«

»Welche anderen Gefühle?«, fragt er.

Ich gehe auf Parker zu, streiche ihm über das Gesicht und nehme seine Hand in meine. »Warum denkst du, lasse ich deine Berührungen zu? Weil ich so gern an das erinnert werde, was mir zugestoßen ist? Nein.« Ich schüttele den Kopf. »Ich lasse sie zu, weil ich Wärme spüre und ein Kribbeln, das durch meinen ganzen Körper rauscht. Weil ich mehr davon will.«

»Aber du hast immer noch Angst«, stellt er fest.

»Ja, aber sie wird verdrängt. Immerhin habe ich dich mich küssen lassen.« Ich lächle und auch auf Parkers Gesicht schleicht sich ein Lächeln. »Nicht alles an dir ist schlecht. Deine Vergangenheit ist es, aber nicht deine Zukunft, denn nur du beeinflusst sie.«

»Das glaube ich nicht«, widerspricht er, während er einen Kuss auf meine Hand drückt. »Sieh nur, was ich dir angetan habe und was ich dir noch antun werde. Ich werde dir nie garantieren können, dass mich die Wut nicht überkommt.«

»Wonach sehnt sich deine Seele, Parker?«

»Weißt du, was in mir vorgeht, wenn ich dich berühre? Alles ist wie weggeblasen, die Wut, die Vergangenheit. Nur das Hier und Jetzt zählt. Wenn ich dich küsse, weiß ich für diesen Augenblick, wie sich Glück anfühlt. Danach sehnt sich meine Seele.«

*

Wenig später sind wir auf dem Rückweg, Parker sitzt auf

dem Fahrersitz, ich neben ihm. Ein zweites Mal wollte er mir seinen Autoschlüssel nicht anvertrauen.

»Du darfst es keinem erzählen«, sage ich.

Parker nickt nur. »Was ist mit deinem Vater geschehen?«

»Er ist fort.«

Ein weiteres Nicken.

Die restliche Fahrt starre ich aus dem Fenster und frage mich, wie der Tag eine solche Wendung hinlegen konnte. Ich habe mein Geheimnis offenbart, Nähe zugelassen und einen Adrenalinkick nach dem anderen verspürt.

Nach einer gefühlten Ewigkeit biegt Parker in das ruhige Wohnviertel ein und wir halten vor seinem Zuhause. Die Lichter in den Zimmern brennen noch. Parker zieht den Schlüssel aus dem Zündschloss, sieht mich an, öffnet den Mund und schließt ihn dann wieder.

»Du kannst mit mir reden«, sage ich seufzend. »Ich breche schon nicht zusammen.«

»Soll ich dich zum Campus fahren?«, fragt er.

»Nein.«

»Nein?« Er runzelt die Stirn.

»Ich will noch ein wenig Zeit mit dir verbringen«, gebe ich zu und die Röte schießt mir ins Gesicht.

»Das«, erwidert er grinsend, »hat noch nie jemand zu mir gesagt. Wieder Mal eine Premiere.«

»Wieder Mal?«

»Normalerweise bin ich mit einer Frau nicht länger als eine Nacht zusammen«, erklärt er und senkt den Blick.

Unter anderen, normalen Umständen hätte mich seine Aussage getroffen, aber die Umstände sind viel zu bizarr. Ich stoße ein Lachen aus und Parkers verwirrter Gesichtsausdruck beruhigt mich nicht weniger.

»Lass uns reingehen«, unterbricht er mein Gelächter und öffnet mir die Autotür, nachdem er ausgestiegen ist.

»Du weißt schon, dass deine Mom und Callie uns nicht einfach in dein Zimmer spazieren lassen werden?«, frage ich Parker, bevor er die Hand auf den Türknauf legt.

Er seufzt. »Ja, schließlich habe ich lange genug mit ihnen zusammengelebt. Was denkst du, wie oft ich abgehauen bin?«

Dann schließt er die Tür auf und wir treten ein. Im Hintergrund läuft Musik, von Ellen und Callie ist nichts zu hören. Parker geht schnurstracks auf die Treppe zu und als er einen Fuß auf die Stufen setzen will, kommt Callie aus dem Wohnzimmer. Sie bleibt wie angewurzelt stehen, sieht von Parker zu mir und dann wieder zu ihrem Bruder.

»Was geht hier vor sich?«, fragt sie und stemmt einen Arm in die Hüfte.

»Wie geht's Mom?«, entgegnet Parker.

»Ganz in Ordnung, schätze ich. Das beantwortet aber nicht meine Frage, Parks.«

Parker hat auch nicht vor, die Frage seiner Schwester zu beantworten, denn er sprintet die Treppe hoch.

»Parker!«, rufe ich ihm hinterher und er bleibt tatsächlich am Ende der Treppe stehen. »Komm gefälligst runter und rede mit deiner Mom. Das hat sie verdient.«

Einen Augenblick lang erwarte ich, dass er wütend wird. Er ballt die Hände zu Fäusten, lässt dann wieder los und befolgt tatsächlich meine Anweisungen. Als Callie und ich allein im Flur stehen, weiß ich nicht, was ich sagen soll.

»Parker und ich hatten keine leichte Kindheit«, nimmt sie

schließlich das Wort an sich. »Wir waren beide in Therapie, aber mein Bruder – nun ja, du kennst ihn. Er ist irgendwann nicht mehr hingegangen, er kann sich anderen Menschen gegenüber schwer öffnen. Er redet nie über das, was vorgefallen ist. Die Wut staut sich in ihm und ich weiß nicht, wie lange das noch gut geht.« Sie wischt sich mit dem Ärmel eine Träne aus dem Gesicht.

Ob sie weiß, dass Parker Käfigkämpfe betreibt? Nein, das tut sie wahrscheinlich nicht.

»Callie«, stoße ich hervor und wähle meine folgenden Worte sorgfältig aus. »Meine Kindheit war auch nicht schön. Ich verstehe, was ihr durchmachen musstet.«

Sie zieht mich in eine Umarmung und ich lasse sie zu. Wir teilen nicht dasselbe, aber ein ähnliches Schicksal. Es verbindet uns.

Als Parker aus dem Wohnzimmer tritt, sind seine Augen leicht gerötet und er wirft mir einen kurzen Blick zu. Ich werte das als gutes Zeichen. Wir wünschen Callie eine gute Nacht und verziehen uns in Parkers Zimmer. Die Scherben sind mittlerweile beseitigt und einige der Trophäen sowie Bilder stehen wieder auf der Kommode.

Ich lasse meinen Blick über Parker schweifen. Er ist mir immer noch ein Rätsel. Ich denke nicht, dass er ein schlechter Mensch ist, er hat einfach Schlechtes in seinem Leben erlebt.

»Callie hat mir erzählt, ihr wart in Therapie«, setze ich an.

Er nickt und schiebt die Hände tief in seine Hosentaschen. »Das stimmt.«

»Du bist aber irgendwann nicht mehr hingegangen.«

Erneut nickt er. »Ich konnte es nicht mehr ertragen, vor

einer wildfremden Person zu sitzen, die nie mein Leben gelebt hat und keine Ahnung von dem Scheiß hat, der mir widerfahren ist. Ich bin nicht krank, mein Vater war es. Und dann diese mitleidigen Blicke der Psychotante und das Gelabere, ich sei nicht schuld. Herrgott, ich weiß, dass ich keinerlei Schuld daran trage.« Er schnaubt. »Die einzige Frage, die mir sowohl damals als auch heute auf der Seele brennt, ist: Warum? Warum hat er das seiner eigenen Familie angetan? Und das wird mir nie jemand beantworten können.«

»Stattdessen kämpfst du«, schlussfolgere ich und setze mich zu ihm auf das Bett.

Vorsichtig greift er nach meiner Hand, als würde ihm die Berührung die geforderte Stärke für seine nächsten Worte bringen. »Ich habe solch einen Hass. Auf ihn. Auf die Welt. Auf die Menschheit. Weil es immer noch genug Bastarde gibt, die es ihrer Familie antun. Und bevor irgendwelche Menschen auf der Straße meine ungezügelte Wut ausbaden müssen, stehe ich im Ring und lasse es an Freiwilligen aus.« Parkers Erklärung machen die Kämpfe nicht besser, sie hilft mir aber, ihn besser zu verstehen. Er ist wütend und voller Hass und das kann ich nachvollziehen.

»Wenn du kämpfst ... bist du wie im Rausch. Es ist beängstigend. Du prügelst auf deinen Gegner ein und gibst selbst dann nicht auf, wenn er am Boden liegt. Ist es das wert, Parker?«, frage ich.

Mit dem Daumen streift er über meinen Handrücken, ver- sunken in seinen eigenen Gedanken. Die Furche zwischen seinen Augenbrauen wird tiefer. »Ich weiß nicht, was ich sonst machen soll, Beth. Ich weiß nur, dass es besser wird, wenn du bei mir bist und das ist wiederum beängstigend für mich.«

»Wirst du jemals damit aufhören?«

»Es ist wie eine Sucht«, gibt er zu. »Ich kann nicht.«

»Dann fang in kleinen Schritten an. Hör auf, wenn dein Gegner am Boden liegt«, schlage ich vor. »Was würden deine Mom und Callie davon halten, wenn sie es wüssten?«

»Ich weiß«, flüstert er. »Ich bin ein Monster.«

Ich seufze. »Du bist kein Prince Charming, aber ganz sicher auch nicht Maleficent.«

Er sieht auf und ein kleines Lächeln schleicht sich auf sein Gesicht. »Noch nie habe ich ein schöneres Kompliment bekommen, Kätzchen.«

»Noch nie hat mir jemand einen schöneren Kosenamen gegeben«, erwidere ich, bevor ich dem Drang nachkomme, meine Lippen auf seine zu legen.

Der Kuss ist sanft und langsam, ich spüre wie mein Herz schneller schlägt und sich ein Kribbeln in meinem Körper ausbreitet. Am liebsten will ich diesen Moment in einem Marmeladenglas einfangen, um ihn spüren zu können, wann immer ich will. Ich will dieses Gefühl nie vergessen und ich will, dass es das andere Gefühl, meine Angst, beseitigt. Ich fühle Parkers warme Hände an meinem Gesicht und auf einmal schleicht sich ein anderer Gedanke in meinen Kopf: Was, wenn er mich woanders berührt? Wenn er seine Finger auf meine nackte Haut am Bauch legt? Und sie langsam zum Ansatz meiner Brüste ...

Bevor ich weiter fantasiere, durchfährt es mich wie ein Stromschlag und im nächsten Augenblick stoße ich Parker von mir. Ein Keuchen entkommt meiner Kehle und ich starre ihn an.

»T-tut mir leid ... Ich kann das nicht kontrollieren. Es ist einfach passiert«, stoße ich atemlos hervor.

»Du musst mir sagen, wenn es zu viel wird. Ich will dir nicht weh tun. Nicht schon wieder«, entgegnet Parker gefasst.

»Mein Kopf und mein Herz ... sie arbeiten nicht gut zusammen«, sage ich und kann mir ein kurzes Lachen nicht verkneifen. Vielleicht vor Scham, vielleicht, weil ich das sage, was ich denke. »Ich will mehr al s... einen Kuss, aber andererseits habe ich Angst vor dem mehr. In meinem Kopf ist eine Blockade, die mir sagt, dass es sich für mich nie schön anfühlen wird.«

»Ich werde dich nicht zwingen«, sagt Parker, als wäre es das, was ich hören wollte. Dabei ist es das nicht.

»Ich werde dich auch nicht zwingen«, stoße ich hervor. »Zu dem hier.« Ich deute mit der Hand zwischen uns und Parker sieht mich verständnislos an. »Ich weiß, dass das zwischen uns nicht das ist, was du gewohnt bist.«

»Was bin ich denn gewohnt?«, grummelt er.

Ich atme schwerfällig aus und wieder ein. »Eine Nacht, eine schnelle Nummer. Etwas, das ich dir nicht geben kann. Möglicherweise niemals.«

Die Worte ausgesprochen zu haben, fühlt sich an, als würde eine tonnenschwere Last von meinen Schultern fallen. Parker ist der Typ für körperliche Nähe und die kann ich ihm nicht geben. Nicht in dem Maße, in dem er sie will oder braucht oder sie eben normale Menschen in meinem Alter tun.

»Ist das dein Ernst?« Er fährt sich durch die ohnehin

schon verstrubbelten Haare. »Habe ich jemals Anstalten gemacht, dich zu ...-«

»Sag es ruhig. Ficken. Nein, hast du nicht. Aber es ist das Normalste der Welt, für normale Menschen. Und ich werde es dir nicht geben können, siehst du das nicht ein?«, fahre ich ihn barscher an als gewollt.

Die Farbe seiner Augen verdunkelt sich und er rückt auf dem Bett näher zu mir. »Ich würde gern ... mit dir schlafen, Beth. Wenn du bereit dazu bist. Es wäre gelogen, wenn ich dir sage, dass ich es nicht wollen würde. Du bist schön und heiß, auch wenn du das nicht so siehst.« Er schluckt. »Du bist jetzt nicht in der Lage dazu, aber sag nicht nie.«

»Das mag sein. Allerdings will ich dir damit sagen, dass du dich nicht gezwungen fühlen musst, mit mir Zeit zu verbringen. Oder mich wieder«, ich male Gänsefüßchen in die Luft, »geradezubiegen, zu heilen, oder wie auch immer.«

Er zieht seine Augenbrauen zusammen. »Ganz ehrlich? Du redest Bullshit. Ich will mit dir Zeit verbringen. Wenn ich keinen Bock auf dich hätte, hätte ich dich schon längst rausgeworfen, findest du nicht? Ich bin kein Psychodoc und selbst total kaputt, wie sollte ich dich heilen wollen? Lass uns einfach das zwischen uns genießen.«

Parker hat recht. Das Gedankenkarussell in meinem Kopf hat angefangen, sich zu drehen, ohne dass ich es bemerkt habe. Genießen, einfach genießen. Das Hier und Jetzt.

Ich nicke. »Ja, lass es uns genießen.«

»Geht doch.« Er grinst, erhebt sich vom Bett und holt eine Decke sowie ein Kissen aus dem Schrank. »Du kannst auf dem Bett schlafen, ich nehme den Boden.«

»Was?«

»Es ist nach Mitternacht und ich bin müde. Du hast mich ziemlich geschafft.«

»Ich hab dich geschafft?«, wiederhole ich seine Worte viel zu schrill.

»Du bist wie eine Verrückte auf der Autobahn gefahren und hättest uns fast umgebracht, also ja«, antwortet er mit ernstem Gesichtsausdruck, bevor er schallend loslacht. Er breitet die Decke auf dem Boden aus und dreht sich zu mir um. »Brauchst du noch was? Keine Sorge, die Bettwäsche ist frisch gewaschen, das letzte Mal habe ich hier vor Monaten gepennt.«

Ich fahre mit der Hand über den Stoff und bedauere einen Moment, dass die Wäsche nicht nach ihm riecht. »Hast du ein T-Shirt oder so? Ich kann nicht in meinen Klamotten schlafen.«

Er geht zum Schrank, greift wahllos hinein und wirft mir ein T-Shirt zu. Es ist grau und hat einen Aufdruck vorn drauf: Jefferson Highschool.

»Kannst du dich vielleicht um- drehen, damit ich mich umziehen kann?«

Mit einem Grinsen auf dem Gesicht dreht Parker sich um und ich warte einige Sekunden, um sicherzugehen, dass er sich nicht doch wieder umdreht. Dann tausche ich mein Oberteil gegen das viel zu große T-Shirt von Parker aus,

schlüpfe aus meiner Jeans und lege mich unter die weiche Bettdecke.

»Fertig?«

»Ja.«

»Süß siehst du in meinem T-Shirt aus«, meint er, als er sich mir wieder zuwendet, und presst die Lippen aufeinander.

Ich verdrehe die Augen. »Halt die Klappe.«

»Das war ein Kompliment«, erwidert er mit gespielter Ernsthaftigkeit.

»Das musst du noch üben.«

»Lass mich deine Titten sehen und ich mache dir ein Kompliment, das von ganzem Herzen kommt.« Das zweideutige Grinsen auf seinem Gesicht macht mich einerseits rasend, andererseits muss ich wie ein Teenie kichern.

»Du meinst wohl ein Kompliment, das von deinem Schwanz kommt«, schieße ich trocken zurück.

»Dreh dich um.« Der Themenwechsel trifft mich unvorbereitet und so starre ich ihn einfach nur dämlich an.

»Denkst du etwa, ich schlafe im T-Shirt? Normalerweise schlafe ich nackt.«

»N-nackt?«

»Keine Angst, ich werde dich nicht mit meiner Morgenlatte bedrängen.«

»W-was?«

Das Ganze scheint ihn ziemlich zu belustigen, mich jedoch bringt es ziemlich durcheinander. Ich teile mit Parker ein Zimmer, er nackt unter der Decke und ... das andere, an das ich mich nicht mal traue, zu denken. Irgendwie verlockend und doch zu viel. Viel zu viel.

»Weshalb soll ich mich umdrehen?«, hake ich nach.

»Das ist nur fair. Ich durfte dich auch nicht beim Umziehen beobachten«, erklärt er sachlich, während er den Knopf seiner Jeans auf macht.

»Als ob es dir unangenehm ist, wenn andere dich nackt sehen«, widerspreche ich.

Parker kommt einen Schritt auf mich zu, stützt sich mit den Armen auf dem Bettende ab und sieht mich an. Zum ersten Mal fällt mir auf, wie gebräunt seine Haut ist im Gegensatz zu meiner. Einzelne Haarsträhnen fallen ihm ins Gesicht und kleine Narben, wohl vom Kämpfen, kann man erken- nen. Und er riecht gut. Nicht nach Parfüm, sondern einfach nach Parker. Am liebsten würde ich mit den Händen durch seine Haare fahren und ...

»Kätzchen, an was denkst du gerade?«, unterbricht er mich grinsend, wohl wissend, dass ich schmutzige Gedanken habe.

»Nichts.«

Er seufzt. »Elizabeth.«

»Ja?«, flüstere ich.

»Mach die Augen auf.«

Bis eben habe ich nicht mal gemerkt, dass ich die Augen geschlossen hatte. Ich öffne sie und blicke in seine tiefschwarzen Augen. Etwas darin hat sich verändert, aber ich kann nicht festmachen, was.

Und dann rinnen die Tränen über meine Wangen und Parker tut genau das, was ich brauche. Er nimmt mich in seine Arme und augenblicklich durchfährt mich das wärmende Gefühl von Geborgenheit. Doch diesmal ist da noch etwas anderes. Ich glaube, gleich zu explodieren, als sich ein Kribbeln in meinem Körper ausbreitet. Ich will nicht, dass Parker mich jemals loslässt. Ich lege meine zittrigen, feuchten Hände an seinen Nacken und küsse ihn. Als könnte ich so verhindern, dass der Moment aufhört.

Noch nie in meinem Leben habe ich mich so vollkommen und glücklich gefühlt. Mein Herz rast, meine Ängste und Zweifel sind wie weggeblasen.

Unsere Lippen legen sich aufeinander und die Berührung gibt mir Stärke und Hoffnung. Hoffnung, dass ich doch etwas empfinden und wieder leben kann.

Dann lasse ich keuchend von Parker ab und lege die Bettdecke schützend auf meine Beine.

»Fuck, was war das denn?« Parkers Lippen sind gerötet, seine Haare zerzaust. Genauso muss ich auch aussehen.

Ein Klopfen an der Tür reißt uns beide aus dem Moment und Callie steckt ihren Kopf ins Zimmer. Ihr Blick gleitet erst zu ihrem Bruder, dann zu mir.

»Okay«, sagt sie langgezogen. »Ich wollte nicht stören. Aber bitte, Parks, denk daran, ich schlafe nebenan. Die Oropax habe ich weggeworfen, als du ausgezogen bist.« Kaum hat Callie die Tür hinter sich zugezogen, fange ich an zu lachen und halte mir den Bauch.

»Sah es so offensichtlich aus?«, frage ich lachend.

»Sie hat mich schon in schlimmeren Situationen erwischt«, entgegnet Parker grinsend. »Du machst mich echt fertig, Elizabeth.«

»Warte«, sage ich, bevor er sich umdreht und greife nach dem Saum seines T-Shirts. »Ich will etwas tun, ehe ich nicht mehr den Mut dazu habe.«

»Okay«, meint Parker im gleichen Ton wie seine Schwester vor wenigen Minuten.

Ich greife unter sein Oberteil, meine Fingerspitzen berühren die warme Haut darunter und ich streife den Stoff langsam über seinen Oberkörper. Ich betrachte die zahlreichen Tä- towierungen und wünsche mir, dass er mir irgendwann sein größtes Geheimnis anvertraut – die Bedeutung derer. So wie ich ihm meines verrate.

Ich ziehe ihm das T-Shirt über den Kopf und verharre für einen Moment mit der Hand auf seiner Brust. Sein Atem geht flach und sein Herz schlägt schnell. So fühlt sich also Nähe an. Nicht beängstigend oder abstoßend, sondern beruhigend und schön. Ich will mich nicht von ihm losreißen, ihn anspucken oder glaube, nicht mehr atmen zu können. Das Gefühl von damals ist weg.

Das T-Shirt fällt auf den Boden, wir lassen voneinander los, ohne uns aus den Augen zu lassen. Ob er auch fühlt, was ich fühle? Ob es ihm genauso Angst macht, aber viel mehr ein berauschendes Gefühl beschert?

Parker und ich, wir sind zwei Seelen, aufgewachsen in der Dunkelheit, haben uns durch den entrinnbaren Dschungel aus Qual und Schmerz gekämpft. Können wir der Dunkelheit entkommen oder wird sie uns ohne Vorwarnung verschlingen, wenn wir es am wenigsten erwarten?

Der Weg aus der Düsternis erscheint so nahe, doch ich spüre ihre Krallen, die versuchen, mich hinabzuziehen. Diesmal werde ich es nicht zulassen.

Kapitel 23

Als ich am nächsten Tag aufwache, muss ich mich zuerst daran erinnern, wo ich bin. Bei Parker, in seinem Bett. Die Sonnenstrahlen dringen sanft durch den Vorhang hindurch und von unten vernehme ich Stimmen. Ich werfe einen kurzen Blick auf Parker und stelle fest, dass er noch schläft. Seine Gesichtszüge sind entspannt, was ihn fast nett und harmlos erscheinen lässt.

Ich habe tatsächlich bei Bloody Parker übernachtet. Hätte mir das jemand vor wenigen Monaten gesagt, hätte ich denjenigen ausgelacht. Ich kann es ja nicht einmal jetzt realisieren. Bestimmt zwickt mich gleich jemand in den Arm und ich wache auf. Zack, alles geträumt.

Parkers leises Schnaufen und gelegentliches Schnarchen lässt mich kurz aufschrecken, dann ziehe ich mir wieder Jeans und mein T-Shirt an, auch wenn ich lieber Parkers anbehalten hätte. Dann würden Gerüchte aber wohl schnell die Runde machen und darauf habe ich wirklich keine Lust. Es ist ohnehin merkwürdig, dass wir gemeinsam abhängen.

Als ich einen Fuß auf den Boden setze, knarzt es und Parker wälzt sich herum.

»Was machst du?«, murmelt er schlaftrunken.

Oh. O mein Gott. Wie verdammt heiß hört sich seine Stimme bitte an?

»Aufstehen?«, erwidere ich unsicher.

Er setzt sich auf, bindet die Haare zu einem unordentlichen Dutt und zieht sich ein T-Shirt über. Tatsächlich muss ich mir ein mitleidiges Oh verkneifen und würde mir am liebsten mit der Hand gegen die Stirn klatschen.

»Willst du duschen?«, fragt er und schlüpft in eine frische Jeans.

»Gern.«

Parker zeigt mir also das Bad, gibt mir ein Handtuch und ich lasse den warmen Wasserstrahl auf mich prasseln. Danach trockne ich mich ab, ziehe mich an und gehe wieder in Parkers Zimmer.

»Hast du gut geschlafen?«

Ich nicke. »Wie ein Stein.«

»Also hast du nicht gemerkt, wie ich mich heute Nacht zu dir geschlichen habe?«, meint er ausdruckslos, bevor er loslacht.

»Du bist ein Arsch.«

Er zuckt mit den Schultern. »Ich weiß. Frühstück?«

Wir gehen nach unten, wo das Stimmengewirr immer lauter wird und als wir schließlich in den Wohn-Essbereich treten, sitzen drei Personen am gedeckten Tisch. Es riecht himmlisch nach Croissants und Früchtetee.

»Guten Morgen, ihr zwei«, begrüßt uns Ellen. »Wir

wollten auf euch warten, aber-«

»Wir hatten einfach Kohldampf«, unterbricht Callie ihre Mom lachend und beißt herzhaft in ihr Croissant. Neben ihr sitzt ein Mädchen, augenscheinlich etwas jünger als Callie, deren dunkelblonden Haare geflochten sind.

Wir setzen uns auf zwei freie Stühle und das Mädchen wirft mir ein schüchternes Lächeln zu.

»Das ist Sheree, meine jüngste Tochter«, stellt Ellen sie mir vor. »Und das ist Lizzy, sie hilft bei mir in der Bibliothek aus und geht auf dasselbe College wie Parker.«

»Freut mich«, sagt sie.

»Mich auch.«

Unaufgefordert legt mir Parker ein Croissant auf den Teller, von dem ich nicht mal weiß, ob ich es herunter bekommen werde. Vor fremden Menschen zu essen, bereitet mir immer noch Angst.

»Tee, Kaffee oder eine heiße Schokolade?«, fragt Parker mich mit ausdrucksloser Mine.

»Tee, bitte.«

Mich überkommt das ungute Gefühl, dass die Stimmung am Tisch aus irgendeinem Grund angespannt ist. Ellen lächelt, doch ihr Lächeln erreicht nicht wie üblich ihre Augen und auch Callies unbeschwerte Art wirkt aufgesetzt. Sheree starrt gedankenverloren auf ihren Teller, pickt die Krümel von ihrem Teller auf und Parker sitzt unruhig auf dem Stuhl. Er fummelt an seinem Daumennagel herum und weicht meinem Blick aus. Irgendetwas ist hier faul.

Nachdem ich das halbe Croissant heruntergewürgt und eine Tasse Tee geleert habe, verabschieden wir uns von Parkers Familie. Seine Mom werde ich sowieso in zwei

Tagen wieder in der Bibliothek sehen und Callie zieht mich in eine feste Umarmung.

»Du tust ihm gut«, flüstert sie mir zu.

Ich lächle ihr verlegen zu und hoffe, dass sie recht hat. Ich tue ihm gut, aber wie lange? Von den Kämpfen werde ich ihn nicht abhalten können, denn es ist seine Art, mit der Vergangenheit umzugehen. Er wird sich von mir nichts vorschreiben lassen, auch wenn es mir lieber wäre, er würde ganz damit aufhören. Zumindest will er beim nächsten Kampf dann aufhören auf seinen Gegner einzuschlagen, wenn er am Boden ist. Das ist schon mal ein Fortschritt.

Als wir in Parkers Dodger sitzen, dreht er die Musik auf und tritt auf das Gaspedal.

»Wohin fahren wir?«, frage ich ihn.

»Zum College. Wir können nicht ewig davonlaufen«, antwortet er und schaut mich endlich an.

»Jetzt mal Klartext: Was ist da eben los gewesen? Ich habe es doch gemerkt. Lag es an mir? Habe ich euer Familienritual am Sonntagmorgen gestört?«

Er verstärkt den Griff seiner Finger um das Lenkrad. »Es lag nicht an dir. Aber ich kann es dir nicht erzählen.«

»Ist das dein Ernst? Ich hab dir auch erzählt, dass ...«

Ohne Vorwarnung tritt er auf die Bremse, sodass ich nach vorn schnelle und mein Kopf gegen die Stütze knallt.

»Erstens: Ich habe es nicht von dir verlangt. Zweitens: Es geht um meine Familie, die nicht so glücklich und sorglos ist, wie du sie vielleicht siehst. Mein Vater war ein Wichser und ich bin froh, dass er tot ist. Es ist, als würde ein Fluch auf unserer Familie liegen.«

»Ein Fluch?«

Parker fährt weiter und nach wenigen Minuten hält er an. »Wir sind da.« Er steigt aus, öffnet mir die Beifahrertür und bevor ich an ihm vorbeirausche, knalle ich sie zu. Ich drängle mich durch eine Menschentraube und versuche, seine Rufe zu ignorieren. Doch er hat mich schneller eingeholt als ich rennen kann und packt mich am Arm. Ich werde ein Stück nach hinten und somit direkt in seine Arme geschleudert.

Parker greift in meine Haare, dreht meinen Kopf zu sich und ich sehe darin Wut und noch mehr Entschlossenheit. Dann drückt er seine Lippen hart auf meine und küsst mich. Sanft, aber bestimmt. Leidenschaftlich, aber verzweifelt. Als würde er mir damit etwas beweisen wollen, dabei haben die vergangenen Tage so viel gezeigt.

Ein Raunen geht durch die Menschenmenge, manche jubeln und klatschen, einige kichern. Doch das ist mir egal.

»Was muss ich tun, damit du es endlich verstehst?«, raunt Parker, als er von mir ablässt.

Was verstehen?, will ich ihm entgegenschreien, dabei weiß ich es längst. Er füllt den leeren Platz in meiner Brust, er haucht dem leblosen Organ wieder Leben ein. Ich will mich auf ihn einlassen sowie er sich auf mich einlässt. Ich fühle so viel bei ihm und doch ist da diese eine Blockade, die es zurückhält. Aus Angst. Aus Angst, verletzt zu werden. Aus Angst, dass alles nur ein Traum ist, aus dem ich aufwache und ich mich wieder im Kinderbett vorfinde.

»Ich verstehe es nicht, Parker«, antworte ich. »Aber ich fühle es. Ich fühle es so sehr.«

Seine Mundwinkel verziehen sich zu einem kleinen, unscheinbaren Lächeln, das einzig und allein für mich bestimmt ist.

*

Unschlüssig stehe ich vor der Zimmertür. Entweder stehe ich gleich Aubrey gegenüber oder aber sie ist nicht da, was beides nicht verlockend ist.

Gerade lege ich meine zittrige Hand auf den Knauf, als die Tür auffliegt und ich noch rechtzeitig ausweichen kann. Auf einen weiteren Besuch im Krankenzimmer habe ich nun wirklich keine Lust. Mit geröteten Augen und verschmierter Wimperntusche steht Arya vor mir. Sie starrt mich an, wischt sich die Tränen vom Gesicht und stürmt dann davon.

»Lizzy!« Aubrey zieht mich an den Armen in den Raum. »Wo warst du? Ich hab mir solche Sorgen gemacht!«

Ich mustere meine Mitbewohnerin. Sie ist wenig bis kaum geschminkt, trägt eine knallgelbe Bluse, die sie in einen schwarzen Jeansrock gesteckt hat. Nicht nur ihr Make-up ist anders.

»Mir geht's gut«, antworte ich lahm und lasse mich auf meinem Bett nieder.

»Ich wollte schon eine Vermisstenanzeige aufgeben«, zieht sie mich auf und lacht schrill.

»Nicht nötig.«

»Bitte, Lizzy, lass uns normal miteinander reden«, bittet sie mich und nimmt meine Hand. »Es tut mir alles so leid. Es hätte niemals so weit kommen dürfen.«

Ich entziehe ihr meine Hand in einer raschen Bewegung. »Du hast mich als Lügnerin dargestellt, mir irgendwelche fadenscheinigen Dinge an den Kopf geworfen und mir nicht geglaubt, als-«

»Ich weiß! Aber du hast mir auch nicht geglaubt, was Parker angeht. Oder?«, unterbricht sie mich mit flehender Stimme.

»Nein, das stimmt.«

»Mike und Parker haben Dinge zu klären, die nur sie etwas angehen und in die wir uns nicht einmischen sollten. Lass es uns vergessen, okay? Ich will dich nicht als Freundin verlieren.«

Ich reibe mir mit den Händen über das Gesicht und auch, wenn ich weiß, dass sie recht hat, fällt es mir schwer, ihren Vorschlag anzunehmen. Mike und Parker haben noch viel mehr zu klären, scheint es mir. Dinge, die keiner von uns beiden versteht.

»Aubrey, ich will dich auch nicht verlieren«, sage ich ehrlich. »In den letzten Tagen ist so viel passiert. Ich habe das Gefühl, mein Kopf platzt bald.«

»Wo warst du überhaupt?«, fragt sie mich mit hochgezogenen Augenbrauen.

»Das glaubst du mir nicht.«

»Raus mit der Sprache.«

»Bei Parker. Zu Hause. In seinem Auto. In seinem Bett. Und nein, wir haben nicht miteinander geschlafen.«

Aubrey reißt die Augen auf. »Oh. Mein. Gott.«

»Das hört sich aufregender an als es eigentlich war«, gebe ich beschwichtigend zurück. Na gut, meinen Adrenalinjunkie-Tag lasse ich mal außen vor. Und Parkers Wutausbrüche. So ziemlich alles also.

»Seid ihr nun ... du weißt schon-« Sie kommt nicht mehr dazu, ihren Satz zu beenden, da wir von draußen ein immer lauter werdendes Wortgefecht vernehmen. Den Stimmen nach streiten sich eine Frau und ein Mann.

»Bestimmt nur ein Paar, das sich zofft«, winkt Aubrey ab und spricht damit aus, was ich auch denke.

Doch als ein lautes Scheppern und Schreie folgen, können wir uns nicht mehr auf unseren Plätzen halten und reißen die Tür auf. Das Szenario, das sich uns bietet, lässt mir die Spucke wegbleiben. Ein Fenster ist eingeschlagen, Stühle einer Essgruppe fliegen auf dem Boden herum und ich frage mich, wer von beiden das war: Arya oder Parker?

»Du sagst mir auf der Stelle, was du Elizabeth erzählt hast«, redet Parker auf Arya ein und umfasst grob ihren Arm.

Sie wimmert und hat keine Chance, seiner Berührung zu entkommen. »Das war nicht meine Idee ... es war, es war ...«

»Parker, lass sie sofort los.« Die Worte haben meinen Mund verlassen, ehe ich darüber nachdenken kann. Aber ich kann es nicht mit ansehen, wie er wieder zu dem Monster wird und skrupellos handelt.

Parkers Kopf schnellt zu mir herum und Arya nutzt den Moment seiner Unachtsamkeit, um sich aus seinem Griff zu befreien. »Das war alles ihr ... ihr ...«, stammelt sie, kommt jedoch nicht dazu, ihren Satz zu beenden.

»Na, was haben wir denn da? Eine Versammlung? Und ich bin nicht eingeladen?« Mike schlendert zu uns und verschränkt die Arme vor der Brust.

»Verpiss dich«, schieße ich zurück.

Er lacht verächtlich auf. »Parker hat wohl keinen guten Einfluss auf dich. Hat er dir zufällig auch von seinen dunklen Geheimnissen erzählt, oder wollte er dich einfach nur ficken?«

»Lass sie da raus«, knurrt Parker, der Mike nun kampfbereit gegenübersteht.

»Dafür ist es zu spät.« Im nächsten Moment schlägt Mike mit der Faust in Parkers Gesicht. Blut quillt aus seiner Nase und tropft auf sein T-Shirt, dann wendet sich Mike mir zu. »Was hat er dir erzählt, Lizzy? Ist es überhaupt so weit gekommen? Oder hat es dich erst recht angemacht, einen Ex-Knacki zu vögeln?« Meine Gesichtszüge entgleisen, was ihn belustigt. »Tja, jetzt weißt du es. Und weißt du auch, warum er hinter Gitter saß? Er hat meinen Vater in den Tod geprügelt, so wie er es mit mir fast gemacht hätte.«

»Willst du ihr lieber nicht die ganze Wahrheit sagen, Bruderherz?«, entgegnet Parker und fährt sich mit der Hand durch die blutverschmierten Haare.

Ich komme mir vor wie in einem Theaterstück, einem ganz schlechten. Unfähig mich zu bewegen oder etwas zu sagen. stehe ich daneben. Vollkommen erstarrt. Soll ich Mikes Worten glauben? War Parker wirklich im Gefängnis und hat er Mikes Vater totgeschlagen? Wenn das alles stimmt ... verlieren die letzten Tage an Bedeutung. Ich wusste, dass er Geheimnisse hat, aber nicht, wie dunkel sie sind. Habe ich überhaupt das Recht, ihn zu verurteilen? Ich? Nein, denn im Grunde genommen habe ich auch einem Menschen das Leben genommen. Ich habe damals genauso kaltblütig gehandelt wie Parker. Bin ich auch ein Monster?

»Erzähl du es ihr. Ich will sehen, wie euer schönes Kartenhaus auseinanderfällt«, meint Mike, »während ich dabei zusehe.«

»Willst du nicht lieber allen dein widerliches Geheimnis offenbaren?«, fällt ihm Aubrey ins Wort. »Willst du nicht damit prahlen, wie viele Mädchen du schon mit Drogen gefügig gemacht hast, wenn sie nicht wollten wie du? Du hast sie gegen ihren Willen gevögelt!«

»Und du hast dicht gehalten, nicht wahr?« Mike schenkt ihr ein falsches Lächeln, welches sie verstummen lässt. »Du bist ja die unschuldige, brave Professoren-Tochter. Wenn Daddy wüsste, was du alles für gute Noten tust. Ich gebe dir die Lösungen und du hältst die Klappe, schon vergessen?«

Das Kartenhaus beginnt zusammenzufallen, Stück für Stück. Darum hat Aubrey also zu Mike gehalten, wegen guter Noten. Ich glaube, gleich kotzen zu müssen.

»Lenken wir doch die Aufmerksamkeit lieber wieder auf Parker. Deine Weste ist schließlich noch dreckiger als jeder vermutet, du Bastard.« Mikes ruhiger Ton macht alles noch beängstigender und surreal.

Kann mich jemand aus diesem Albtraum befreien? Ich bin mir nicht sicher, ob ich den nächsten Worten von Parker gewappnet bin. Als er einen Schritt auf mich zugeht, gehe ich automatisch einen zurück und spüre auf einmal die kalte Wand an meinem Rücken. Wenn er es ausspricht, ist es wahr und das will ich nicht. Er hat mir so viel gegeben und eines genommen: Angst.

Als ich in Parkers Gesicht schaue, sehe ich darin etwas, das ich noch nie bemerkt habe: Schmerz. Ich weiche vor ihm zurück und er akzeptiert es. Er bedrängt mich nicht wie so oft, sondern bleibt stehen.

»Es stimmt. Ich war im Gefängnis. Aber sein Vater, er hat es verdient.«

Ich schüttele den Kopf und merke, wie sich die Tränen in meinen Augen sammeln. »Wieso glaubst du immer, dass es Menschen gibt, die den Tod verdient haben?«

»Ich wette mit dir, dass du mindestens einen Menschen in deinem Leben kennst, der es verdient hätte«, erwidert er.

Ja zu sagen, wäre fatal und falsch. Auch wenn es das ist, was ich denke. Die Wahrheit ist nicht immer schön.

»Du weißt, wie mein Vater war, was er getan hat. Meine Mom dachte, sie könnte nach ihm wieder glücklich werden.« Er stößt ein verachtendes Lachen aus. »Sie traf auf Mikes Vater. Alles schien gut, wir waren glücklich. Was gab es Besseres, als einen Bruder zu haben, mit dem ich Football spielen konnte, und einen Stiefvater, der mich umarmte? Er und meine Mom bekamen ein Kind, Sheree. Aber es stellte sich heraus, dass er genauso war.«

Nein. Deshalb meinte er auf der Autofahrt, auf seiner Familie läge ein Fluch.

»Er missbrauchte Sheree, seine eigene Tochter, meine kleine Halbschwester. Als wäre es nicht genug gewesen, dass ich Callie und meine Mom damals beschützen musste. Nein, sie hatte sich den nächsten Hurensohn ins Haus geholt.«

Tränen strömen über meine Wangen und ich wische sie mir aus dem Gesicht. Auch Aubrey neben mir schluchzt, nur Mike bleibt ruhig.

»Als ich ihn ein weiteres Mal mit Sheree erwischte, sind meine Sicherungen durchgebrannt. Ich habe so lange auf ihn eingeschlagen, bis er aufgehört hatte zu atmen. Ein zweites Mal hatte ich meine Familie beschützt und musste dafür schließlich ins Gefängnis, doch das war es mir wert. Ich habe seinen Vater umgebracht. Deshalb sind wir Todfeinde, Elizabeth.«

Ich schlage mir die eiskalten Hände vors Gesicht und versuche, die aufkommende Übelkeit zu ignorieren. Ich hatte angenommen, dass meine Kindheit nicht zu toppen sei, aber Parkers Geschichte übertrifft alles. Selbst meine schlimmsten Albträume. Ich glaube, in dem Schwall der Lügen und bitteren Wahrheiten unterzugehen. Monster. Sie sind überall.

Meine Beine setzen sich in Bewegung, ein Fuß vor den anderen, immer schneller. Ich reiße die Tür auf, dränge mich durch die Menschenmenge und renne. Ich renne, als ginge es um mein Leben, als würde ich erneut wegrennen. Ich höre Stimmen durcheinander reden, dann meinen Namen und ich muss mich nicht umdrehen, um zu wissen, wer es ist. Die Stimme würde ich unter tausend anderen erkennen.

Tränen verschleiern meine Sicht und erschweren es mir, zu sehen, wohin ich trete. Ich weiß nur, dass ich den Campus verlassen habe. Autos rauschen an mir vorbei, hupen, der Motor eines Motorrades heult auf und dann höre ich die Stimme wie ein Echo meinen Namen schreien.

»Elizabeth, bleib stehen, bitte.«

Bitte.

Ich seufze resigniert, greife in die Gesäßtasche meiner Jeans und drehe mich um. Parker bleibt gerade noch rechtzeitig stehen, bevor sich die Messerspitze in seine Brust rammen kann.

Er keucht auf, hebt abwehrend die Hände, als wolle er mir zeigen, dass er keine Waffe dabei hat. Dabei ist er die Waffe selbst, die schlimmste von allen. Die Waffe, die mich schutzlos macht und in das schwarze Loch zurückwirft, aus dem ich gekrochen bin.

»Du hasst mich. Das weiß ich«, sagt er.

Ich will den Kopf schütteln, ihm zustimmen, lachen,

weinen, alles gleichzeitig. Doch das einzige Geräusch, das entsteht, ist ein verzweifeltes Lachen.

»Gott«, stoße ich her- vor. »Du hast keine Ahnung, Parker, überhaupt keine. Du tust Schlechtes. Immer wieder. Jedes Mal. Nicht, weil du ein schlechter Mensch bist, sondern weil du es nicht besser weißt. Genauso wie ich vor Nähe und Zuneigung zurückweiche, weil ich es nicht besser weiß. Weil es Ekel, Atemnot und Übelkeit in mir verursacht. Aber das ist es nicht, weswegen ich dich hasse.«

Regungslos steht er vor mir, der Wind wirbelt seine Haare durcheinander und er hat die Augenbrauen zusammengezogen. Er denkt über meine Worte nach.

»Es sind die Lügen, Parker. Ich habe es satt, mein ganzes Leben lang angelogen zu werden. Du warst ehrlich zu mir, als du mir sagtest, dass du meine Angst siehst, dass du sie förmlich spürst. Dass du den Grund dafür herausfinden willst. Und dann erfahre ich das. Warum deine Familie ein zweites Mal zerstört wurde, warum du hinter Gitter gesessen hast. Aber weißt du, was das Schlimmste daran ist?«

Seine Augenbrauen ziehen ein kleines Stück mehr zusammen, er leckt sich nervös über die Unterlippe und wartet, bis ich weiterspreche.

»Dass ich dich nicht dafür verurteilen kann, was du getan hast. Dass du für den Tod jemandes verantwortlich bist.«

»Elizabeth, was-«

Ich taumle wenige Schritte rückwärts, habe das Gefühl zu fallen und diesmal von keinem aufgefangen zu werden. Der Wind schlägt in mein Gesicht, die Wahrheit erdrückt mich und ich spreche es aus. »Manchmal wünsche ich mir, das wäre alles nie passiert. Nichts davon. Aber ich habe nicht gelogen, als ich dir gesagt habe, mein Dad wäre fort. Er ist fort, das stimmt. Aber er ist weg, weil ich auf ihn geschossen habe.« Ich schluchze, halte mir die Hände schützend vors Gesicht. »Ich habe ihn umgebracht, verdammte Scheiße, weil ich es nicht mehr ausgehalten habe! Jeden Tag hat er mich angefasst, sich an mir befriedigt und mich damit tiefer in das Loch gestürzt. Ich sah keinen anderen Ausweg, als das Monster zu beseitigen. Ich griff zu seiner Dienstwaffe – wie praktisch, dass er Polizist war – und schoss auf ihn. Das Blut durchtränkte sein Hemd und er fiel auf den Boden. Und dann flüchtete ich. Darum bin ich hier, weil ich eine gottverdammte Mörderin bin.«

»Du bist keine-«

»Doch!«, schreie ich haltlos. »Wir beide sind Mörder und es ist egal, dass wir es getan haben, um jemanden zu beschützen. Du deine Familie und ich mich selbst. Aber das zählt nicht.«

Ein Ausdruck, den ich nicht deuten kann, schleicht sich auf sein Gesicht. Im nächsten Moment kommt er auf mich zu, legt seine Finger um mein Handgelenk und sieht mich an. Er ist wütend. »Du trägst keine Schuld. Du bist das Opfer. Du hast dich gewehrt, um dein Leben gekämpft, ist dir das klar? Dein Leben ist dir etwas wert, sonst hättest du nicht zu solchen Mitteln gegriffen. Dein Vater hat dir alles genommen und eines gegeben: Angst. Erinnerst du dich, als ich dich das erste Mal sah? Ich sah deine geschundene Seele, Beth, es zerriss mir das Herz vor Zorn. Dabei ist Wut das Einzige, das mich am Leben hält, und sie hat mich nicht davon abgehalten, mich dir zu nähern. Vielleicht wäre es besser gewesen, wir hätten uns nie getroffen.«

»Nein, das wäre es nicht«, erwidere ich leise. »Das Leben besteht nicht nur aus Tag und Nacht, Sonne und Mond. Es besteht auch aus Nebel und Regen und Gewitter. Vielleicht sind wir das, vielleicht sind wir nicht hell wie der Tag oder dunkel wie Nacht, sondern irgendwas dazwischen.«

Die Worte kommen mir einfach so über die Lippen und sind die einzige Erklärung für das, was zwischen uns ist. Manches lässt sich nicht klar definieren und manches will es auch nicht. Und manch anderes benötigt keine genaue Definition.

»Du bist stark, Elizabeth«, sagt Parker und drückt mir einen leichten Kuss auf den Handrücken.

»Und du bist kein schlechter Mensch, Parker«, erwidere ich.

Aber die Zweifel in seinen Augen sagen etwas anderes. Er glaubt immer noch, schlecht und böse zu sein. Er ist kein Heiliger und wird es nie sein, doch er muss das Gute in seine Seele lassen und Abstand vom Bösen nehmen, welches ihn aufgefressen hat.

»Lass uns weg von hier. Lass uns zu deiner Mom und deinen Schwestern«, sage ich abschließend.

*

Im Innenraum von Parkers Dodger ist es mittlerweile warm und ich befürchte, draußen einen Kälteschock zu bekommen.

»Nimm meine Jacke«, sagt Parker und ich schlüpfe in seine schwarze Lederjacke, die so sehr nach ihm riecht, dass es mich fast umhaut.

Okay, beherrsch dich, denke ich, schüttle imaginär den Kopf und öffne die Beifahrertür. Die Lichter im Haus brennen und gerade laufen wir auf die Haustür zu, als diese geöffnet wird. Im Türrahmen steht Ellen, wild gestikulierend und wie so oft lachend, vor ihr ein Mann, der uns den Rücken gekehrt hat.

Parkers Augen verengen sich zu Schlitzen und ich lege die Hand auf seine, um ihn zu beruhigen. Seine Körperhaltung entspannt sich, meine jedoch versteift sich, als sich der Mann umdreht.

Fühlt es sich so an, wenn man stirbt? Die Welt um einen herum bleibt stehen, alles geschieht in Zeitlupe und man sieht sein Leben in Sekundenschnelle vor dem inneren Auge vorbeirauschen?

Mein Atem stockt, meine Hand drückt um Parkers, der mich wiederum fragend mustert. Es passiert so vieles auf einmal. Tränen schießen in meine Augen, bahnen sich erbarmungs- los den Weg über meine Wangen und ich glaube, mir die Seele aus dem Leib kotzen zu müssen. Die Magensäure schmeckt bitter ekelhaft in meinem Mund. Die Beine unter mir geben nach und Parker gelingt es gerade so, mich aufzufangen, bevor ich mich gegen seine Brust schmeiße. Ich will atmen. Aber es geht nicht.

»Er ist nicht fort«, flüstere ich wie in Trance. »Ich ... bin ... keine... Mörderin.«

Parker versteht meine undeutlichen Worte sofort. Das Monster, vor dem ich einst davon gelaufen bin, lebt. Es lebt und hat mich gefunden. Mein Dad lebt. Der Mensch, der mir das Leben genommen hat. Wie ist das möglich? Ich habe doch selbst gesehen, wie sich die Kugel der Pistole in seine

Brust gebohrt und ihn zu Boden geworfen hat. Ich habe gesehen, wie das Blut sein T-Shirt durchtränkt hat.

Er steht im Türrahmen, trägt wie immer ein kariertes Hemd, eine ausgebeulte Jeans, den ungepflegten Bart und lächelt, als er mich sieht. Er lächelt. Er wagt es, mich anzulächeln, als sei ich sein verloren geglaubtes Mädchen. Doch noch schlimmer wird es, als er meinen Namen ausspricht.

»Elizabeth.« Sein Adamsapfel hüpft auf und ab. »Da bist du ja, Schätzchen.«

Die Galle kommt mir hoch. Es ist so unwirklich, so grausam.

»Lizzy, dein Dad hat gesagt, er wollte dich besuchen und von einer Freundin von dir – ich glaube, von Arya – weiß er ...« Ich höre Ellen nicht zu. Ich kann nicht, es ist zu viel. Er steht vor mir, als sei er sich keiner Schuld bewusst. Als hätte er nie seine eigene Tochter vergewaltigt. Als hätte seine eigene Tochter nie auf ihn geschossen.

Er hat mich nicht verpfiffen, nicht die Polizei auf mich gehetzt. Wahrscheinlich hat er den besorgten Dad gespielt, dessen Tochter abgehauen ist, hat so getan, als wäre die Schusswunde nicht von mir. Er hat den perfekten Moment abgewartet, um mich daran zu erinnern, dass ich immer schwach bleiben werde.

Und im nächsten Augenblick ertönt ein Krachen. Und wieder, immer wieder. Es ist Parker, der sich auf ihn gestürzt hat und ihn niederschlägt.

Blut. Das ist alles, was ich sehe. Parkers Schweiß, der von seiner Stirn hinabläuft. Mein eigenes Schluchzen reißt mich aus dem Rausch.

»Parker«, sage ich mit monotoner Stimme. »Lass es. Lass ihn mit seiner Schuld leben. Die Schuld soll ihn auffressen wie mich die Dunkelheit.«

Er lässt tatsächlich von ihm los und wischt sich die blutver-chmierten Hände an seinem T-Shirt ab. »Hast du nichts daraus gelernt, Mom?«, fragt er Ellen, die weinend vor ihm steht. »Lass verdammt noch mal keinen Mann ins Haus, der sich an seiner eigenen Tochter vergangen hat.« Den letzten Satz sagt er mehr zu mir als zu ihr. Sie schlägt sich die Hand vor den Mund und wimmert.

Mit schnellen Schritten geht er auf sein Auto zu, öffnet die Tür und sieht mich ein letztes Mal an. »Entkomm der Dunkelheit, Beth. Du kannst es schaffen. Für mich ist es zu spät.« Dann setzt er sich in den Wagen, schließt die Tür und fährt davon.

Den heulenden Motor höre ich noch Minuten danach. Minuten, in denen ich wie erstarrt dastehe. Minuten, in denen ein Krankenwagen kommt und meinen Dad mitnimmt. Minuten, in denen ich Ellens Gesicht vor mir sehe, die unaufhörlich auf mich einredet. Aber ich nehme nichts davon wahr.

Ich weiß nur eines: Ein Monster ist zurück. Und das andere ist weg. Ich bin allein, weiterhin gefangen im schwarzen Loch der Dunkelheit. Die Albträume sind schmerzhafte Wahrheit geworden.

Die Sirene des Krankenwagens klingt noch Minuten später, nachdem mein Vater abtransportiert wurde, nach. Nichts bleibt zurück von ihm, außer die Lederjacke, die sich um meine Arme schmiegt.

Der Duft, der von ihr ausgeht, schmerzt. Die Erinnerung an ihn. Das scheiß Baumhaus.

Nichts als leere Worte. Nichts als leere Berührungen.

Epilog

Lady Gaga – Million Reasons

Es gab so viele Gründe, ihn zu hassen. So viele Gründe, ihn zu meiden. Tausend Gründe. Nein, Millionen Gründe.

Es gab so viele Gründe, seine Nähe nicht zuzulassen.

Seine Hände. Seine Lippen.

Es gab so viele Gründe, seinen Abschied nicht zu bedauern. Doch es fühlte sich an, als würde man mir etwas entreißen. Als würde man mir das Herz aus der Brust reißen und triumphierend in den Händen halten. Als würde ich das Brennen einer Ohrfeige auf meiner Wange spüren.

So viele Lügen, doch so viel mehr Wahrheiten. So viel Schmerz. Es gab Millionen Gründe, diesen Schmerz nicht ertragen zu müssen.

Seine Bedrängnis, seine Berührungen, seine Worte.

Aber er gab mir einen Grund, es doch zu tun. Er nahm mir die Angst.

Er verschloss sie in seiner Faust und ließ mich stattdessen etwas anderes fühlen. Wärme, Geborgenheit, Vertrauen.

Er gab mir einen Grund.

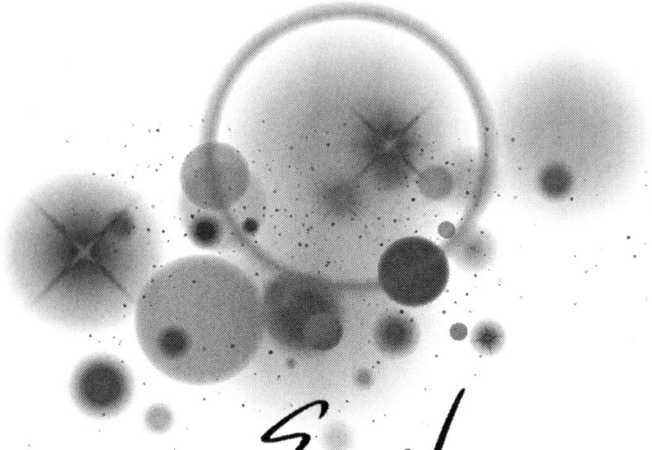

Epilog

Parker

Es gab so viele Gründe, zu bleiben. So viele Gründe, sie nicht zu verlassen, sie nicht alleine zu lassen, nicht wegzulaufen. Sie nahm mir die Wut und gab mir stattdessen etwas an- deres. Zuneigung, Wärme, Vertrauen.

Sie zeigte mir ihre Seele, ihre Dunkelheit, ihre Verletzlichkeit, ihre Schwäche. Doch sie zeigte mir auch ihre Stärke.

Es gab tausend Gründe. Millionen Gründe, zu bleiben.

Aber es gab einen, nicht zu bleiben. Ich konnte sie nicht länger vor meiner Dunkelheit beschützen. Vor dem Monster, das ihr auflauerte. Ich konnte es nicht ein weiteres Mal. Sie glaubte an das Gute in mir, aber ich tat es nicht.

Die Dunkelheit verschluckte mich.

NACHWORT

Angst.

Das ist eines der Themen in Her Fear & His Darkness. Ich selbst weiß, wie es ist, wenn das leiseste Wort, die langsamste Bewegung, der kleinste Blick zu viel sind. Wenn du jeglichen Glauben an dich verloren hast, die Angst dein Leben eingenommen hat und du denkst, keinen Ausweg mehr finden zu können. Doch es gibt einen Weg, den gibt es für jeden von uns. Sich Hilfe zu holen, ist keine Schwäche. Es bedeutet, dass ihr lange genug stark gewesen seid. Lasst euch helfen, die Last auf euren Schultern und das Gedankenkarussell in eurem Kopf erträglicher zu machen.

Ihr seid wertvoll. Jeder von euch, jeder einzelne. Keiner mehr oder weniger als der andere. Lasst den Nebel nicht eure Sonne nehmen.

Ich weiß, ihr schafft das, denn ich habe es auch. Ich habe gekämpft, geweint, gelitten, gezweifelt. Auch wenn der Nebel manchmal versucht, mir die Sicht auf die Sonne zu nehmen, kämpfe ich dagegen an.

Ihr seid stark, wertvoll und wunderschön. Schönheit ist

kein Maßstab, keine Faustregel. Lasst euch von der Gesellschaft nicht vorschreiben, was schön ist und was nicht. Habt Ecken und Kanten, seid rebellisch, seid anders.

Seid, wie ihr wollt. Lebt, wie ihr wollt. Denn es ist euer Leben und nicht das jemandes anderen.

Seid stolz auf euch, liebt euch. Und wenn ihr Mal weint oder an euch zweifelt, ist das auch okay. Aber vergesst nicht, wer ihr seid: Stark, wertvoll und wunderschön.

Alles Liebe
eure Sophie

DANKSAGUNG

Wenn ihr an diesem Teil des Buches angekommen seid, habt ihr es wahrscheinlich gelesen. Und ich kann euch gar nicht sagen, wie aufgeregt ich bin, die Geschichte in die weite Welt hinauszulassen.

Ich schreibe schon gefühlte Ewigkeiten, habe mich aber erst vor wenigen Jahren getraut, es überhaupt jemanden zu zeigen. Und dieser jemand war Sarah, der ich für ihre Ehrlichkeit und Freundschaft danken möchte. Dir habe ich als allererste überhaupt mein Geschriebenes gezeigt. Ich war damals unheimlich nervös, was du dazu sagen wirst, und irgendwann haben wir sogar einen Roman zusammen geschrieben. Es macht so Spaß, mit dir zu schreiben. Danke für alles und auf viele weitere Jahre unserer Freundschaft.

Ich glaube an das Schicksal und genau das war es, als wir uns kennengelernt haben, Rebecca. Ich liebe deine Geschichten von ganzem Herzen und es kommt mir vor, als würden wir uns schon viel länger kennen. Für deine Tipps und Ratschläge und gelben Anmerkungen in meinen

Manuskripten bin ich dir unheimlich dankbar. Ich liebe unseren Austausch, unsere Nachrichten, die Gespräche, unsere Freundschaft. Danke dafür, dass du an meine Geschichte und mich geglaubt hast, danke für alles.

Mama, du hast immer an mich und meine Träume geglaubt, selbst als ich es nicht tat. Du fängst mich auf, wenn ich falle und bist stark, wenn ich schwach bin. Du bist unbezahlbar.

Zum Schluss danke ich euch, den Leserinnen und Lesern. Ich hoffe, dass euch meine Geschichte gefallen hat und freue mich über eure Rezension.

Und noch etwas: Hasst mich nicht für den Cliffhanger. Lange war unklar, wie die Geschichte von Beth und Parker endet, bis ich wusste, dass ich nicht alles in einen Band packen kann. Beth wird weiter gegen ihre Ängste ankämpfen und gegen das Monster, das sich wieder in ihr Leben geschlichen hat. Und Parker? Was denkt ihr, wird er zurückkommen? Wie wird es mit den beiden weitergehen? Werden sie es schaffen, der Dunkelheit zu entkommen?

Bis dahin wünsche ich euch aufregende Lesestunden und nur das Beste!

DIR HAT DIESES BUCH GEFALLEN?

Dann freue ich mich über jede noch so kurze oder längere Rezension, damit noch mehr Menschen die Geschichte entdecken!

ÜBER DIE AUTORIN

Sophie L. Gellar ist das Pseudonym einer deutschen Autorin, die unter ständigem Fernweh und unbändigen Plotbunnies leidet. Zwei Tage vor Weihnachten in der Pfalz geboren, hat es sie inzwischen der Liebe wegen in die Großstadt Berlin verschlagen.

Meist schreibt sie an mehreren Projekten gleichzeitig und das am liebsten nachts, wenn ihre Inspiration auf Hochtouren arbeitet, und mit Musik auf den Ohren. Und wenn sie das mal nicht tut (was durchaus vorkommt), versinkt sie in den Höhen ihres Stapels ungelesener Bücher und träumt von einem Roadtrip durch die schottischen Highlands.

ERFAHRE JETZT, WIE ES MIT BETH UND PARKER WEITERGEHT:

WEITERE BÜCHER DER AUTORIN

Ein Liebesroman über einen Maler, seine Muse und die tausend Farben dazwischen …

WEITERE BÜCHER DER AUTORIN

Zwei gebrochene Herzen, zwei dunkle Seelen, die sich nacheinander sehnen.

WEITERE BÜCHER DER AUTORIN

Von Büchern, Schotten und traumhaften Neuanfängen …

WEITERE BÜCHER DER AUTORIN

Wie viele Chancen bekommt eine große Liebe, wenn sie schon so viele verbraucht hat?

AUCH ALS HÖRBUCH ERHÄLTLICH:

AUCH ALS HÖRBUCH ERHÄLTLICH:

Printed in Poland
by Amazon Fulfillment
Poland Sp. z o.o., Wrocław

24819126R00165